LES
COMPAGNONS

DU

DÉSESPOIR

PAR

ALEX. DE LAMOTHE

TOME DEUXIÈME

PARIS

LIBRAIRIE CH. BLÉRIOT, ÉDITEUR

55, QUAI DES GRANDS-AUGUSTINS, 55

LES COMPAGNONS DU DÉSESPOIR.

Y 2

OUVRAGES DE M. AL. DE LAMOTHE.

MÉMOIRES D'UN DÉPORTÉ A LA GUYANE FRANÇAISE, 6e édition, prix : 60 c.

HISTOIRE D'UNE PIPE, 2 vol. imprimés avec le plus grand soin sur papier glacé et satiné, illustrés de très-nombreuses gravures, prix : 4 fr.

LES CAMISARDS suivis des CADETS DE LA CROIX, 3 vol. imprimés avec luxe sur papier de choix ; tous les chapitres sont ornés d'une gravure très-fine et très-soignée, prix : 6 fr.

LES FAUCHEURS DE LA MORT, drame émouvant sur la Pologne, avec de nombreuses illustrations, prix : 4 fr.

LES SOIRÉES DE CONSTANTINOPLE, 3e édition, 1 vol. in-18 jésus, prix : 2 fr. 50 c.

L'ORPHELINE des CARRIÈRES de JAUMONT, *roman national*, 1 fort vol. in-18 jésus, prix : 3 fr.

LE TAUREAU des VOSGES, *roman national*, 1 vol. in-18 jésus, prix : 2 fr. 50

AVENTURES d'un ALSACIEN PRISONNIER en ALLEMAGNE, *roman national*, 1 vol. in-18 jésus, prix : 2 fr.

L'AUBERGE de la MORT, *roman national*, 1 vol. in-18 jésus, prix : 2 fr. 50

JOURNAL de L'ORPHELINE de JAUMONT, par MARIE-MARGUERITE, publié par A. DE LAMOTHE, 1 vol. in-18 jésus, prix : 1 fr. 50

Ces ouvrages seront envoyés *franco* par la poste à tous ceux qui en enverront le prix à M. BLÉRIOT, éditeur, 55, quai des Grands-Augustins, à Paris.

Angers, imp. de Lainé frères, rue Saint-Laud, 9.

LES
COMPAGNONS DU DÉSESPOIR

par

AL. DE LAMOTHE

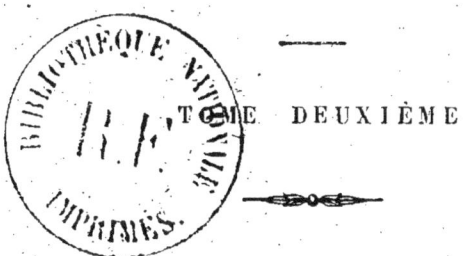

TOME DEUXIÈME

PARIS

CH. BLÉRIOT, LIBRAIRE-ÉDITEUR

Directeur de l'*Ouvrier* et de la *Gazette des Campagnes*

55, QUAI DES GRANDS-AUGUSTINS.

1875

LES COMPAGNONS DU DÉSESPOIR

CHAPITRE Iᵉʳ

La Nouvelle-Calédonie

Au loin, à plusieurs milliers de lieues de la France et comme perdue au milieu de cette poussière d'îles, premiers germes d'un monde
nouveau encore à l'état de formation, se soulève sur les flots d'un
océan sans bornes la Nouvelle-Calédonie. Hier inconnue, aujour-
d'hui devenue fameuse, cette terre sert de prison à toute une population de forçats et de transportés, que la mère patrie, obligée de
les rejeter de son sein, a parqués aux extrémités du monde, moins
pour les punir de leurs crimes que pour assurer sa tranquillité, en
leur faisant une patrie nouvelle où ils puissent, à l'ombre de son
drapeau et de sa protection, se réhabiliter par le travail et mériter
par le repentir un pardon qu'elle serait fière et heureuse de leur
accorder.

Depuis le jour où, quittant nos ports, des vaisseaux nombreux
ont cinglé vers cette île de la régénération, emportant dans leurs

flancs plus de six mille condamnés, tous les yeux se sont tournés vers elle, bien des questions ont été adressées aux marins qui l'avaient visitée.

Cette curiosité, ou plutôt cet intérêt s'attachant à une colonie naissante n'a rien que de légitime; forçats ou transportés politiques, les exilés sont encore, ou du moins peuvent redevenir Français, et comme les convicts australiens faire souche d'une population honnête, vigoureuse, qui par ses vertus et son patriotisme effacera bientôt le souvenir de crimes lavés par l'expiation.

Qu'il nous soit donc permis, et dans cet espoir et aussi dans l'intérêt de nos lecteurs étrangers aux mœurs, aux habitudes et à l'histoire des tribus néo-calédoniennes, comme à la géographie de cette île, décrite trop souvent d'une manière purement fantaisiste, de coordonner à leur intention les documents sérieux et exacts qui seuls pourront leur donner une idée exacte du théâtre nouveau sur lequel va se dérouler le drame des Compagnons du Désespoir.

Devinée plutôt que découverte par notre célèbre navigateur Bougainville, pendant son voyage aux Nouvelles-Hébrides, en 1768, la Nouvelle-Calédonie ne fut visitée que six ans plus tard, en 1774, c'est-à-dire il y a juste un siècle, par le capitaine Cook, qui lui donna le nom qu'elle porte, à cause, disait-il, de la ressemblance de ses montagnes avec celles de l'Ecosse.

En 1791, un autre français, d'Entrecasteaux, envoyé à la recherche de l'infortuné Lapérouse, en reconnut la côte occidentale et y perdit un de ses meilleurs officiers, le chevalier de Kermadec, qui fut enterré dans un îlot voisin ou, en 1869, le ministre de la marine fit ériger en sa mémoire une pierre commémorative, que l'on peut encore y visiter.

Malgré ces deux explorations on savait encore bien peu de chose sur cette île, que les brisants qui l'entourent rendent si difficile à aborder, et sur laquelle il était périlleux de descendre, à cause de l'anthropophagie des naturels, quand d'intrépides missionnaires, ces soldats de la croix et ces pionniers de la civilisation, qui partout ont précédé les armées, demandèrent, en 1843, à être débarqués au milieu des sauvages, non pour s'emparer de leur île, mais pour conquérir leurs âmes au christianisme et les arracher aux ténèbres d'une idolâtrie féroce.

Cette demande fut accueillie par le gouvernement français, et le 19 décembre 1843 la gabare *le Bucéphale*, commandée par M. La Ferrière, et détachée à cet effet de la station de l'océan pacifique, entrait dans le hâvre de Balade, pour y déposer les Pères Viard et Rougeyron, deux frères laïques et Mgr Douarre, évêque *in partibus* d'Amata, dont le siége épiscopal devait être dans la Nouvelle-Calédonie.

Depuis l'expédition de d'Entrecasteaux, les naturels de Balade n'ayant reçu la visite d'aucuns blancs, se figuraient que les vaisseaux dont ils apercevaient de temps en temps les voiles à l'horizon, étaient conduits par des génies qui s'en servaient pour descendre du ciel et y remonter.

Ce ne fut donc pas comme des hommes, mais comme des dieux que les porteurs de la bonne nouvelle furent accueillis à Balade; plusieurs des principaux chefs de l'île vinrent dans leurs pirogues au-devant d'eux, agitant des morceaux de *tapa*, ou étoffe blanche, en signe de respect; le rivage était couvert de naturels, accourus sous les palétuviers qui ombragent les bords du Diahot, et qui, se jetant dans la rivière, se disputaient l'honneur de transporter sur leurs épaules jusqu'à terre les missionnaires, les officiers et jusques aux matelots.

Le hasard, ou plutôt la Providence, avait fait attérer les Français dans la partie la plus fertile de l'île, dans cette riche vallée, d'un côté ouverte sur l'océan pacifique, de l'autre, s'épandant entre des collines aux contours arrondis, qui s'étagent en forme d'amphithéâtre, aux mille cascades bondissant à travers la verdure, et que couronne la sombre masse d'une antique forêt.

Tout en ces lieux annonçait l'abondance et la paix ; des villages ombragés de superbes cocotiers s'élevaient sur la colline ou groupaient leurs cases sur les bords du fleuve dont les eaux limpides portaient la fraîcheur dans les champs de bananiers, d'ignames et de taros.

L'équipage du *Bucéphale* abondamment nourri dans les cases coniques des chefs ou alikis, entouré de prévenances par les sauvages qui chantaient et dansaient en l'honneur de leurs hôtes, crut avoir trouvé le paradis terrestre ; l'état-major et les missionnaires n'étaient pas loin de partager cette confiance.

Il fut donc décidé que le siége de la mission serait établi au village même de Balade, et aussitôt les matelots se mirent à construire avec des troncs d'arbre et du chaume le palais de paille du nouvel évêque.

Ce fut, dit l'historien de la mission, le jour de Noël que Mgr d'Amata prit possession de son domaine apostolique : « La mission fut inaugurée par une messe solennelle d'actions de grâces à laquelle assistèrent l'équipage du *Bucéphale*, et un grand nombre d'indigènes. Il faisait un temps admirable, et tout concourait à embellir cette pieuse cérémonie. Une enceinte de cocotiers dessinait l'abside d'un temple auquel un ciel du bleu le plus pur servait de voûte. Un dais de feuillage ombrageait l'autel que les mains industrieuses des missionnaires avaient paré de guirlandes fraîchement cueillies. Le chant des oiseaux perchés dans les arbres et le bruit de la vague qui se mêlaient aux accents religieux, contribuaient à donner à cette touchante cérémonie, un caractère de simplicité et de grandeur dont les naturels eux-mêmes furent vivement impressionnés. »

Les jours suivants se passèrent dans le calme le plus parfait, et l'on put croire qu'il suffisait que la croix eût été plantée sur cette terre bénie pour que toutes les tribus, renonçant à leurs poétiques superstitions, vinssent avec empressement se ranger sous son ombre.

Le 22 janvier 1844, *le Bucéphale* quittait le mouillage et s'éloignait du rivage hospitalier en saluant de neuf coups de canon la chaumière épiscopale de Mgr d'Amata.

Le capitaine La Ferrière n'avait aperçu que le beau côté de la médaille; le rapport qu'il fit de son exploration ne pouvait que tromper ceux qui le lurent.

Trois mois s'étaient à peine écoulés depuis le départ du navire, que déjà toutes les illusions des missionnaires s'étaient envolées.

Au beau temps avait succédé la saison des pluies, sous la triple action de la chaleur, des insectes et de l'humidité, les bois de construction de la case, piqués de vers et pourris, tombaient en ruines, les broussailles étouffaient les plantes semées dans le jardin, les naturels refusaient toute assistance aux prêtres blancs, contre lesquels les sorciers les avaient ameutés, tentaient d'incendier leur misérable cabane, pillaient leurs provisions et célébraient jusque sous leurs yeux d'horribles festins, dans lesquels ils se repaissaient de la chair de leurs ennemis vaincus.

Malgré les mauvais traitements, une famine épouvantable et une peste qui fit périr un nombre considérable de naturels, les missionnaires n'en continuèrent pas moins leurs travaux apostoliques avec cette généreuse tenacité que peut seule engendrer la foi.

Toujours en danger d'être massacrés et dévorés, ils s'avancèrent jusqu'à Yenguène, soignant les malades, baptisant les enfants, résistant à toutes les fatigues, et par leur courage en imposant à leurs plus cruels ennemis.

La corvette *le Rhin* les retrouva en 1845, luttant sur la brèche et décidés à y mourir. Elle leur laissa, avec des provisions dont ils avaient un besoin extrême, un boule-dogue auquel ils donnèrent le nom de Rhin, et qui leur rendit d'éminents services en effrayant les sauvages qui, n'ayant jamais vu de chien, le prenaient pour un *chef*, lui offraient des présents et lui adressaient même des discours.

L'année 1846 fut marquée par un événement qui ne contribua pas peu à mieux faire connaître l'île océanienne. La corvette *la Seine* fit naufrage sur les coraux dont la Nouvelle-Calédonie est entourée, et l'équipage, composé de deux cents hommes, dut forcément débarquer sur un point nommé Pouébo, à neuf milles de Balade.

Le commandant Lecomte utilisa son séjour de deux mois à faire relever, par les officiers de marine, le plan d'une partie de la côte.

Mgr d'Amata fut, pendant tout ce temps, la Providence des matelots ; en revanche ceux-ci cultivèrent le jardin des missionnaires auxquels le commandant laissa en partant quelques embarcations pour assurer leurs communications avec divers points de la côte, et le gouvernement reconnaissant fit présent aux Pères, de graines, d'instruments, et de quelques objets dont ils pussent faire cadeau aux sauvages pour gagner leur confiance.

De nouveaux établissements avaient été fondés à Pouebo et à Yenguène, le catholicisme avançait à pas lents, mais d'une manière qui désormais paraissait assurée, les Pères n'étaient plus assez nombreux pour pouvoir suffire à leurs travaux, Mgr d'Amata partit pour l'Europe, afin d'en ramener de nouveaux ouvriers.

Il n'était pas encore de retour qu'arrivait la corvette *la Brillante*, elle trouva la mission anéantie, le magasin pillé, l'église brûlée, les missionnaires assiégés par les sauvages peints en noir, barbouillés d'ocre et poussant des hurlements de démons.

Soixante-quinze matelots, débarqués en armes, ne suffirent pas pour les effrayer, ils avaient juré la mort des blancs et déjà dévoré presque vivant, un frère assommé à coups de casse-tête.

Attaqués par ces cannibales, les marins firent feu, les mirent en fuite vers la montagne, brûlèrent les cases des chefs, coupèrent les cocotiers et se retirèrent en emmenant avec eux les courageux ouvriers obligés d'abandonner la vigne du Seigneur.

Cela se passait le 20 août 1847; le 21 du même mois, *la Brillante* s'éloignait, ne laissant derrière elle que des ruines fumantes et ensanglantées.

Les missionnaires n'avaient cependant pas renoncé à la conquête pacifique de cette terre, déjà arrosée de leurs sueurs et de leur sang; à son retour d'Europe, Mgr d'Amata les retrouva établis, depuis le 15 août 1848, sur la grande île des Pins, située à l'extrémité opposée de la Nouvelle-Calédonie, et aujourd'hui devenue célèbre dans les fastes de la transportation.

Ils s'étaient remis à l'œuvre et bientôt la maisonnette épiscopale s'éleva au haut d'un petit monticule qui dominait le port de l'Assomption.

Les Pères, quoi qu'en puissent dire certains ignorants, font marcher partout l'œuvre de la civilisation avec l'enseignement des vérités chrétiennes.

Mgr d'Amata, mécanicien habile, établit de ses mains une grande roue hydraulique; le Père Chapuy organisa une scierie mécanique et dota le village, jusqu'alors privé d'eau, d'un puits abondant; un autre s'adonna à l'agriculture, un quatrième prit soin du troupeau.

Moins féroces que ceux des grandes terres, les sauvages laissaient faire ces étrangers bienfaisants qui, peu à peu, prirent sur eux un ascendant moral dont leur liberté n'avait rien à redouter.

L'île des Pins n'était pourtant qu'un poste avancé, d'où les missionnaires surveillaient la grande terre; plusieurs fois ils essayèrent d'y débarquer; reçus avec un feint repentir, ils faillirent y être massacrés : l'anthropophagie des Nouveaux-Calédoniens avait repris avec plus de fureur et s'exerçait surtout aux dépens des pêcheurs de trépan, sorte de mollusques que de hardis spéculateurs viennent recueillir sur les coraux pour les vendre aux Chinois.

Quinze marins, appartenant à l'équipage de *l'Alcmène*, commandée par M. d'Harcourt et envoyée pour prendre les relèvements de l'île, dont on commençait en France à pressentir l'importance commerciale, tombèrent victimes de la perfidie des sauvages, qui se partagèrent leurs membres dans un abominable festin, en 1851.

La vengeance terrible qui suivit de près cet attentat épouvanta pour quelque temps les sauvages et permit à Mgr d'Amata de venir s'établir de nouveau à Pouébo.

La croix qu'il planta pour la seconde fois sur cette terre ne devait plus être arrachée, la bonne semence qui, si longtemps avait paru stérile, commença à germer vigoureusement et, lorsque debout entre les bras du Père Rougeyron, son inséparable compagnon, le mercredi 27 avril 1853, l'apôtre infatigable rendit sa belle âme à Dieu; sa tâche était accomplie, et la Nouvelle-Calédonie, entamée par le catholicisme, était déjà assez mûre pour la civilisation.

Pendant ce temps-là, la colonie anglaise de l'Australie avait pris un prodigieux essor; la France sentit quel puissant intérêt elle avait de posséder dans le voisinage de Sydney une colonie qui pût servir de lieu de ravitaillement pour ses nationaux et d'exutoire pour le trop plein de ses bagnes.

Sur le rapport du commandant d'Harcourt, le ministre de la marine faisait remettre au contre-amiral Febvrier-Despointes, alors à Sydney, l'ordre secret de prendre possession de cette île, sur laquelle aucune puissance civilisée n'avait encore planté son drapeau.

Il était plus que temps.

Les Anglais convoitaient, eux aussi, cette proie, et une expédition se préparait à Sydney même pour s'en emparer.

Grâce à une habile comédie, l'amiral sut endormir la vigilance anglaise et partit inopinément.

Il était à peine sorti du port, que les soupçons des Anglais se réveillèrent; cinq heures plus tard un de leurs navires cinglait à toute vapeur vers la côte australienne.

Mais le navire français sut conserver son avance.

Quand les Anglais arrivèrent, ils purent voir de loin le pavillon tricolore flottant au haut d'un mât, qu'entouraient les chefs sauvages et le contre-amiral, accompagné de son équipage, sous les armes

Au nom de S. M. Napoléon III, empereur des Français, le commandant en chef des forces françaises, dans la mer Pacifique, prenait possession de la Nouvelle-Calédonie et de ses dépendances, l'île des Pins, Ouéva, Lifou et Mare, le 24 septembre 1853.

Ici finit ce que nous pourrions appeler l'histoire ancienne de la Nouvelle-Calédonie; nous n'avons plus qu'à faire connaître son histoire moderne.

Six gouverneurs se sont succédé dans cette colonie, depuis le contre-amiral Febvrier-Despointes, qui fut le premier.

M. Tardy de Montravel, le second, par ordre de date, fut le fondateur de la capitale actuelle, Nouméa.

Préoccupé surtout de trouver une position militaire, où la petite garnison française pût facilement tenir en respect les indigènes qui la cernaient de tous côtés et d'être maître d'un port sûr pour se ravitailler, il fit construire un petit nombre de cabanes, entourées d'un retranchement, au pied de montagnes arides et presque au centre d'une rade immense, fermée par la presqu'île Ducos, au nord, et abritée au sud par l'île de Nou.

Après s'être débarrassé de ses ennemis les plus turbulents, en achetant l'alliance de Walton et de Jack, deux chefs de tribu qui vendirent leurs frères, il fit l'acquisition, pour 40,000 fr., de l'île de Nou, appartenant à un Anglais, et fit appel aux colons français, dont quelques-uns vinrent s'installer à Nouméa ou dans ses environs, à Saint-Vincent, à Païta et autres lieux, pour y faire le commerce de l'huile de coco.

Malgré tout cela, la Nouvelle-Calédonie continuait à n'être que nominativement possession française; quelques points seuls, sur son extrême lisière, étaient occupés, et encore n'était-ce qu'au péril de leur vie que les Français s'aventuraient à habiter en dehors de l'enceinte palissadée de Nouméa.

Soixante-douze blancs, tués et mangés, dans l'espace de seize ans, en sont la preuve. Les sauvages voisins du chef-lieu de la colonie massacrèrent douze colons en un seul jour; la baie du Massacre, sur le territoire de Kuanné, ne doit son surnom qu'à l'égorgement d'un poste, en 1861. En 1864, le chef Gondou, implacable ennemi des Européens, surprenait l'équipage de *la Reine-des-Iles*, à l'entrée de la rivière et, avec sa bande, se repaissait des cadavres des malheureux matelots. En 1867, ce même Gondou faisait enlever le colon Tagnard, à 500 mètres du poste. En 1857, Bouarate, le chef d'Yenguène, faisait décapiter une douzaine de Canaques catholiques, de la mission de Puebo, toute voisine, et offrait à ses alliés un festin, dont leurs membres rôtis faisaient la partie la plus succulente. En 1868, un poste de six soldats fut, presque sur le rivage, massacré et dévoré.

En vain on échelonnait les postes le long de la côte, à Canala, Pouébo, Ouagape, Bondé, Bourai, Gatope, etc., il fallut, pour pouvoir atteindre et châtier un ennemi invisible, qui se glisse comme un serpent à travers les broussailles, lance sans bruit sa zagaie ou brise le crâne du colon surpris, avant qu'il ait pu pousser un cri, organiser une milice nationale, destinée à les combattre avec les mêmes armes que les naturels employaient.

Telle fut l'origine du corps, devenu fameux, des tayos-fusils, gendarmerie indigène, indisciplinée et féroce qui, si elle a rendu de grands services, a commis d'épouvantables atrocités.

Aujourd'hui, le rivage est relativement sûr, mais le centre de l'île offre encore des dangers, et les explorateurs assez hardis pour s'aventurer dans la montagne, les condamnés qui seraient tentés d'y chercher un refuge, courent positivement le risque d'y être dévorés.

Dans quelques années sans doute, ces dangers auront disparu, et la vie des colons sera protégée, plus encore par l'influence salutaire du catholicisme que par la force des armes. Mais quoi qu'on en dise, ce moment n'est pas encore venu.

Dans la Calédonie, comme partout ailleurs, il ne faut cesser de le répéter, parce que c'est la vérité, les missionnaires servent d'avant-garde à la civilisation ; les premiers ils ont posé le pied sur cette terre vierge, y ont arboré ce drapeau de la croix, sur lequel il est écrit : « Par ce signe tu vaincras ; » cette île, ils l'ont fertilisée de leur sang et de leur sueur, et aujourd'hui, les Canaques, prêts à se jeter sur les soldats et les colons isolés, saluent avec respect ces robes noires qui s'avancent, sans autre arme que la prière, sans autre ambition que la conquête des âmes.

Seize chapelles ont germé sur ce sol ingrat, trente prêtres sillonnent cette contrée encore inaccessible à tous autres.

Civilisateurs par l'exemple comme par la parole, les Pères Maristes ont obtenu à 20 kilomètres de Nouméa, sur la rivière Saint-Louis, une concession de 3,000 hectares, véritable ferme-modèle sur laquelle ils ont élevé un établissement important où s'instruit la jeunesse, où les malades et les infirmes trouvent une retraite assurée.

A quelques kilomètres plus loin, dans un site admirable, se trouve l'établissement religieux de la Conception, siége central des missions ; à Pombo, devenu la seconde ville de la colonie, à l'extrémité de l'île, des sœurs de l'ordre de Cluny, dirigent une maison de jeunes filles ; le catholicisme s'infiltre partout.

Une mesure qui donna sans doute un grand essor à notre colonie, mais qu'il faut l'avouer, est loin d'avoir contribué à la moraliser, fut la résolution prise par le gouvernement français, de supprimer les chiourmes et d'envoyer désormais ses forçats à la Nouvelle-Calédonie.

Le 9 mai 1864, le premier convoi des ouvriers de la transportation arriva et s'installa aussitôt sur l'île de Nou.

On les y occupa aussitôt à construire, sur la partie de l'île qui regarde la ville, vingt corps de bâtiments en pierres, charpentés de fer, alignés comme les tentes d'un camp, et destinés à loger chacun 100 transportés. En même temps que le bagne, s'élevèrent des constructions pour les officiers, une vaste caserne, une boulangerie, des ateliers, un hôpital et une chapelle.

C'était tout une ville qui poussait comme par enchantement ; une vacherie fut installée au centre de l'île, d'immenses jardins tracés sur le versant ouest ; un second hôpital sortit de terre, en quelques mois l'île changea d'aspect.

Mais de trois mois en trois mois arrivaient de nouveaux vaisseaux, apportant chaque fois un nouveau contingent de condamnés, il fallut encore agrandir le pénitencier, dans lequel le nombre des transportés atteignait, dès 1871, le chiffre de 1,930.

Le contre-coup de cette augmentation de population ne tarda pas à se faire sentir dans la nouvelle capitale, les cases provisoires, construites par les colons, car, dans le principe, Nouméa ne devait être qu'un poste militaire, se changèrent en maisons plus confortables ; des rues furent tracées et de grands bâtiments, l'hôtel du gouvernement, le trésor, le magasin de la flotte, la direction de l'artillerie, la caserne d'infanterie de marine, l'imprimerie s'élevèrent successivement le long de la baie.

Pour toutes ces constructions et pour les nouvelles industries, il fallait des bras, et l'on ne pouvait pas compter sur ceux des indigènes, le gouvernement saisit cette occasion de récompenser les forçats les plus laborieux et les plus soumis ; plusieurs furent employés dans les bureaux, à l'imprimerie, au musée, d'autres obtinrent la permission de s'engager chez les colons ; plus tard, s'ils persistaient à bien se conduire, ils pourraient devenir propriétaires, s'établir sur la grande terre, cultiver le sol, faire venir leur famille et se réhabiliter par le travail.

Par contre, les récalcitrants et les paresseux eurent la juste part qui leur revenait dans la distribution des peines et des récompenses. Toute tentative d'évasion fut punie, pour la première fois, de la fustigation et d'une prolongation de dix ans de peine ; il fallait cela pour assurer la sécurité des colons.

Du reste, les évasions furent peu nombreuses, il est difficile de s'échapper d'une île que 250 lieues de mer séparent de la terre la plus voisine, et quant à songer à se cacher dans les montagnes, c'était courir à une mort cruelle par la faim ou le casse-tête.

Les indisciplinés eurent la double chaîne, l'exil dans les postes échelonnés sur la côte, et entourés par les cannibales.

Les autres, au nombre de sept ou huit cents, furent employés, une partie à faire des routes, à cultiver le jardin d'acclimatation, à servir comme infirmiers, le reste à couper du bois dans la baie Proni, à construire des postes, à travailler les métaux dans les ateliers de la marine.

Ce mélange de sévérité et d'indulgence, soutenu par une discipline de fer, réussit sur ces natures féroces, les moins indomptables semblèrent plier, quelques-uns revinrent au bien

Malheureusement ces bons germes allaient être étouffés sous l'avalanche de six mille communeux expulsés de France après la crise terrible qui se termina par la prise de Paris, et que le gouvernement déversa sur la Nouvelle-Calédonie, sans les astreindre au travail, à l'obéissance et à la discipline.

Après avoir fait connaître la Nouvelle-Calédonie, au point de vue moral, il est nécessaire de donner une idée exacte, au point de vue géographique de cette île, d'autant plus inconnue que beaucoup d'écrivains semblent avoir pris à tâche de la dépeindre de la manière la plus fausse, soit en en faisant un enfer sur le seuil duquel il faut écrire comme sur celui du Dante :

Vous qui entrez ici, renoncez à toute espérance,

Soit qu'au contraire, se plaçant à un point de vue optimiste, ils n'y aient vu qu'une délicieuse Arcadie, arrosée par des ruisseaux de lait et de miel, une sorte d'Eldorado et de lieu de délices.

En réalité, la vérité est aussi éloignée de l'une de ces extrémités que de l'autre.

La nouvelle patrie des déportés n'est pas plus un paradis qu'un enfer, tout au plus serait-elle un purgatoire s'ils savaient y profiter de leur séjour pour s'amender.

Pays étrange pour les habitants du vieux monde, l'île dont nous parlons ne ressemble en rien à ce qu'ils connaissent.

Située presque à nos antipodes, c'est-à-dire sous nos pieds, notre nuit est pour elle le jour, notre jour la nuit; janvier y marque le milieu de l'été, juillet le milieu de l'hiver, août, septembre et octobre représentent son printemps, mars, avril et mai son automne.

La chaleur y arrive du nord où brille le soleil, le froid y vient du sud.

En réalité il n'y a pourtant que deux saisons, celle des pluies et des ouragans qui dure trois mois, du 15 décembre au 15 avril, celle de la sécheresse et des brises régulières, qui persistent pendant neuf mois.

Dans les mois les plus chauds, le thermomètre ne s'élève pas au-dessus de 36 degrés centigrades; dans les plus froids, il ne tombe pas au-dessous de 14 degrés centigrades; la glace et la neige y sont donc inconnues.

Le tonnerre y gronde rarement : une fois ou deux tout au plus dans une moyenne de trois ans; les ouragans, moins rares, y prennent quelquefois des proportions d'épouvantables cyclones.

Le ciel même n'y ressemble pas à celui de nos contrées, les étoiles n'y sont plus les mêmes; Sirius, l'immense constellation du navire, les nues phosphorescentes de Magellan, et enfin la Croix-du-Sud les remplacent.

Longue d'environ 270 kilomètres sur 55 de largeur en moyenne, la Nouvelle-Calédonie présente une superficie égale à trois fois l'étendue de la Corse et, à un habitant par hectare, ce qui est la proportion de nos colonies, pourrait nourrir deux millions d'habitants.

Dans l'axe de sa plus grande longueur, de la baie de Prony à celle de Balade, sa direction va du nord au sud; un récif madréporique

l'enveloppe dans toute sa longueur comme une vaste couronne elliptique, en dedans de laquelle, entre le récif et la terre, s'étend une
mer intérieure, calme et unie.

Affleurant l'eau par ses bords, l'île va s'élevant vers le centre,
formé par deux lignes de montagnes parallèles, de formation récente,
les unes stériles, les autres couvertes de bois et coupées dans
tous les sens par des vallées étroites et irrégulières, ne s'élargissant
qu'à l'embouchure des nombreuses rivières qui descendent de la
montagne et coupent l'île transversalement, sauf la rivière Diahot.
Celle-ci coule dans le sens de la longueur de l'île vers son extrémité
nord et arrose la belle vallée du même nom, devenue récemment
célèbre par la découverte d'un gisement d'or dans les flancs de la
vallée.

Hérissée de montagnes, dont les points culminants atteignent 12
ou 1,500 mètres, l'île est arrosée par de nombreux cours d'eau,
souvent torrentueux, et s'épanchant, sur la côte occidentale, en vastes
marais, bordés de palétuviers, dont les racines forment, dans l'eau
saumâtre, un inextricable lacis.

En revanche, les lacs sont très-rares, et c'est à peine si l'on en
rencontre quelques-uns dans le sud, entre des montagnes, dont les
dépressions argileuses forment cuvette.

En quelques endroits le sol est sablonneux et aride, souvent
ocreux ou argileux, tout donne à penser qu'un riche banc de houille
traverse l'île d'un bout à l'autre ; le marbre, l'ardoise, le fer, la
serpentine abondent dans la Nouvelle-Calédonie.

Voici pour ses richesses minéralogiques.

Quant aux produits agricoles, quoique le terrain compacte domine
un peu trop, on peut assurer qu'il est admirablement disposé pour
recevoir toutes les plantes qu'on voudra y acclimater. L'exposition
de Nouméa, en 1860, en a donné la preuve ; la vigne y produit
deux récoltes par an, et presque tous les arbres à fruits de l'Europe prospèrent sur la côte occidentale, tandis que la côte orien-

tale, plus chaude, semble particulièrement propice aux plantes tro-
picales.

Les missionnaires ont prouvé que la canne à sucre, le caféier et
le cotonnier, réussissaient admirablement ; quant à l'élevage des
bestiaux, il est aussi facile qu'en Australie, et le Père Verquet qui,
il y a quelques années, faisait le trajet de Balade à Pouébo, dit que
son regard s'étendait au loin dans la plaine, se reposant sur un paysage ravissant par la variété des sites : c'étaient des bosquets, des
ruisseaux, des groupes de cabanes et des prairies verdoyantes.

Les herbes de ces prés naturels, ajoute le missionnaire, étaient si
élevées que l'on n'apercevait plus que le bout des cornes des vaches
qui y paissaient ; les moutons y étaient comme ensevelis ; les ondulations de ces hautes herbes, agitées par le vent, imitaient les vagues de la mer, et quand les naturels passaient à côté de moi, ils
ressemblaient à des voyageurs, dont la tête seule aurait apparu au-
dessus des flots.

Tout cela est assurément fort beau ; mais ces prairies splendides,
ces légumes énormes, ces fruits exquis, ne poussent pas naturellement ; la terre calédonienne, pour être fertile, demande des engrais,
de la culture, un travail assidu ; elle n'est généreuse que pour
l'homme qui travaille, ingrate pour ceux qui prétendraient se croi-
ser les bras en attendant que la manne leur tombe du ciel.

De là ces famines périodiques, qui la désolaient à l'arrivée des
missionnaires, famines telles que les Néo-Calédoniens, paresseux
comme tous les sauvages, insoucieux de l'avenir ainsi que tous les
peuples dans l'enfance, étaient, quoique peu nombreux, décimés
par le fléau qu'ils n'avaient pas su conjurer, et réduits, pour tromper leur appétit, à vivre d'écorces d'arbres, de terre même, qu'ils
mangeaient, sous forme de boulettes, et à s'entre-dévorer entre
eux.

Il est vrai qu'alors ils ne possédaient ni le riz, ni le blé importés
chez eux par les missionnaires, qu'ils n'avaient ni bœufs ni mou-

tons, ni chevaux, qui aujourd'hui y prospèrent, mais la nature ne s'en était pas montrée pour cela moins généreuse envers eux.

Des végétaux nombreux, inconnus en France et, pour la plupart, même en Europe, servaient à leur subsistance : l'*igname* d'abord, énorme pomme de terre à tige grimpante, de couleur blanche, ou violette, deux espèces de *taros*, autre racine féculente, qui ne se développe bien que dans les terrains noyés, le *cocotier*, 32 espèces de *canne à sucre*; sept ou huit espèces de *bananiers*, aux fruits sucrés et nourrissants, le *papayer*, qui donne un fruit analogue pour le goût à l'abricot, le *nani*, arbrisseau dont les pousses, bouillies, rappellent le chou comestible, le *bancoul*, qui donne des noix, le *jalé*, le fruit triangulaire du palétuvier, quelques variétés de fougères charnues, une sorte de haricot sauvage, et enfin diverses racines plus ou moins féculentes.

La faune y est moins riche, n'y étant représentée, lors de l'arrivée des Européens, que par un seul mammifère qui, par sa forme, est presque un oiseau, et assurément un des plus dégoûtants, la grande chauve-souris, roussette ou vampire, dont, en dépit de sa laideur repoussante, les naturels se montrent très-friands ; du reste ni bœufs, ni moutons, ni porcs, ni chiens, pas même des rats, qui n'y sont arrivés qu'en traversant la mer sur nos navires.

Sans être très-communs, les oiseaux n'y sont pas rares, les perruches surtout et un certain nombre de petits oiseaux d'une merveilleuse richesse de plumage.

Quant aux reptiles, on n'en connaît aucun de venimeux, et parmi eux ne se trouve aucun serpent.

Mais si la terre n'offre pas des ressources très-abondantes, la mer en revanche abonde en mollusques, en tortues, en poissons les plus exquis ; les huîtres s'y pendent par grappes innombrables aux racines des palétuviers, hantées par les poulpes, les crabes, les homards et les oursins ; sur tous les récifs abondent les grosses coquilles : bénitiers, trochus, casques, porcelaines, tritons et nautiles, en tout plus de six cents espèces recherchées pour leur chair par les indigènes, pour leurs admirables couleurs par les naturalistes et les curieux.

Malheureusement, au milieu de cette abondance existe le danger: si les animaux qui vivent sur la terre sont tous parfaitement innofensifs dans la Nouvelle-Calédonie, il n'en est pas de même des coquillages et des poissons qui fourmillent dans ses lagons; beaucoup sont vénéneux sous l'apparence la plus innocente.

Cinq hommes de l'équipage du *Catinat* moururent, en 1856, dans des douleurs atroces, pour avoir mangé d'une espèce de sardine dont l'aspect diffère peu de celle qui fréquente nos côtes; le capitaine Cook faillit éprouver le même sort pour avoir goûté de la chair d'un tétrodon. Le lethein qui, jeune, est un mets délicat, est, à l'âge adulte, un violent poison. Plusieurs coquillages offrent les mêmes périls; enfin, il en est qui, vénéneux pendant six mois de l'année, peuvent être mangés impunément pendant les six autres.

La population indigène de notre nouvelle colonie ne s'élève qu'à 40 ou 50,000 âmes, divisées en tribus très-inégales, dont les unes comptent jusqu'à 2,000 individus, pendant que d'autres n'en renferment pas 500.

De préférence ces tribus habitent, soit le long du littoral où la mer fournit abondamment à leurs besoins, soit auprès des cours d'eau qui fertilisent leurs champs de taros et d'ignames; mais comme elles sont presque toujours en guerre les unes avec les autres, les plus faibles se sont réfugiées dans les montagnes, où elles se cachent, jusqu'au jour où, se sentant en force, elles redescendent dans la plaine ou sur le rivage, pour tomber à l'improviste sur leurs ennemis, les tuer, les dévorer, détruire leurs cases et leurs plantations.

Rendues plus féroces encore par l'isolement, la misère et l'ignorance, ces tribus sont de toutes les plus à craindre, celles sur lesquelles, à cause de leur vie presque nomade, les missionnaires ont le moins d'influence et qui résistant avec le plus d'opiniâtreté à la civilisation, continuent à persévérer dans leur férocité native et à pratiquer le cannibalisme le plus horrible chaque fois qu'elles trouvent l'occasion de l'exercer.

Quelque lieu qu'habitent les Néo-Calédoniens, plaine ouverte ou gorge sauvage, quel que soit le degré de leurs progrès en civilisation, tous appartiennent à la même race, la grande famille Mélanésienne dont ils ont tous les caractères distinctifs.

Leur taille diffère peu de celle des Européens, en restant cependant plus égale; car parmi eux il est extrêmement rare de rencontrer des nains ou des géants. Leur peau teintée de bistre, dont la couleur varie du tabac blond au chocolat brun, a quelque chose de fuligineux et manque de ce brillant qui lustre les membres des nègres de l'Afrique équatoriale. Chez tous, la chevelure est épaisse et forte, crépue chez les uns, floconneuse et ondulée chez les autres ; les lèvres sont épaisses, pendantes, lippues, le nez aplati sans être épaté, la barbe noire et frisée, l'œil grand, d'un brun tirant sur le jaune, les dents admirables, le front étroit et fuyant, la physionomie à la fois fausse et féroce.

Un caractère particulier à cette race est d'avoir le pied presque prenant comme celui du singe; cette conformation singulière donne aux Calédoniens une facilité extraordinaire pour grimper; aussi s'élancent-ils avec une légèreté incroyable au sommet des arbres dont le tronc est le plus lisse, et ont-ils l'air, dans leur ascension, de marcher plutôt que de grimper.

Nageurs merveilleux, ils se jouent dans l'eau comme des dauphins, se rient du requin, quand ils peuvent l'apercevoir, et traversent, avec l'aisance la plus merveilleuse, de vastes espaces de mer, alors même que les vagues sont le plus furieuses.

La laideur des Calédoniennes est connue; elles contribuent, par vanité, à la rendre encore plus repoussante en se rasant la tête et se déchiquetant les oreilles.

Hommes et femmes sont capables de déployer, à un moment donné, une force considérable, mais il faut que l'effort soit de peu de durée : ils résistent mal à la fatigue.

Leur vie est courte, leur vieillesse précoce ; très-rarement un vieillard dépasse soixante ans ; le climat est sain pourtant, et les marais n'y engendrent pas la fièvre ; mais la mauvaise nourriture et peut-être plus encore l'absence presque complète de vêtements, exposant leurs corps à toutes les influences de variation de la température que le rayonnement nocturne fait baisser d'une manière sensible, les prédisposent-elles à des maladies précoces.

Le Néo-Calédonien sait bien quand il mange, mais rarement il sait quand il mangera de nouveau ; aussi, par prévision, engloutit-il, en une seule fois, une masse de nourriture capable d'effrayer l'Européen le plus vorace.

En revanche, il soutient mieux la faim et se montre moins difficile sur le choix des aliments : la chair noirâtre de la chauve-souris, les grosses araignées, les insectes les plus dégoûtants, tout lui est bon, pourvu qu'il puisse l'engloutir dans son estomac.

Mais rien, paraît-il, n'est succulent pour lui comme la chair humaine ; les nouveaux convertis qui en ont goûté s'en souviennent avec délices et avec regrets.

— E laleï, e laleï, disait au Père Rougeyron, un de ses féroces catéchumènes, en lui passant la main sur les mollets, un jour que le missionnaire avait relevé son pantalon pour passer l'eau.

E laleï, cela signifie : c'est bon cela, c'est très-bon, et le sauvage faisait claquer ses mâchoires en gourmet habitué à choisir ses morceaux.

L'industrie, chez eux, est à l'état d'enfance ; leurs canots consistent en un tronc d'arbre creusé et effilé à ses deux extrémités ; leurs pirogues doubles en deux canots maintenus par des traverses, à une distance d'un mètre, et sur lesquelles ils établissent une sorte de plate-forme où se placent deux mâts, pourvus chacun d'une voile triangulaire.

Pas un clou n'entre dans ces constructions primitives ; les ligatures se font avec des cordes, dont la fibre ligneuse du coco a fourni la matière première, l'écorce flexible d'un arbrisseau sert d'étoupe, la résine du pin colonnaire remplace le goudron.

Sur ce frêle esquif, le Néo-Calédonien charge ses filets tressés de fibres et part pour les grands récifs, avec autant d'insouciance que s'il montait la meilleure embarcation.

Sa maison ne vaut pas mieux que sa barque.

Elle ressemble pour la forme, comme pour les matériaux, à une ruche à abeilles.

Une tribu veut-elle se construire un village, elle choisit l'emplacement au bord d'un ruisseau ou d'une rivière, s'il est possible, au milieu d'un bouquet de cocotiers ou de figuiers banians, et aussitôt hommes et femmes se mettent à l'ouvrage.

Un cercle de trois à quatre mètres est d'abord tracé sur la terre, et des poteaux d'un mètre enfoncés de distance en distance sur la circonférence, dont un pieu de trois à quatre mètres, formé par un jeune pin, occupe le centre ; un treillis de branches réunit les poteaux et, tapissé d'écorce de niaouli, forme la muraille extérieure ; cela fait, il ne reste plus qu'à couvrir l'édifice d'un toit conique, reposant sur le pieu central et venant s'appuyer sur tout le pourtour de la case. Ce toit de chaume est cousu plutôt que fixé aux poteaux rangés en cercle et traversé au centre par l'extrémité de l'appui central, que l'on surmonte d'un tabou, ou divinité, grossièrement découpée en bois, quelquefois d'un crâne d'ennemi tué, si la case appartient à un grand guerrier, ou d'un simple coquillage.

A cette ruche, point de fenêtre, mais une porte, ou plutôt un rideau en paille, recouvrant une ouverture si basse qu'il n'est possible d'entrer qu'en rampant.

Quelques pierres plates servant de foyer, une natte étendue sur le sol battu et tenant lieu de lit, une grande marmite de terre pour faire cuire les ignames, voilà tout le mobilier ; le propriétaire peut s'installer, le palais est terminé.

Les cases des chefs de tribus ne diffèrent guère des plus simples que par leurs dimensions plus vastes, la hauteur du poteau central qui s'élève quelquefois jusqu'à douze mètres, et des sculptures grossièrement colorées, appliquées en dehors sur les pieux de la circonférence.

Seuls, les descendants des plus anciennes familles, car chez ces sauvages le prestige de l'aristocratie est singulièrement enraciné, peuvent surmonter le sommet de leur toit et le drapeau qui le surmonte d'une effigie d'oiseau.

Voici pour le logement.

Le village achevé et la colonie installée, c'est aux femmes qu'incombe le devoir de cultiver la terre; la vie de ces pauvres créatures est rude en Calédonie comme dans tous les pays où l'Évangile ne les a pas réhabilitées, elles ne sont pas les compagnes de l'homme, mais ses esclaves, il leur impose les travaux les plus pénibles, se repose et les bat si l'ouvrage n'est pas bien fait.

La hache et le feu leur servent à déblayer le terrain, une pique de bois à labourer la terre, à la remuer, à faire les trous pour y déposer les ignames, qu'ensuite il faudra arroser abondamment, débarrasser des mauvaises herbes, ramer avec des tuteurs coupés dans la brousse voisine, et enfin récolter quand après dix mois elles seront parvenues à leur entière maturité.

Le taro est encore plus pénible à cultiver; généralement c'est aux flancs d'une colline que se fait la plantation, dans une série de petits bassins, soigneusement lutés avec de la terre glaise, et d'où l'eau qui arrose le premier bassin, retombe dans les bassins inférieurs en petites cascades.

Durant tout le temps que mettent à pousser et à mûrir les ignames, les naturels demandent à la pêche de leur fournir des aliments.

Celle du rivage appartient spécialement aux femmes qui y remplissent leurs paniers de coquillages, tandis que les hommes s'occupent à pêcher plus au large, dans leurs pirogues, avec des filets.

Nous avons dit que les habitants de la Nouvelle-Calédonie sont partagés en une foule de petites tribus souvent en guerre les unes avec les autres, chacune de ces tribus est gouvernée despotiquement par un grand chef ou *chef à oiseau*, qui, roi de son vivant, devient génie après sa mort, c'est presque un personnage sacré, et à la guerre les ennemis de son rang osent seuls l'attaquer; au-dessous de lui sont les *chefs à paille*, puis les petits chefs, et enfin les chefs de fa-mille.

En somme, c'est une féodalité parfaitement organisée, avec un roi à son sommet, ses ducs et ses comtes, ses serfs et même ses es-claves, et dans laquelle on retrouve et le sacre du chef suprême, et les cérémonies d'investiture, et les serments des vassaux, tout cela à l'état sauvage, bien entendu, et ne faisant que perpétuer les guerres entre tribus jalouses les unes des autres.

Pour être primitives, les armes des Néo-Calédoniens n'en sont pas moins variées et redoutables; pour frapper de près, les guerriers se servent de la hache en pierre, du casse-tête ou tomawak, du bec d'oiseau ou marteau de pierre aiguë, fixé au bout d'un manche de trente centimètres de longueur, du couteau fait avec un fragment de quartz, ou du poignard, aussi en pierre, à angles aigus, et aiguisé par l'extrémité.

Leurs armes de trait sont la zagaie, ou lance de bois dur et lourd, qu'ils envoient à quarante ou cinquante pas, avec une merveilleuse adresse, les flèches qui jamais ne sont empoisonnées, et enfin la fronde avec laquelle ils lancent, avec une incroyable dextérité, des pierres ovoïdes de la grosseur d'un œuf de poule.

Les guerres sont en général courtes, mais terribles, l'habileté du chef consiste à tromper l'ennemi, à le surprendre, à tomber sur lui pendant son sommeil. Des cruautés inouïes signalent la victoire, les vainqueurs dévorent les cadavres qu'ils se partagent pour en faire de grands festins. S'ils n'ont pas le temps de les enlever, ils se con-tentent d'emporter les membres et le foie, et de couper les têtes pour en faire un ornement à leurs cases.

Aussitôt la guerre résolue , les sorciers et les jongleurs en déterminent le jour ; chaque guerrier se prépare , se barbouille de noir, se coiffe d'une toque rouge ornée d'une aigrette de plumes blanches, suspend à son poignet une banderole, passe en sautoir une giberne remplie de pierres, et se met en marche avec une provision de lances, une fronde nouée autour de ses reins , et un casse-tête ou une hache.

Terminons cette étude rapide, introduction nécessaire à l'intelligence de notre drame, par quelques mots sur l'état religieux de ces peuples, avant que les missionnaires eussent porté dans leurs ténèbres le flambeau civilisateur du catholicisme.

Jamais , quoique en aient dit certains esprits forts, on n'a rencontré sur la terre une tribu, si sauvage qu'elle fût , qui n'eût une idée plus ou moins confuse de Dieu, qui ne lui rendît un culte quelconque.

La religion , chez les Néo-Calédoniens, était certes à l'état le plus rudimentaire, elle existait cependant ; ils avaient le culte des aïeux, dont les crânes se conservaient dans les cases comme des génies protecteurs , ils adoraient *l'esprit de la terre* , croyaient aux génies bons et mauvais , regardaient les maladies comme le châtiment infligé par un être supérieur dont ils cherchaient à fléchir la colère par des jeûnes , des ablutions et des cérémonies expiatoires , célébrées par leurs sorciers et leurs jongleurs.

Telle était la Nouvelle-Calédonie , lorsqu'en 1850 la France prit possession de cette île lointaine ; telle était encore une partie de ses habitants, au moins dans la montagne , lorsqu'en 1871 *le Magenta* laissa tomber son ancre dans le port de Nouméa.

CHAPITRE II

La patrie nouvelle

———

Un vieux proverbe a dit : Il y a loin de la coupe aux lèvres. Dans un autre sens, on peut dire : Du pont d'un navire qui vient d'accoster au quai de débarquement, il y a loin aussi.

Un vaisseau encombré de passagers ne se vide pas avec la même promptitude qu'une salle de spectacle à la fin de la pièce ; il y a les bagages à reconnaître, les portefaix à appeler, ses colis particuliers à réunir dans les cabines, souvent des adieux à faire, des mains à serrer, une commission à donner ou à recevoir.

Encore ne parlons-nous ici que des navires destinés aux simples voyageurs. Quant aux transports bondés de déportés, transportés ou simplement condamnés, les préliminaires sont bien plus longs assurément.

Quels qu'ils soient, les passagers de cette catégorie ne s'appartiennent pas à eux-mêmes, le commandant du navire en a la responsabilité et doit en faire la remise aux autorités de l'île.

A peine l'ancre est-elle tombée que l'appel nominal commence ; c'est un officier du bord qui le fait en présence de tous les détenus réunis sur le pont et gardés par l'équipage en armes.

De l'autre côté de la passerelle, l'infanterie de marine, les gendarmes coloniaux, et le commissaire chargé de recevoir le convoi, attendent les condamnés, dont il est fait un contre-appel ; alors, seulement, sur la signature du commissaire, déclarant qu'il les a reçus du commandant, ceux-ci descendent à terre pour y être, sous bonne garde, conduits, soit à la presqu'île Ducos, si leur jugement porte qu'ils doivent être internés dans une enceinte fortifiée, soit à l'île des Pins, s'ils sont simplement transportés.

Le vaisseau de guerre *le Magenta* n'appartenait ni à la catégorie des Messageries transatlantiques, ni à celle des transports ; ses passagers, sauf Louise et sa fille, étaient, ou des officiers supérieurs, envoyés à la colonie, les uns en qualité d'inspecteurs, les autres comme organisateurs, ou des ingénieurs et des savants, chargés de travaux importants.

Pour ceux-là, il n'y avait ni appels ni contre-appels, mais la reconnaissance de nombreuses caisses, d'autant plus encombrantes que la plus grande partie appartenait à des femmes.

Or, comme il n'en est pas sur les navires comme dans le royaume du ciel, où les derniers sont les premiers, Louise se trouvait naturellement obligée d'attendre son tour.

Si pressée qu'elle fût du reste de mettre pied à terre, après un si long voyage, elle ne voulait pas quitter le bord sans avoir d'abord remercié la gracieuse et bonne Mme de Lambescq de sa bienveillante protection, et puis, malgré toutes ses préoccupations, elle ne pouvait s'empêcher de considérer, d'un œil curieux, cette presqu'île déchiquetée qui, parallèlement à l'île de Nou, enferme ou plutôt abrite contre tous les vents, la rade immense, mais peu profonde, au fond de laquelle se développe largement la ville de Nouméa, capitale, encore à l'état d'enfance, de la nouvelle patrie dans laquelle les fautes et les égarements de son mari la forçaient à vivre, au moins pendant plusieurs années.

— Eh bien ! mon enfant, vous voici donc arrivée, dit tout-à-coup derrière elle, l'aumônier du bord, l'abbé Marcel, pendant qu'appuyée sur le bastingage, elle promenait ses regards sur cette terre encore inconnue; que Dieu vous y protége et vous y fasse trouver la récompense que mérite votre dévouement.

— Qu'il y protége ma Germaine et qu'il ramène à lui mon mari, répondit-elle; voilà tout le bonheur que je demande.

— Et vous avez raison, ma fille; sur cette terre, la paix du cœur et le calme d'une conscience droite sont la plus grande des félicités. Vous allez sans doute bientôt descendre à terre?

— J'attends que ces messieurs et ces dames aient quitté le vaisseau; Mme de Lambescq est occupée avec eux, et je serais désolée de partir sans l'avoir remerciée de toutes ses bontés.

— Elle mérite bien, en effet, qu'on lui soit reconnaissant; je ne crois pas qu'on puisse rencontrer plus de mérite allié à plus de bienveillance : c'est une âme d'élite.

— Et si bonne, si douce, si généreuse, si simple en même temps que si grande dame, répondit l'ouvrière; depuis Brest, où j'ai eu le bonheur de faire sa connaissance, elle a été ma providence et mon soutien.

— C'est une vraie chrétienne, ma fille; rien ne rend aimable comme la vertu, et.....

— Oh! maman, vois ces hommes qui veulent nous manger! s'écria Germaine, en s'attachant, avec terreur, aux vêtements de sa mère.

En ce moment, en effet, un groupe de Canaques, à peine vêtus, l'aspect féroce, les cheveux crépus comme de la laine, le corps noir et huileux, s'élançaient sur le pont du navire et se jetaient sur les bagages avec des cris tellement rauques, des roulements d'yeux si étranges et des mouvements de mâchoire si désordonnés, que l'enfant, dont les récits de Timothée avaient rempli la tête d'histoires de cannibales, dut naturellement s'imaginer que sa dernière heure était arrivée.

Il fallut toute l'éloquence de l'ouvrière pour la rassurer, et peut-être même n'y serait-elle pas parvenue si, au cou de l'un de ces sauvages, qui paraissait être le chef de la troupe, Germaine n'eût aperçu, suspendue à un collier de verroteries, une croix de cuivre, présent sans doute de quelque missionnaire, et preuve que ces prétendus mangeurs d'enfants n'étaient en réalité rien autres que des nouveaux convertis.

Cette vue la rassura.

— Tu vois, lui dit sa mère, il ne faut pas s'effrayer, ces noirs, au lieu d'être méchants, comme ils en ont l'air, ont l'âme plus blanche que beaucoup de blancs, ils sont catholiques, font leur prière comme nous et nous protégeront au lieu de nous tuer.

Germaine poussa un soupir de satisfaction, mais continua à regarder, avec ses grands yeux, ces singuliers coréligionnaires, sans toutefois lâcher la jupe de sa mère.

— Maman, pourquoi leur curé ne leur dit-il pas de s'habiller ? fit-elle tout-à-coup.

— Tu vois bien qu'ils le sont, mon enfant.

— Oh ! si peu, maman ; avec leur jupon, il n'y aurait pas de quoi faire une robe à ma poupée, qui est bien plus petite.

Juste en ce moment, Timothée passait près de la femme du déporté ; il entendit la remarque et, avec un magnifique sang-froid :

— Ce n'est pas leur faute, dit-il ; il y a deux ans, ils ont commandé des habits à Paris et ils viennent voir si le tailleur les leur a envoyés.

— Alors, c'est nous qui les leur portons, demanda-t-elle naïvement.

— Pas encore, fit-il, en éclatant de rire ; quand nous sommes partis, les boutons n'étaient pas finis de poser.

Cette fois, Germaine vit bien que son ami le matelot se moquait de sa crédulité ; elle rougit jusqu'au blanc des yeux et baissa la tête en faisant une petite moue.

Pendant cette petite scène, les étranges portefaix enlevaient les bagages et, les chargeant sur leur tête, couraient les déposer sur le quai.

A la prestesse et à la singularité de leurs mouvements, à leur étonnante agilité, on eût dit plutôt des singes que des hommes.

Le vide commençait cependant à se faire sur le pont du *Magenta* d'où, un à un, groupe par groupe, les passagers, après avoir pris congé du commandant, de Mme de Lambescq ou de leurs amis de la traversée, sortaient par la passerelle, s'éparpillaient sur le quai et, précédés de Néo-Calédoniens, porteurs de leurs bagages, s'acheminaient vers différents points de la ville.

Au bout d'une demi-heure, Louise et sa fille se trouvaient à peu près seules.

Fort embarrassée de sa personne, car elle ne pouvait ni porter son bagage, ni s'adresser aux Canaques, dont elle comprenait à peine le langage, mélange bizarre de néo-calédonien, d'anglais et de français, elle hésitait sur ce qu'elle avait à faire, quand un matelot, s'approchant d'elle, lui dit que Mme la commandante l'attendait dans sa cabine.

— Ma chère Louise, lui dit Mme de Lambescq, je sais que vous attendiez le moment de me faire vos adieux; moi-même je désirais vous voir, non pas seulement pour vous témoigner ma satisfaction de votre conduite pendant une traversée qui a été assez longue pour me permettre d'apprécier toutes vos qualités et m'attacher plus encore à vous et à votre chère Germaine, mais pour régler avec vous nos petits comptes, car je n'ai point oublié que je suis votre débitrice, mais aussi pour vous proposer, au nom de mon mari, qui vous porte un véritable intérêt, de demeurer encore quelques jours avec nous à terre où, grâce à mes relations et à la position de monsieur de Lambescq, il me sera possible de vous procurer une installation de l'ouvrage et quelques protections qui pourront vous être utiles, à vous et à votre mari, après notre départ; ma proposition vous va-t-elle?

— Il faudrait que je fusse bien ingrate, madame, répondit l'ouvrière, émue jusqu'aux larmes, pour oublier jamais les bontés dont vous nous avez comblées, et je serais au comble du bonheur de rester attachée à votre service, non pas seulement une semaine ou deux encore, mais toute ma vie; cependant, ne vous offensez pas si je refuse vos bienveillantes propositions; voici plus de six mois que je n'ai pas revu Vincent, mon devoir est de le rejoindre, d'aller partager ses souffrances, de lui porter des consolations et les adoucissements qu'il me sera possible de lui procurer; je serais égoïste en l'oubliant pour ne songer qu'à moi et.....

— J'avais prévu toutes ces objections, Louise, mais j'en ai d'autres à vous faire; si je croyais faire tort à Vincent en vous retenant quelques jours, malgré le plaisir que j'ai à vous garder pendant mon court séjour dans l'île, je ne vous aurais parlé de rien, mais c'est je crois plus encore pour lui que pour vous que je travaille en ce moment, et voilà pourquoi j'insiste. Et d'abord voyons : savez-vous bien où est votre mari en ce moment?

— Depuis un mois, il doit être arrivé ici.

— Sans doute, mais ici est un terme très-élastique; la Nouvelle-Calédonie est, non-seulement très-étendue, puisque la grande terre seule offre en longueur un développement de plus de 75 kilomètres, mais elle se compose en outre de plusieurs groupes d'îles, séparées les unes des autres par des centaines de kilomètres; savez-vous précisément sur quel point de la grande terre, ou sur laquelle des îles votre mari a été débarqué?

— M. Timothée m'a dit que les condamnés occupaient l'île de Nou, tout près d'ici.

— En sorte que vous vous proposez de vous rendre à l'île de Nou?

— Oui, madame.

— Eh bien! je me réjouis de vous avoir posé cette question, vous en auriez été pour un voyage inutile; Vincent ne peut pas y être, cette partie de la colonie étant affectée uniquement aux forçats retirés des bagnes de France et point du tout aux condamnés politiques.

— Il y a aussi la presqu'île Ducos.

— Oui, tout près d'ici, cette chaîne de collines qui forme un des côtés de la baie, mais, autant que je me le rappelle, votre mari est condamné à la déportation simple.

— Oui, madame.

— Alors, il n'est pas non plus à la presqu'île Ducos, séjour assigné aux transportés les plus compromis, condamnés à ce que l'on appelle en France la déportation dans une enceinte fortifiée; vous voyez, ma chère, que vos renseignements sont bien incomplets.

— Mon Dieu, comment ferai-je pour le retrouver?

— En prenant des informations précises dans les bureaux, et cela peut vous prendre quelques jours, puisqu'il n'y a pas moins de 6,000 transportés politiques arrivés déjà; cependant il est probable que Vincent fît partie de la colonne envoyée à l'île des Pins, qui est le point central de réunion des simples déportés. Savez-vous où est l'île des Pins?

— Je connais à peu près sa position, l'ayant étudiée sur la carte, pendant le voyage; elle se trouve dans le prolongement de la grande terre, à 10 lieues à peu près au sud.

— Je vois en effet que vous sauriez vous orienter au besoin; seulement ne vous faites-vous peut-être pas une idée bien exacte des voyages dans ces pays-ci. En France, 20 lieues ne sont pas une distance, et c'est à peu près celle qui sépare Nouméa de l'île des Pins, en comptant les 10 lieues de terre que vous auriez à parcourir jusqu'à la baie de Prony, à l'extrémité de la grande terre; une journée, chez nous, suffirait largement pour arriver à la baie, en prenant une voiture, une heure au plus en chemin de fer; mais ici, il n'y a ni chemin de fer, ni voiture, ni chevaux, ni même de route ; il vous faudrait faire à pied ces dix premières lieues, avec votre pauvre Germaine qui, au bout de 2 ou 3 kilomètres, en aurait assez pour ses petites jambes ; mais ce n'est pas tout, après une heure de marche, vous vous trouveriez dans la brousse, c'est-à-dire le désert, sans chemins tracés autres que quelques petits sentiers à peine battus dans les broussailles, se croisant dans tous les sens, un véritable labyrinthe, dont jamais vous ne pourriez sortir, où vous ne rencontreriez personne pour vous guider et où vous seriez exposées à mourir de faim et de soif.

» Supposons même, si vous voulez, ce qui est impossible, Germaine, et que vous ayez assez de force pour arriver à la baie, c'est-à-dire au fond d'un port naturel, mais complétement désert, très-bien, en quoi seriez-vous plus avancée, traverseriez-vous à la nage les 10 lieues de mer qui vous sépareraient de l'île des Pins ? Croyez-moi, ma pauvre Louise, renoncez à des projets qui ne sont pas encore assez mûris et avant de vous lancer à l'aventure, donnez-vous le temps de vous reconnaître sur cette terre toute nouvelle pour vous et si différente de ce que vous avez vu jusqu'à présent.

L'ouvrière était consternée.

— Mon Dieu ! s'écria-t-elle, en fondant en larmes, serait-il possible qu'après avoir fait 3,000 lieues pour rejoindre mon malheureux mari, je ne pusse pas franchir les vingt dernières qui me séparent de lui ?

— C'est précisément pour vous faire parvenir plus facilement à votre but, que je vous ai fait ma première proposition, ma chère Louise, en demeurant avec nous quelques jours, vous n'aurez aucune de ces déceptions ; les affaires de M. de Lambescq exigent sa présence à Nouméa, pendant une semaine environ ; ce temps, vous pourrez l'employer utilement à faire des recherches dans les bureaux, à vous créer des relations, à retrouver ce bon Père Louis, cet intrépide missionnaire qui, après avoir, par miracle, échappé aux balles des insurgés à Paris, nous a précédés ici, pour consacrer sa vie à les évangéliser en même temps que les anthropophages. dont ils sont devenus les concitoyens.

» Tout près d'ici, derrière ces collines, se trouve l'établissement central des missions, il vous sera facile de vous y faire conduire par un guide, d'y prendre des renseignements exacts sur le lieu où se trouve votre protecteur ; nous visiterons ensuite ou avant, peu importe, la presqu'île et l'île de Nou, sur lesquelles mon mari doit faire un rapport au ministre de la marine; plus tard, dans dix ou quinze jours, M. de Lambescq doit me conduire, dans une de ses embarcations, à l'île des Pins, je vous promets de vous prendre avec moi; d'ici là, vous aurez eu le temps d'écrire à votre mari, de faire régulariser vos papiers, car ne va pas qui veut dans cette île. Vincent, prévenu, vous y attendra, vous nous le présenterez, nous parlerons pour lui aux autorités de l'île et si, comme je n'en doute pas, ses notes sont bonnes, si sa conduite n'oblige pas à user de sévérité envers lui, peut-être pourrons-nous obtenir qu'il passe sur la grande terre pour y être employé, soit dans les bureaux du gouvernement, soit dans le jardin d'acclimatation, en qualité d'ouvrier, ou même se faire attacher à une des nombreuses exploitations créées par les missionnaires ou les particuliers, dans les environs de la nouvelle capitale, en attendant qu'il puisse, par sa bonne conduite, mériter de devenir colon à son tour; et avoir à lui une maison et des champs, que vous exploiterez ensemble. Eh bien ! mon enfant, que dites-vous à présent?

— Que vous êtes mon ange gardien, madame, ma providence, madame, que jamais ma vie ne sera assez longue pour vous bénir, prier pour vous, demander à Dieu qu'il vous rende en bonheur le bien que vous nous faites, et que j'accepte avec reconnaissance la proposition que vous voulez bien me faire en ce moment.

— Vous me remercierez plus tard, quand nous aurons réussi, reprit madame de Lambescq, en tendant à l'ouvrière sa main que celle-ci baisa avec reconnaissance; à présent, occupons-nous du plus pressé. Voici d'abord l'argent que.....

— Oh! non, madame, pas d'argent, je vous en supplie, ce n'est pas vous qui me devez.

La commandante sourit.

— Je dois toujours, quand j'ai promis, dit-elle, en lui mettant la bourse dans la main; cet argent sera nécessaire à votre fille et à votre mari, vous n'avez pas le droit de refuser pour eux; vos paquets doivent être prêts, je suppose; je n'emporte à terre qu'une petite caisse, que vous me garderez à l'hôtel, où je vais la faire transporter avec vos bagages, par nos matelots. J'y prends une chambre pour pouvoir m'y habiller ou m'y reposer au besoin, mais où vous demeurerez, parce que M. de Lambescq veut revenir tous les soirs à bord du *Magenta*, où il a toujours affaire.

— Timothée, que vous connaissez, a ordre de vous conduire à terre, avec Germaine; vous m'y attendrez à l'hôtel, où je serai dans une heure ou deux, là, je vous donnerai mes instructions. Au revoir donc; adieu, ma Germaine!

Et la grande dame, prenant dans ses bras la fille de la pauvre ouvrière, l'embrassa tendrement sur les deux joues.

Cinq minutes après, accompagnée de Timothée qui, pour l'occasion, avait mis sa chemise de laine la plus neuve et posé son chapeau ciré de l'air le plus crânement conquérant, Louise quittant le pont du *Magenta*, posait pour la première fois le pied sur le sol de sa nouvelle patrie.

Pour quiconque n'a jamais vu que des villes européennes, c'est une singulière capitale que Nouméa, située aux pieds de montagnes arides et sur un terrain tellement accidenté que les rues offrent l'aspect d'une suite de tranchées, le long desquelles les maisons s'étagent d'une manière si capricieuse que le rez-de-chaussée des unes est plus élevé que le toit des autres; la ville, quoique ne renfermant tout au plus que 400 maisons, s'y développe au centre de la rade sur un demi-cercle de plus de 3 kilomètres.

C'est dire que les habitations sont loin de s'y toucher, presque toutes, au contraire, sont entourées de jardins et de terrains vagues, encombrés d'arbres et de hautes herbes.

Bien peu, une cinquantaine au plus, méritent ce nom de maisons par leur grandeur relative et la solidité de leur construction ; les autres, faites de matériaux légers, chaux ou corail, enchâssés dans des cadres de bois, ressemblent à d'énormes cages carrées, posées sur le sol et callées avec de grosses pierres pour leur donner une position horizontale, en dépit des ondulations du terrain

Germaine ne pouvait pas en croire ses yeux et poussait des cris de surprise en faisant remarquer à sa mère des habitations de papier ; dans sa naïveté, elle ne trouvait pas d'autre terme pour désigner certaines maisons plus petites encore que les autres et dont les murs ou plutôt les clayonnages, revêtus extérieurement de longues bandes blanchâtres d'écorce de nicoulis, produisent l'effet d'une tenture de papier grisâtre.

Sans le témoigner de la même manière, Louise n'était peut-être pas moins étonnée que sa fille : ces constructions de bois, de pierre, de carton, alignées au cordeau sur les trois larges boulevards qui, percés perpendiculairement à la rade, coupent, à angle droit, deux larges rues parallèles, cette symétrie dans le désordre, cette régularité civilisée faisant contraste à cette bigarrure toute primitive, la surprenaient au moins autant que le singulier mélange des passants qui se coudoyaient dans les rues.

Là, sous la vérandah du café de la garnison, des officiers de terre et de mer, les uns en costume réglementaire, les autres coiffés de larges chapeaux en feuille de palmier, discutaient, buvaient ou fumaient en jouant aux dominos et regardant circuler la foule ; ici, des portefaix canaques, à peine vêtus d'une pagne de cotonnade enroulée autour de leurs reins, passaient ployés sous leur charge ; de vieilles femmes, noires et hideuses, accroupies, la pipe entre les dents, devant des paniers de fruits des tropiques, causaient bruyamment entre elles, dans un idiôme si dur que chaque mot prononcé ressemble au claquement d'un fouet; des Françaises, le chignon relevé et serrées dans leurs robes étroites, passaient en faisant sonner les hauts talons de leurs bottines, récemment reçues de Paris, des soldats, des matelots, des négrillons à peu près nus, des Anglais enchâssés dans leur faux col, des forçats envoyés en corvée, des vendeurs d'eau, cette denrée si rare à Nouméa, se croisaient dans tous les sens.

Ici, les larges portes d'un magasin laissaient apercevoir les tonneaux d'huile de coco alignés le long des murs; plus loin, un sauvage, à figure féroce, vêtu d'un vieil uniforme de chef de bataillon, dont le pantalon trop court laissait passer ses gros pieds noirs, fumait, devant sa case, une énorme pipe bourrée de tabac indigène; sur sa porte, un parfumeur frisé, gilet en cœur et cravate bleue de ciel, véritable gravure de mode, lisait le dernier numéro du *Rappel*, paru depuis sept mois à Paris, mais arrivé le matin même dans la capitale de la transportation.

A chaque pas les contrastes se multipliaient, seuls les nouveaux débarqués les remarquaient : on s'habitue à tout dans ce monde.

Timothée, pour sa part, n'y faisait aucune attention, il avait vu tant de choses étranges et, sans s'arrêter, il filait son nœud, serrant le vent au plus près, le cap sur l'hôtel où il faisait transporter les bagages, et se contentant, en passant devant des bâtiments en pierre, plus sérieux que les autres, de laisser tomber ces mots : Hôtel du gouvernement, trésor, magasin de la flotte, hôpital, imprimerie, caserne de l'infanterie de marine.

Ces édifices de la civilisation, semés un peu au hasard parmi les cases des indigènes et les maisons européennes, produisaient le plus singulier effet, quelques-uns n'avaient pas encore eu le temps d'être terminés et continuaient à pousser.

De ce nombre était l'hôtel de la banque, un vrai chef-d'œuvre de construction moderne en bois, fait à Paris et expédié de Bordeaux.

Les ouvriers rajusteurs n'avaient encore eu le temps que d'en monter la carcasse en forme de chalet entouré d'une galerie faisant terrasse. Des charpentiers achevaient d'en poser la charpente, reposant sur quatre-vingt-quinze colonnes à angles coupés avec des ornements et des moulures. Tout un monde d'ouvriers : maçons ou gâcheurs de plâtre remplissaient les entre-colonnes avec des cloisons de briques, et déjà des plombiers s'occupaient à appliquer sur la galerie des ornements en zinc, découpés à jour et apportés par le même navire.

Parmi les ouvriers, beaucoup de Canaques, déjà à demi civilisés, remplissaient l'office de manœuvres, et, avec une adresse de singes, se faisaient passer de main en main les tuiles annelées que consolidaient sur la charpente cinq ou six forçats envoyés en corvée de l'île de Nou pour les travaux du gouvernement.

L'un de ces derniers, plus occupé des passants que de sa tâche à laquelle il apportait toute l'indolence possible, remarqua Louise qui en passant avait levé les yeux pour regarder cette singulière construction, et cria à l'un de ses camarades, qui en bas passait une couche de peinture sur la porte de fer encore couchée sur des tréteaux.

— Ohé ! Mulasse, voilà la payse qui arrive, la citoyenne du beau Vincent avec sa mioche, hôlà ! là ! et bien escortée, faut croire que son mari vient d'être nommé gouverneur de l'île. Eh ! dites donc la mère, vous payez aux camarades une tournée sur le comptoir pour la bienvenue ?

Ainsi, hélée par des forçats qu'elle ne connaissait même pas de vue, Louise baissa la tête en rougissant, et voulut doubler le pas.

— Oui, fit Mulasse, attends-y-toi qu'elle paie quelque chose, elle est bien trop fière, madame Vincent, pour regarder tant seulement les camarades à son citoyen.

— Faut croire que son curé lui aura défendu, ricana Machefer, en se faisant un porte-voix de ses deux mains, je parie mon sou de paie qu'elle apporte quelque jésuite dans son panier.

— Si c'est ça, c'est pas la peine, riposta Mulasse, n'y en a assez de cette vermine dans le pays.

Un coup de bâton appliqué par un surveillant sur les épaules du forçat arrêta net ses plaisanteries.

Mais déjà le feu croisé des quolibets avait attiré l'attention des passants sur la pauvre femme, et elle entendit un soldat qui, passant auprès d'elle, dit à son camarade.

— En voilà une qui arrive du pénitencier pour rejoindre son forçat.

— Pauvre petite ! murmura en même temps une dame, dont la grâce enfantine de Germaine avait attiré l'attention ; c'est vraiment dommage qu'elle ait de semblables parents.

Louise ne répondit rien, mais elle sentit la honte qui lui serrait le cœur comme un étau.

Pauvre femme ! pendant la traversée elle s'était déshabituée du calice de l'humiliation et le retrouvait bien amer.

Sans doute Timothée craignit que les éclaboussures de cette avanie ne rejaillissent sur son uniforme, car il gronda entre ses dents :

— Si vous avez de si bonnes connaissances, fallait au moins me prévenir.

— Je ne sais pas quels sont ces hommes, répondit-elle timidement, et je suis bien fâchée pour vous de ce qui est arrivé.

Sa voix était pleine de larmes, le marin avait bon cœur, il se repentit de sa brusquerie, et prenant Germaine sur son bras :

— Amarre-toi à mon cou, pichotte, fit-il d'un ton tout différent, nous te faisons courir une bordée trop longue pour tes jambes.

— Merci, monsieur, je ne suis pas fatiguée.

— Tu seras mieux pour bien voir d'ici qu'en te faisant remorquer au ras du pavé, pas vrai, madame Louise ?

— Vous êtes bien bon, monsieur Timothée, murmura l'ouvrière qui ne put pas retenir ses larmes.

—C'est-à-dire que je suis une brute et un failli chien d'avoir lâché une bordée qui vous fait pleurer, s'écria-t-il avec colère ; oui, un failli chien, et j'aurais plaisir que vous me le disiez.

— Je mentirais en le disant.

— Tron de l'air ! il ne manquerait plus que vous fassiez des compliments à un butor ; enfin, suffit, n'en parlons plus, je sais trop bien ce que j'en pense ; ah ! tiens, Germanette, regarde ça, c'est curieux, les Tayos qui font l'exercice.

— Qu'est-ce que les Tayos? demanda l'enfant.

— C'est le nom des soldats du pays, de ce qu'on appelle en France la garde nationale, ou plutôt des volontaires Canaques au service du gouvernement.

— Ils sont bien laids et ils ont l'air bien méchants, fit Germaine, en examinant avec un sentiment de curiosité mêlé de crainte, une vingtaine de Néo-Calédoniens assez peu vêtus, les pieds nus et la tête protégée par une sorte de toison noire, crépue, ramassée en boule qui, composée de leurs seuls cheveux, aurait assurément mieux paré un coup de sabre que le schako d'un soldat de marine.

— C'est vrai, l'uniforme laisse à désirer et la douceur du caractère aussi, reprit le matelot, en s'adressant cette fois à Louise ; tels que vous les voyez, ils sont cependant très-utiles, agiles comme des chats, souples comme des serpents, tireurs merveilleux et qui, dans les premiers temps surtout, ont rendu d'immenses services en poursuivant à travers les broussailles leurs compatriotes ennemis, que soldats et marins étaient également incapables de surprendre et même d'atteindre ; il est vrai que s'ils travaillaient si bien ce n'était pas pour de l'argent seulement.

— Ce ne devait pas être cependant pour l'honneur, répondit l'ouvrière avec une sorte de dégoût, car ils remplissaient vis-à-vis de leurs compatriotes l'office de traîtres.

— Non, pas pour l'honneur, non plus.

— Alors, pourquoi?

— Pour leur estomac, car tels que vous les voyez, ces Tayos aiment beaucoup la chair humaine, et si ce que l'on dit est vrai, quand ils avaient tué des révoltés, s'ils rapportaient les têtes pour se faire payer la prime, ils dévoraient le reste du corps dans les bois, et à l'heure qu'il est, je ne vous conseillerais pas de leur confier votre fille, la tentation serait trop forte.

— Et le gouvernement les laissait faire, s'écria Louise indignée, je ne puis pas le croire.

— Le gouvernement faisait semblant de n'en rien savoir, il avait besoin d'eux, et ma foi nos commandants se disaient : mieux vaut encore qu'ils mangent du noir que du blanc.

— Au moins aurait-t-on dû les renvoyer une fois la guerre finie.

— Finie! finie! vous en parlez bien à votre aise, on voit que vous ne connaissez pas les sauvages; la côte est à peu près sûre mais pas la montagne, et d'ailleurs, à présent, les Tayos-fusils ont un autre gibier à chasser.

— Un gibier, je croyais qu'il n'y en avait pas dans l'île.

Timothée se mit à rire de l'équivoque.

— Pardon, fit-il, il y en a beaucoup, au contraire, les forçats et les transportés, un gibier à deux pieds qui ne demanderait pas mieux que de s'enfuir, et que les Tayos suivent à la piste avec plus d'ardeur que des chiens lancés contre le loup ou le sanglier.

— Mais ceux-là ils ne les tuent ni ne les dévorent, sans doute, fit-elle tout effrayée.

— Je ne voudrais pas le garantir et on assure le contraire, car ils sont particulièrement friands de chair blanche, reprit le marin; du reste, avant un mois vous saurez à quoi vous en tenir là-dessus.

— Sommes-nous encore loin de l'hôtel, demanda la femme du

déporté, qui se souvenant d'avoir entendu répéter à Vincent qu'il profiterait de la première occasion pour s'évader, sentait ses jambes se dérober sous elle.

— Nous y voici, répondit le guide, en montrant à l'angle formé par la grand'rue avec le boulevard du gouvernement, une vaste maison d'une construction toute primitive, sous les vérandahs de laquelle plusieurs voyageurs étaient venus respirer.

— C'est là?

— Il n'y a pas à s'y tromper, puisque jusqu'à présent c'est la seule auberge de Nouméa. Par le flanc droit les bagages! parez à virer!

Les matelots entrèrent dans une sorte de vestibule dans lequel ils déchargèrent leurs colis, mais sans les perdre de vue, pendant que le provençal parlementait dans l'idiôme le plus burlesque avec une grosse dame blonde, assise au fond de la pièce, derrière un comptoir chargé de verres, de bouteilles, de cigares et de charcuterie, formant un rempart du milieu duquel émergeait sa face rubiconde coiffée d'un vaste bonnet surchargé de rubans.

A son installation comme à son accent, il était facile de reconnaître dans cette personne un vrai type d'anglaise, maîtresse d'hôtel.

C'était en effet une mistress Cragford, native de Sydney, venue comme beaucoup de ses compatriotes s'établir à Nouméa pour y tenir un *very confortable hôtel*, attenant au dépôt d'huile de cocos de master John Cragford, son non moins industrieux mari.

La respectabilité britannique s'opposait à ce que mistress Aurora, une véritable aurore boréale, se levât pour recevoir ses hôtes, mais en voyant Louise si bien accompagnée, elle ne douta pas que l'étrangère fût la camériste de confiance de quelque grande dame, et elle lui prodigua ses saluts les plus gracieux.

C'était, du reste, à peu près tout ce dont elle pouvait disposer pour le moment en sa faveur, une seule chambre étant libre dans cette caserne.

très-vaste en apparence, mais qui, occupée au rez-de-chaussée par des magasins, le parloir, la salle à manger, la salle de bains et les cuisines, n'avait qu'un seul étage dont toutes les chambres sauf une étaient prises.

L'ouvrière n'en demandait pas davantage, et sur l'ordre de mistress Cragford, une servante canaque, vêtue à l'européenne mais pieds nus, s'empressa de l'y conduire.

Malgré toutes les assurances de la maîtresse d'hôtel, cet appartement comme elle l'appelait, était loin d'être le type du confortable.

On y arrivait par un corridor sur lequel s'ouvraient de quatre en quatre mètres des portes numérotées donnant accès dans des chambres ou plutôt des cellules d'une rigoureuse uniformité, et dont l'ameublement d'une simplicité toute primitive, eût donné à penser à un chartreux, descendu chez la pieuse méthodiste, qu'il n'avait fait que changer de couvent.

Ces chambres, séparées les unes des autres par une mince cloison en planches à peine rabotées, dont aucune tenture ne dissimulait l'insuffisance de l'assemblage, avait pour plafond une simple toile clouée en dessus, de telle sorte qu'avec la meilleure volonté ou à moins de surdité complète, il était impossible de ne pas entendre chaque parole prononcée dans la chambre contiguë, et que rien n'empêchait, pour peu que l'on voulût appliquer son œil aux fentes, de surveiller, sans en rien perdre, les mouvements de son voisin.

Heureusement qu'à Nouméa, au moins pendant la belle saison, on vit le plus souvent dehors, et qu'à cause des insectes on garde le moins de lumière possible le soir, en telle sorte que la nuit, l'obscurité remplace des murs plus discrets.

En revanche, l'air était tiède, et par la fenêtre entr'ouverte, le regard embrassait un magnifique horizon, la rade tout entière avec le *Magenta* au premier plan, puis la mer étincelante sur laquelle se découpait, comme à l'emporte-pièce, toutes les sinuosités de l'île de Nou, séparée du rivage par une large bande d'azur glacée d'or.

Après avoir fait déposer tous les bagages dans cette cambuse si mal calfatée, comme il le disait, Timothée était retourné à son bord sans prendre autrement congé de l'ouvrière qu'il était bien sûr de revoir encore plusieurs fois, et Louise, demeurée seule, s'était mise à tout ranger, moins par nécessité que par cet amour de l'ordre qui, chez les femmes sérieuses, devient un véritable besoin.

Puis, en parcourant d'un coup d'œil rapide sa chambrette, elle s'était aperçue tout de suite qu'il y manquait le plus essentiel. Quoi donc? un lit? il y en avait un de fer, étroit à la vérité, mais suffisant pour la mère et la fille; une toilette? ce n'était pas cela non plus, l'eau est rare à Nouméa et se paie fort cher, mais quel hôtel tenu par une anglaise pourrait manquer d'eau? Germaine aurait pu prendre un bain dans la cuvette avec le liquide contenu dans le pot à eau, quoi donc? L'ouvrière ne voulut pas être la seule à le remarquer, et avec cet instinct de mère chrétienne, toujours occupée à faire germer dans le cœur de son enfant des pensées religieuses, elle dit à Germaine :

— Avant de sortir pour nous promener, regarde donc s'il ne manque rien dans notre chambre.

L'enfant regarda instinctivement, tout d'abord la cloison à laquelle le lit était adossé et s'écria :

— Oh! mais si, maman, il n'y a pas le bon Jésus.

— Tu as raison, ma fille, et nous allons clouer le nôtre à la muraille pour qu'il nous protége ici comme il l'a fait sur la mer, pour qu'il protége ton père aussi et qu'il nous bénisse tous.

Une heure est bientôt écoulée lorsqu'on l'emploie au travail, aussi l'ouvrière venait à peine de terminer son installation, et songeait à sortir avec Germaine pour aller attendre Mme de Lambescq sous la vérandah de l'hôtel, lorsque la porte de sa cellule s'ouvrit tout-à-coup, donnant passage à la femme du commandant.

— Déjà à l'ouvrage, ma chère Louise, fit en souriant la gracieuse dame, et regardant autour d'elle, c'est peu élégant, ajouta-t-elle, mais propre et c'est déjà quelque chose, mais d'où vient donc cette atroce odeur de tabac, je ne suppose pas que Timothée se soit permis de fumer ici ?

— Assurément non, madame, mais à vrai dire toutes ces chambres n'en font réellement qu'une, les cloisons sont de vraies claires-voies et la fumée circule avec le vent à travers les planches ou le plafond.

— C'est parfaitement vrai, je m'aperçois que cet hôtel est un véritable phalanstère où tout est par trop en commun. M. Dupin, le premier lieutenant, avait parfaitement raison de me dire que le mieux est de louer une case, si modeste qu'elle soit, si on a quelques jours à passer ici, ou de s'en faire construire une, ce qui est encore préférable.

— Plus commode je ne dis pas, madame, mais peu économique.

— Vous croyez ?

— Il me semble.

— Eh bien ! c'est ce qui vous trompe, cet affreux réduit si mal meublé et si incommode se paie au moins six francs par jour, ce qui fait plus de deux mille francs par an, tandis qu'une de ces grosses cages que vous avez pu remarquer et le jardin attenant ne coûte pas davantage d'achat, bien moins même, si après avoir acheté à l'encan un lot de terrain, on y fait soi-même construire sa maison à son goût, par des ouvriers de la transportation.

— La maîtresse de l'hôtel doit faire de beaux bénéfices ?

— Assurément, mais si ce n'était pas pour s'enrichir, vous comprenez que peu de personnes auraient le courage de venir s'établir ici, à trois mille lieues de l'Europe, au milieu des sauvages.

— Si le prix de la nourriture est en proportion, fit la pauvre femme, je ne sais pas comment....

— Pour le moment, vous n'avez pas à vous en inquiéter, vous êtes toujours à mon service et cela me regarde.

— Quel service puis-je rendre à madame ici ?

— D'abord, celui de m'habiller ce soir, et puis de me coiffer, car nous sommes, mon mari et moi, invités à dîner chez le gouverneur, auquel je parlerai de vous ; on le dit très-bienveillant, j'espère qu'il s'intéressera à votre position, et vous fournira le moyen de retrouver votre mari, avec celui de gagner votre vie dans la colonie d'une manière convenable. Ensuite il faudra s'occuper de l'éducation et de l'instruction de ma petite Germaine, M. de Lambescq m'a parlé de maisons d'éducation dirigées par de bonnes religieuses, bien douces, bien dévouées, nous parlerons de cela aussi ; mais à propos, vous connaissez déjà ici un homme précieux qui vous sera bien utile, un missionnaire de votre pays.

— Oui, madame, le Père Louis, seulement cette île est si grande et les moyens de communication sont, m'avez-vous dit, si difficiles.

— Rien n'est impossible à qui veut bien, nous le retrouverons votre Père Louis ; mon Dieu ! comment avez-vous arrangé cela ?

— Je n'en sais trop rien, madame, c'est un rideau cousu comme un sac.

— Mais, pas le moins du monde, c'est une enveloppe destinée à entourer complétement votre lit, vous êtes bien heureuse que je l'ai remarqué, de toute la nuit vous n'auriez pas fermé l'œil, et demain matin la pauvre Germaine se serait éveillée avec le visage tout enflé ; on appelle cela une moustiquière, il y en a dans tous les pays chauds, et dans cette saison c'est absolument indispensable pour préserver de la piqûre des moustiques.

— Des moustiques ! déjà ? nous ne sommes qu'en janvier.

— Vous oubliez que janvier est ici juillet, comme minuit est midi à Paris, reprit la commandante en riant ; nous vivons en ce moment dans le monde renversé ; comment avez-vous trouvé la ville ?

— Ce que j'en ai vu est bien extraordinaire.

— Oui, elle ne ressemble pas à nos villes d'Europe, cela ne me déplaît pas, c'est original, pittoresque au plus-haut degré, un

11.   3.

mélange de sauvagerie et de civilisation ; vraiment curieux et dont
l'aspect général ne manque pas de grandeur ; la rade surtout est
magnifique ; demain , mon mari sera occupé une grande partie du
jour , vous viendrez m'attendre à dix heures au quai , je profiterai
de ma liberté pour visiter un peu les magasins et la promenade qu'on
dit fort belle.

Tout en causant ainsi avec sa camériste, Mme de Lambescq achevait sa toilette de ville, et ce ne fut que lorsque Louise, devenue très-
habile dans l'art difficile de coiffer , eut posé sur la tête de sa maîtresse un chapeau apporté de France, que celle-ci sortit en embras-
sant tendrement Germaine et en lui recommandant d'aller se promener avec sa mère, mais de ne pas rentrer trop tard à cause de
l'humidité qui , si elle ne donne pas la fièvre dans ce pays exceptionnellement sain, prédispose cependant à ces bronchites auxquelles
les Canaques ont tant de peine à échapper.

Grâce à la régularité et au petit nombre des rues, il est difficile
de se perdre à Nouméa ; n'ayant rien à craindre à ce sujet , Louise
sortit donc , non pas pour aller admirer le spectacle toujours
splendide du soleil couchant sur les flots , les boulevards plantés
d'arbres et pleins d'animation, les magasins qui devaient lui paraître
bien mesquins après ceux de Paris ou même ceux de Versailles ,
mais pour faire sa première visite au meilleur et au plus puissant
des protecteurs, pour aller se prosterner aux pieds de son Dieu et
de sa divine mère , implorer leur secours et les prier de prendre
sous leur protection ceux qu'elle aimait le plus au monde, Germaine
et Vincent.

Etrangère à Nouméa, à peine débarquée, elle ignorait de quel côté
se trouvait l'église , mais dans une ville française , quel habitant ne
sait pas où est le temple de Dieu ?

La première personne à laquelle elle s'adressa pour se renseigner
fut une demoiselle de magasin qui, assise devant sa porte, avec une
robe de soie tapageuse et des fleurs dans les cheveux, semblait faire
partie de l'étalage d'une modiste en renom.

— L'église! fit celle-ci étonnée, l'église! vrai, je n'en sais rien, et se tournant vers une autre ouvrière :

— Mademoiselle Palmyre, dit-elle, en traînant la voix, savez-vous où se trouve l'église?

— Ma foi, je ne m'en suis jamais occupée, répondit Palmyre.

— Si c'est le poulailler qu'on demande, cria une apprentie, dont le chignon exagéré affectait les dimensions d'un bonnet à poil, je crois que c'est au coin de la grand'rue.

— Venez, madame, je vous conduirai, moi, gronda un vieux matelot à figure basanée et à grosse veste bleue, ces jeunesses, ça ne connaît **que** le chemin du théâtre et de la promenade.

— Merci bien, monsieur, répondit l'ouvrière, et saluant la modiste sans se soucier de son sourire dédaigneux, elle suivit son guide.

— Pour lors, il n'y a pas longtemps que vous êtes ici? reprit l'homme de mer après quelques pas.

— Je suis débarquée il y a deux heures.

— Vous arrivez d'Australie?

— De France.

— Pour demeurer ici quelque temps?

— Toujours, peut-être.

— Mauvais pays pour y habiter, répondit-il, en secouant son brûle-gueule sur son pouce, à Nouméa surtout, ces colons sont plus sauvages que les sauvages ; méfiez-vous, un pays dont les habitants ne savent pas même s'il y a un Dieu, mauvais pays, ce n'est pas chez nous qu'une fille honnête répondrait comme cette petite porte-bijoux, à quatre ans un enfant vous y récite sa croix de Dieu.

— Chez moi aussi, murmura Louise.

— Pour lors, vous êtes bretonne?

— Je suis du Périgord.

— Ah! fit-il, où c'est ça?

— En France.

— Ah !

— Vous êtes français, aussi ?

— Non , je suis breton , d'Auray ; voilà l'église.

— Où ?

— Là, devant vous.

— Quoi ! cette mauvaise hutte de paille?

— Il n'y en a pas d'autre.

— C'est étonnant.

— C'est comme ça , le marbre est pour leur théâtre et leur bourse , la pierre pour les casernes , le bois pour les maisons et la paille pour le bon Dieu ; les six mille brûleurs d'églises auquel le gouvernement a fait cadeau de cette île, n'auront pas grand'peine à flamber celle-ci.

Louise baissa la tête et rougit ; celui qu'elle venait rejoindre était un de ces incendiaires.

— Aussi , continua le breton , vous avez entendu cette drôlesse ; elle l'appelle un poulailler , elles sont toutes les mêmes ces femmes de déportés.

— Vous croyez que c'est une femme de déporté ?

— Bonne mère ! et que voulez-vous que ce soit, toutes ces traîneuses de robes de soie sont des échappées de maisons de correction, il n'y avait que quelques honnêtes femmes ici, quand un beau jour un transport est arrivé bondé de cette belle graine qu'il a déchargée sur le quai ; huit jours après chacune avait son forçat , on les a mariées en masse et à présent ça fait les fières. C'est pire que les sauvages. Allons, bonsoir, et dites un *Pater* pour moi.

Louise ne répondit pas ; femme de déporté , dans toutes les bouches ce mot était donc une injure, elle poussa la porte et entra.

Dieu n'était pas seul dans cette étable de Bethléem ; près d'un poteau, tenant lieu de colonne, un Canaque à demi-nu et à genoux regardait la croix en se frappant la poitrine.

L'ouvrière s'agenouilla près de lui et fondant en larmes elle dit :

Mon Dieu! mon Dieu! je vous offre mes humiliations, mes cha-
grins, mes souffrances; je les mets à vos pieds comme la rançon
de mes fautes; faites qu'elle soit profitable à celui pour lequel je
vous implore, frappez-moi, mon Dieu, mais ayez pitié de ma fille
et ramenez mon mari.

CHAPITRE III

L'île de Nou

— Oh! maman, comme elle avait raison, la bonne dame, de nous mettre dans le sac, s'écria Germaine, en s'éveillant le matin, après une nuit troublée par l'incessant bourdonnement des maringouins ou autres insectes ailés, qui sont le désespoir des nouveaux débarqués en Calédonie.

Louise était déjà à l'ouvrage; si elle n'en avait pas eu, elle en aurait créé pour s'occuper. A l'exclamation de sa fille, elle se rapprocha du lit, souleva la moustiquière, baisa l'enfant au front et, lui prenant la main, lui fit faire le signe de la croix, en disant:

— Tu sais bien que notre première pensée doit être pour Dieu.

— Pourquoi le bon Dieu, qui est si bon, a-t-il fait ces bêtes, qui sont si méchantes, maman?

— Pour nous exercer à la patience et te faire voir qu'il ne faut jamais harceler les gens qui sont avec nous, si on ne veut pas être pris en horreur par tout le monde, répondit l'ouvrière.

La petite comprit la leçon, car, étendant ses bras vers sa mère, elle lui dit avec son sourire d'ange:

— Je vous promets d'être bien sage, petite maman et de ne pas faire le maringouin.

— Alors, commençons par nous habiller et bien dire notre prière.

Germaine sauta à bas de son lit et l'on procéda à la toilette.

On s'était laissée laver sans faire la moindre grimace, on avait bien fait sa prière et l'on venait de passer la petite robe d'indienne bleue, si propre, si bien repassée, qu'elle était presque élégante, quand les planches du corridor résonnèrent sous de gros souliers ferrés et qu'un coup sec accompagné d'un :

— Madame Vincent, peut-on entrer? retentit à la porte.

Louise avait reconnu la voix, elle se hâta d'ouvrir.

— Pardon, excuse, pour le dérangement, fit Timothée; le commandant nous envoie comme ça en corvée pour transborder votre bibelot.

— Nous changeons de chambre?

— Et même de cambuse ; faut croire que le vent a sauté raide comme dans un grain. Ce matin nous avons porté à bord le coffre d'un enseigne, qui habitait une case près de la mer, et qui a reçu ordre d'embarquer sur le *Magenta*, et c'est vous qui allez prendre sa place.

— Voilà qui a été vite décidé.

— Oh! c'est toujours comme ça avec le commandant; un autre n'aurait pas fait serrer la bonnette que lui a déjà fait prendre trois ris à la grande voile; voyons, voulez-vous que je vous donne un coup de main pour faire votre sac?

— Merci, monsieur Timothée, mais les rubans ne se manient pas comme un cordage, et le bonnet à fleurs de Madame ne se plie pas comme une toile à voile; laissez-moi faire, dans un instant tout sera prêt.

Et Louise se mit à ranger ses paquets avec sa promptitude et son adresse accoutumées.

En quelques instants, malle et caisse étaient prêtes.

— Enlève! commanda Timothée.

Les marins obéirent.

— Marche! fit-il.

— Eh! mais, un instant, monsieur; au moins faut-il que nous sachions où vous allez, ou que nous ayons le temps de vous suivre, s'écria l'ouvrière.

— Ah! ça, c'est vrai, fit-il en riant, et moi qui allais oublier la commission de la commandante.

— Une commission pour moi?

— Oui, pour vous, il faut que vous soyez à bord dans deux heures.

— Mon Dieu, mais je n'aurai jamais le temps de tout faire.

— Ça, je n'en sais rien, mais vous pouvez aller à bord à votre aise, pendant que nous porterons les paquets à la nouvelle case, où vous les ouvrirez plus tard, ou bien nous suivre, c'est tout près du port, ranger vos bibelots en double et venir au *Magenta* ensuite.

— Il est toujours à l'endroit où nous avons débarqué hier?

— Plus souvent que le commandant laisse son navire à quai comme une barque de cabotage; il est ancré dans le port, mais à quelques encâblures, et vous n'aurez qu'à héler du quai ou prendre un canot: il n'en manque pas.

Louise réfléchit un instant.

— Le mieux, dit-elle, est que je vous laisse partir seuls, pour ne pas vous retarder; de mon côté, je me rendrai au quai avec ma fille et je vous y attendrai: vous me prendrez avec vous dans l'embarcation.

— Voilà qui est bien pensé. Au revoir, madame Vincent, et ne tardez pas trop, nous allons marcher vivement.

— Je pars à l'instant, fit-elle, et je descends avec vous.

— Alors, partons.

L'ouvrière jeta un dernier regard sur la chambre pour s'assurer qu'elle n'oubliait rien, prit sa fille par la main et descendit.

En passant devant le comptoir, derrière lequel siégeait Mme Cragford, toujours solennelle et immobile, elle s'approcha pour prendre congé de la propriétaire, et porta la main à sa poche pour en tirer son porte-monnaie.

— Inioutil, jété payé, fit sèchement la dame qui, habituée à voir fuir ses pensionnaires après la première nuit passée sous son toit inhospitalier, avait la précaution de se faire payer d'avance pour deux journées.

— Alors, il ne me reste plus qu'à vous remercier, reprit Louise, qui ne croyait pas pouvoir être jamais trop polie.

— Inioutil, jété payé, répliqua l'Anglaise, du même ton sec et hautain.

— Allons, ça va bien, s'écria Timothée; puisque la vieille, il été payé, filons notre nœud.

— Vous nété pas oune gentleman, vous été oune stioupid felow, glapit l'Anglaise, furieuse de se voir traitée de vieille par un matelot.

— Inioutil de vous fâcher, la mère, vous été payé, riposta le Provençal, pendant que Louise, toute confuse, se hâtait d'entraîner sa fille hors du parloir.

De l'hôtel de mistress Cragford à la mer il n'y a pas loin, mais il fallait passer devant l'hôtel de la Bourse, en construction, et pour éviter les grossières interpellations de la veille, l'ouvrière fit un détour qui, l'allongeant de quelques minutes, la conduisit presque à l'extrémité de l'arc dont la ville occupe le centre.

C'était l'heure de la marée basse; des femmes, des enfants, dans l'eau jusqu'au genou, se promenaient entre les rochers de coraux, revêtus de la plus opulente mousse, toute diaprée de ces mollusques bizarres de formes qui, en jetant autour d'eux leurs soyeux tentacules nuancés des plus charmantes couleurs, ressemblent aux charmantes anémones dont ils portent le nom.

Germaine aurait bien voulu, comme à Brest et à Belle-Isle, s'arrêter à regarder pêcheurs et pêcheuses, fouillant sous chaque pierre pour en retirer à chaque instant quelque animal aux formes étranges et le rejeter dans leur léger panier tressé en fibres de cocotiers, mais sa mère craignait de manquer le départ du canot, et force lui fut de renoncer à ce plaisir.

Il est vrai que l'idée de monter dans l'embarcation pour retourner au navire, où elle avait laissé tant d'amis, depuis ces petits mousses, qu'elle aimait tant à voir grimper aux mâts ou courir sur les vergues, jusqu'à l'aumônier si sérieux mais si bon, qui parfois lui donnait de belles images peintes et dorées, était pour elle une compensation qui adoucissait singulièrement l'étendue du sacrifice qu'en ce moment lui imposait l'obéissance.

Les matelots n'étaient pas encore de retour de la case, où ils étaient allés porter les bagages, mais ils ne pouvaient pas tarder et en les attendant, la petite fille eut tout le temps de regarder les jolis petits poissons qui, avec leur cuirasse d'or et d'argent, ou leur livrée pourpre et azur, folâtraient dans l'eau cristalline des lagons, et chaque fois qu'elle y jetait un petit caillou, se précipitaient au-devant de l'inoffensif projectile, qu'ils poursuivaient ensuite dans sa descente tournoyante jusqu'au fond de l'eau.

Enfin Timothée arriva ; les matelots sautèrent dans le canot, où son ami le Provençal la fit entrer avec sa mère, bordèrent leurs avirons, et tous ensemble les laissant retomber dans l'eau, au moment où la gaffe poussait l'embarcation au large, se mirent à nager avec cet ensemble de mouvements qui caractérise les manœuvres des équipages de l'État.

Cinq minutes après, ils accostaient au pied de l'échelle. Mme de Lambescq, en simple robe de toile écrue et en vraie toilette de campagne, qui lui seyait à ravir, les attendait sur le pont où, son ombrelle à la main, pour se garantir des chauds rayons du soleil de janvier, le juillet de Nouméa, elle se promenait en compagnie du docteur.

— Ah ! bonjour, Louise, fit la commandante, en s'avançant vers les arrivantes ; comment vous a traitée cette première nuit de terre ?

— Très-bien, madame, grâce à vous, quoique en vérité la société de l'hôtel soit un peu trop bruyante la nuit et les moustiques
trop nombreux.

— On a fait du tapage ?

— Pas précisément, madame ; mais mistress Cragford a pour
pensionnaires plusieurs jeunes officiers qui n'aiment pas, paraît-il,
à se coucher de bonne heure, et préfèrent fumer et causer jusqu'à
deux heures du matin.

— Dans leur chambre, je suppose et de manière à ne gêner personne? dit l'abbé Manuel.

— Mon Dieu, je suis bien persuadée qu'ils n'ont pas l'intention
de déranger leurs voisins, seulement, comme toutes les chambres
n'en font qu'une à cause du peu d'épaisseur des cloisons et du
manque de plafond, le résultat ne correspond pas à leur bonne volonté.

— C'est bien ce que j'ai remarqué dès mon arrivée, interrompit
Mme de Lambescq, aussi ai-je profité de l'embarquement de
M. Robin pour m'emparer de sa maison ; à propos, l'avez-vous
vue ?

— Non, madame, pas encore, j'ai craint d'arriver trop tard.

— Vous avez bien fait, je ne l'ai pas vue non plus, on dit que le
jardin est charmant et, de la vérandah, le panorama ravissant ; je
m'y ferai conduire demain. Ni vous ni Germaine n'avez encore dé-
jeûné, sans doute ?

— Pas encore, madame.

— C'est ce que je pensais ; faites-vous servir par le coq, et faites
un bon repas, car probablement nous ne rentrerons qu'assez tard.

— Si madame va du côté de sa nouvelle habitation, je ne revien-
drai même pas à bord, dit l'ouvrière.

— Dieu merci, ma nouvelle habitation n'est pas là où nous allons, fit la commandante en riant ; Timothée ne vous a donc rien
dit ?

— Pardon, madame, il m'a dit que vous m'attendiez.

— Mais, sans ajouter pour où aller ?

— Rien de plus, madame.

— Quelle tête ! Enfin, peu importe, nous partons dans une heure pour le pénitencier ; voulez-vous y venir ?

— Bien volontiers, madame, répondit Louise, qui pâlit un peu.

Mme de Lambescq devina sa pensée, car elle ajouta :

— C'est tout simplement une visite de curiosité dans l'île de Nou, où sont détenus les prisonniers des bagnes ; allez vite déjeûner.

Une heure après, huit rameurs, en grande tenue, la rame haute, le chapeau ciré sur le crâne, se tenaient à leur poste dans le canot-major, dont le pavillon flottait à l'arrière, au-dessus de la place d'honneur du commandant de l'embarcation.

M. de Lambescq descendit le premier et prit les deux cordons du gouvernail, Mme de Lambescq, l'aumônier, Louise et sa fille descendirent après lui.

— Tout le monde y est-il ? demanda le commandant.

En ce moment, le docteur dégringolait l'échelle.

— Toujours en retard, monsieur Goblet, fit l'officier.

Le docteur balbutia quelques mots.

— Allons, dit Mme de Lambescq, je demande grâce pour M. Goblet, il a un attirail qui ne permet pas la précipitation.

— Sans compter, reprit le commandant, avec un sourire de bonne humeur, que la tenue n'est pas réglementaire.

— Celle d'un savant, dit l'aumônier.

— Ou plutôt d'un Robinson, interrompit Mme de Lambescq, fusil, filet, marteau de minéralogiste, boîte de botanique ; c'est tout un arsenal que vous portez là ; avec un pareil attirail, on doit se suffire à soi-même dans l'île la plus déserte.

Le docteur ne répondit pas ; il se fouillait, et à chaque fois qu'il plongeait les mains dans ses poches, il en retirait quelque objet nouveau qui attirait vivement la curiosité de Germaine; lui, fouillait toujours pendant que le bateau s'éloignait; enfin, il respira, ce qu'il cherchait c'était une boîte d'épingles très-longues et fines comme un cheveu.

— Eh bien! docteur, le bazar est-il au complet? demanda M. de Lambescq.

— Au complet, mon commandant.

— Alors, il est temps que je vous inflige la punition que vous avez méritée. Nous avons pour une demi-heure de traversée, et ici il n'y a ni papillons à poursuivre, ni pierres à ramasser, ni oiseaux rares à tirer, vous ne pouvez donc pas alléguer les nécessités de votre service; de plus, comme en votre qualité de savant, vous êtes obligé de ne rien ignorer, et que vous avez déjà visité le pénitencier il y a deux ans, vous allez dire tout ce que vous savez de l'île que nous allons visiter.

— Est-ce la punition que vous m'infligez?

— Oui, monsieur, le récit ou deux mois de fers, à votre choix.

— Je préfère le récit, seulement, permettez-moi de vous faire remarquer que, si je commence, la punition sera beaucoup plus forte pour madame de Lambescq que pour moi.

— Au contraire, monsieur, je suis très-curieuse et fort ignorante.

— Madame, permettez-moi.....

— Je ne vous permets pas autre chose que de commencer bien vite; chaque coup de rame nous coûte un détail.

— L'ordre est trop flatteur pour que.....

— L'île de Nou, monsieur; voyons, que savez-vous de l'île de Nou?

— L'île de Nou, vers laquelle nous nous dirigeons, est, comme vous le voyez, madame, et comme vous le verrez encore mieux bientôt, une île plus accidentée que montagneuse, une sorte de brise-lames naturel de forme irrégulière, longue de 6 kilomètres, du nord au sud, et d'une largeur moyenne de 1,500 mètres, protégeant la grande rade de Nouméa contre les coups de vent du sud et séparée de la grande terre par une passe si étroite qu'un nageur, même médiocre, pourrait aisément la traverser.

» Un chapelet de collines, de nature ocreuse, s'étend d'un bout à l'autre de l'île et forme une succession de collines rangées toutes, sauf une, sur une même ligne et présentant des altitudes de 120 à 134 mètres.

» Grâce à cette conformation géologique, la surface de l'île présente plusieurs dépressions ou bassins naturels propres à l'emmagasinement souterrain des eaux pluviales, dont l'écoulement donne naissance à des sources qui manquent absolument sur plusieurs points de la grande terre, et particulièrement à Nouméa.

» Vous savez certainement l'histoire de la découverte de la Nouvelle-Calédonie, par Cook, et celle des visites successives qu'y firent plusieurs illustres navigateurs.

» La grande terre, comme les îles qui en dépendent, ne produiraient rien autre chose que du bois de sandal qui fût capable d'attirer, sur ces terres lointaines, l'attention avide des spéculateurs.

» Quelques hardis caboteurs s'aventurèrent à venir exploiter ces bois fort recherchés en Chine; mais le peu de profit que pouvait donner ce commerce, et les dangers que présentait le séjour même momentané dans des contrées habitées par des sauvages perfides et anthropophages, auraient certainement empêché toute tentative de colonisation, si un produit nouveau, et auquel personne n'avait encore songé, n'eut éveillé la cupidité des chercheurs d'aventures.

» Cet objet de spéculation, que les premiers explorateurs avaient vainement cherché sur la terre ferme, avec mille périls, et qui se trouvait sous les flots, à quelques mètres de la main, avec une abondance extraordinaire : c'était l'holoturie.

— Vous dites, docteur? demanda Mme de Lambescq.

— L'holoturie, madame, ou autrement la biche de mer.

— Un poisson, sans doute ?

— Pas précisément, mais un mollusque hideux, que je ne puis comparer, pour la forme, qu'à une énorme chenille, et pour la couleur, à un vieux morceau de tuyau de pompe en cuir rougeâtre.

— Grand Dieu ! Et pourquoi pêche-t-on cette horreur ?

— Pour la manger, madame.

— Manger cette abomination ?

— Les Chinois en sont particulièrement friands.

— Je ne m'en étonne pas des gens qui regardent les chrysalydes de vers à soie comme une friandise.

— Les Néo-Calédoniens, qui n'ont pas de vers à soie, croquent les grosses araignées, auxquelles ils trouvent un parfum exquis de noisette, observa le commandant.

— Ce qui prouve, reprit le docteur, que tous les goûts sont dans la nature ; mais pour en revenir à nos holoturies, les caboteurs anglais, venus d'abord pour chercher de l'écaille de tortue et du bois de sandal, ayant découvert que la biche de mer abonde sur les récifs, presque à fleur d'eau, qui entourent l'île, renoncèrent bien vite à aller la pêcher au détroit de Torrès, où elle se cache à de grandes profondeurs, et abandonnèrent toute autre espèce de commerce pour se livrer à celui-ci.

» Des fortunes considérables furent faites, de cette manière, en peu de temps.

» Rien n'attire comme le succès, les navires apprirent bien vite la route de l'île et, sans se laisser intimider par le voisinage des cannibales, un Anglais, M. Paddon, énergique comme un véritable Anglo-Saxon, vint s'établir sur l'île de Nou, où il installa ses chaudières, tout près d'une magnifique source, et presque sur l'emplacement qu'occupe aujourd'hui le pénitencier.

— C'est sans doute ce M. Paddon, auquel le gouverneur a acheté, 60,000 fr., l'île de Nou ? interrompit l'aumônier.

— Précisément.

— Mais, que faisait-il de ses chaudières? demanda la commandante, fort intriguée; se nourrissait-il, lui aussi, de ces affreux animaux?

— Non, madame, mais il les préparait.

— Ah! cela se prépare?

— Oui, et voici comment.

« Sitôt qu'on les a ramassées sur le récif où elles rampent, les holoturies sont lavées à grande eau pour les débarrasser d'un suc visqueux, à peu près pareil à celui des grosses limaces, et jetées dans une chaudière, pour y bouillir de vingt à vingt-quatre heures. Cela fait, on les retire, on les fend dans toute leur longueur pour les vider et, les tenant ouvertes au moyen de baguettes, on les fume sur des claies pendant une dizaine de jours, au moyen d'un feu humide. Après cela, la préparation est terminée, et il ne reste plus qu'à les expédier en Chine, où elles trouvent acheteur à 1 fr. 50 ou 2 fr. le kilog.

— En avez-vous goûté, monsieur Goblet?

— J'ai eu cette curiosité, mon commandant.

— Et quel goût cela a-t-il?

— Franchement, je ne saurais trop le dire, j'avais le cœur soulevé, mais il m'a paru que, pour la saveur, ce doit être comparable à celle d'une vieille tige de botte macérée dans du vinaigre.

Tout le monde se mit à rire.

Le docteur continua :

— Quoi qu'il en soit, les holoturies, comme je vous le disais, avaient déjà été la première cause d'un établissement européen à Nou, quand la France prit possession de la Nouvelle-Calédonie.

» Peu de temps après, le nouveau gouverneur acheta la propriété de l'Anglais, et le 9 mai 1864, un premier convoi de déportés débarquait dans l'anse Paddon et commençait les constructions que, d'ici, vous pouvez apercevoir distinctement.

Le climat est ici comme dans la grande terre parfaitement sain, la chaleur et le froid également modérés, cependant le creusement du sol engendre, comme partout, quelques maladies et, la première année, la mortalité s'éleva chez les ouvriers de la transportation à 8 pour cent, mais dès la seconde année elle retomba à quatre, et pendant tout le temps de mon séjour je ne l'ai pas vue varier.

En somme, on peut dire que la condition des forçats est incomparablement plus douce dans ces pénitenciers que dans les bagnes, à plus forte raison qu'à la Guyane française dont le climat meurtrier dévore les nouveaux arrivants.

Il est vrai que les autorités font preuve envers ces malheureux d'une mansuétude bien propre à les faire rentrer dans la voie du bien, travail modéré, pas de chaîne si ce n'est par punition, une nourriture saine et abondante, préférable à celle de nos marins, des adoucissements qui vont presque jusqu'à la liberté accordés à ceux qui se conduisaient bien, la permission de s'engager comme ouvriers chez les colons de qui, outre la nourriture, reçoivent douze francs par mois, rien ne fut épargné.

L'amiral Guilloin poussa même les choses plus loin, il se persuada que, pour régénérer les forçats, il suffisait de supprimer ce nom malsonnant et le remplaça par celui d'*ouvriers de la transportation*; cela fait, il voulut pousser l'utopie jusqu'au bout et fonda pour eux un phalanstère ou maison de travail en commun. Pourquoi pas? un couvent est bien un phalanstère, se disait-il, et c'est par le travail en commun que les moines ont défriché un tiers de l'Europe; cela est très vrai, ce qui l'était moins, c'était l'assimilation du moine et du forçat; le travail en commun ne fut que la paresse générale, les ouvriers de la transportation burent, mangèrent, se reposèrent, puis finirent par se disputer et se battre, il en coûta quelques centaines de mille francs pour cette belle colonisation qui ne produisit pas un centime, et force fut de rappeler bien vite, même dans l'intérêt des frères et amis, les argousins et les gendarmes.

Mieux aurait valu moraliser par la religion, on n'y pensa pas ou du moins très-peu ; le gouvernement qui faisait construire de superbes casernements alignés au pied d'une colline, en face de Nouméa, et un hôpital de marbre près de la colline de Uo, dans la position la plus pittoresque, oublia l'église, peut-être en a-t-il fait élever une depuis, mais lorsque j'ai quitté le pénitencier, auquel j'étais attaché comme médecin, le seul édifice catholique que possédât l'île de Nou, était, c'est honteux à dire, un misérable gourbi en ruines, surmonté d'une croix de bois.

On appelait cela la chapelle ; la moindre bicoque du plus pauvre paysan est plus belle à l'extérieur ; et à l'intérieur la grotte de Béthléem était moins mal meublée, et cependant l'effectif des transportés en 1871 était de plus de 2,000, sans compter les 274 libérés ayant terminé leur peine mais soumis à la surveillance sur la grande terre, jusqu'au moment où ils repartiraient pour l'Europe ; certes, il y aurait eu là une belle œuvre de civilisation à faire.

— Il y a cependant des missionnaires dans l'île, remarqua l'abbé Manuel et sur plusieurs points leurs travaux ont été couronnés de succès, puisque le nombre des catholiques augmente chaque jour.

— Cela est vrai, monsieur l'aumônier, mais il est plus facile, à ce que m'ont assuré plusieurs missionnaires et je le crois, de convertir des sauvages que de ramener des scélérats endurcis dans le vice. Du reste, voyez ce qui arrive pour la colonisation : on s'était flatté que les libérés, alléchés par les facilités qu'on leur donne de cultiver des champs concédés gratuitement et de se marier sur la grande terre, deviendraient un excellent noyau de population ; on citait l'exemple des convicts de l'Australie et l'on se faisait tout un eldorado administratif, savez-vous ce qui est advenu de toutes ces belles espérances ?

— Que peu de libérés sont restés.

— Si peu, en effet, que lors de mon départ, il n'y en avait pas une douzaine, et que dans le nombre on n'en citait qu'un seul qui eût fait une petite fortune, devinez comment.

— Par son travail, sans doute.

— Non, mon cher monsieur, mais en épousant une modiste.

Le cœur de Louise se serrait en écoutant ce triste récit ; il lui semblait qu'elle n'eût mis le pied sur cette terre lointaine que pour voir s'envoler une à une toutes ses illusions , et pendant que le canot glissait sur les eaux claires comme le cristal, elle, pour cacher son émotion, ne regarda plus que Germaine qui, penchée sur le platbord , s'amusait à examiner les coquillages qui diapraient le sable fauve ou la mousse verte , et tâchait de saisir au passage les longs rubans ondulés des algues que rasait en passant le flanc du canot.

— Attention, nous accostons, fit tout-à-coup M. de Lambescq.

L'ouvrière releva la tête, on était arrivé.

Chacun sauta à terre, plusieurs officiers en grande tenue y attendaient le commandant pour lui faire les honneurs de l'île.

Déjà le docteur, le fusil en bandouillère, son filet à papillons d'une main et son marteau de géologue de l'autre , se dirigeait à grands pas vers les collines.

— Maman , demanda alors timidement Germaine , pourquoi ce monsieur a-t-il un chapeau fait avec un bouchon.

En effet, M. Goblet portait pour son excursion un chapeau de liége.

— C'est pour n'avoir pas chaud , répondit Louise en souriant , et tenant sa fille par la main , elle suivit à quelques pas en arrière le commandant et sa femme qui venaient de s'engager dans une large avenue, bordée par les baraques des forçats.

On eût dit les tentes alignées d'un régiment faisant halte dans une verte prairie, ombragée de grands arbres et descendant par une pente douce vers la mer.

Des collines peu élevées s'arrondissaient autour du pénitencier, s'élevant en amphithéâtre gazonné, avec de beaux bouquets de naoulis argentés , sous lesquels paissaient de grands bœufs , on eût dit une Arcadie comme se plaisait à la peindre Poussin.

Çà et là, la bêclie sur l'épaule ou chargés de paniers débordants de légumes, des condamnés libres de tous leurs mouvements allaient et venaient avec toute la placidité d'honnêtes cultivateurs.

Quelques gendarmes, dont la seule consigne paraissait être de se promener, s'égaraient dans les sentiers.

Le gouverneur de la petite île, un capitaine d'infanterie de marine, avait voulu être le cicérone du commandant, et ce n'était pas sans un certain amour-propre de propriétaire, qu'il lui faisait visiter les chambrées vides en ce moment, mais bien aérées et brillantes de propreté dans lesquelles dormaient les ouvriers de la transportation, les cuisines où, dans de vastes marmites bien écurées, bouillaient doucement viandes et légumes du principal repas.

Louise regardait toute cette installation avec étonnement.

Que de ménages elle avait connus, d'honnêtes ouvriers, de rudes travailleurs, qui n'ont jamais connu cette abondance !

Une grande pancarte clouée sur le mur de la cuisine, où deux ou trois forçats surveillaient les apprêts du repas, excita l'attention de l'ouvrière, c'était le détail de la ration réglementaire.

Elle s'en approcha et lut :

1º 750 grammes de pain, moitié maïs, moitié froment

2º 23 centilitres de vin et 6 centilitres de rhum de deux jours l'un.

3º 250 grammes de porc frais deux fois la semaine, et la même quantité de bœuf trois fois.

4º 180 grammes de porc salé quatre fois par semaine.

5º 140 grammes de légumes secs ou 80 grammes de riz pour chaque repas du soir.

6º 9 grammes d'huile ou 15 grammes de saindoux.

7º 22 grammes de sel et 25 centilitres de vinaigre.

8º 20 grammes de café et 25 grammes de sucre.

Certes, le docteur avait bien raison de dire que les marins n'étaient pas aussi bien nourris.

II.   4.

De là, on passa à la forge.

Des forçats y travaillaient, les uns battant le fer rouge, les autres alésant une grande pièce de fer qui devait entrer dans la composition d'une machine à distiller l'eau.

A sa forme et à ses dimensions, M. de Lambesq n'eut pas de peine à reconnaître qu'elle était destinée à fonctionner sur terre.

— Où voulez-vous placer cet appareil? demanda-t-il au directeur.

— C'est pour Nouméa, répondit celui-ci, les machines distillatoires précédemment installées ne suffisent déjà plus.

— Triste idée d'avoir placé la capitale sur un point de l'île, le seul où ne se trouve pas d'eau potable, remarqua le commandant.

— C'est un peu la force des choses qui a fait cela; en fondant Nouméa, M. de Montravel n'avait l'intention que de construire un poste à l'entrée du port le plus commode, et dans une position particulièrement facile à défendre, mais les premiers colons craignant, non sans raison, de s'exposer à être dévorés par les sauvages, sont venus se grouper autour du poste, y ont construit des maisons, élevé des magasins, et la ville s'est trouvée construite avant que personne y eût pensé.

Mais ne pouvait-on pas au moins utiliser l'eau des environs, creuser des puits?

On a essayé de creuser et l'on n'a rencontré que de l'eau saumâtre; quant à l'eau des environs, le ruisseau le plus rapproché est à plusieurs kilomètres de distance à un endroit appelé le Pont-des-Français; pour l'amener il aurait fallu faire des travaux longs et coûteux, il a paru plus simple d'y renoncer.

— Plus simple, assurément, mais il faut cependant boire.

— Aussi a-t-on installé deux machines distillatoires qui ne suffisent plus, fournissent peu d'eau et au prix de revient de la houille que jusqu'à présent on n'a pas trouvé dans l'île, coûtent horriblement cher.

— Il me semble pourtant qu'avec un personnel de trois ou quatre mille ouvriers de la transportation, il aurait été facile de venir à bout de ces travaux, fit la commandante.

— Avec des gens de bonne volonté c'eût peut-être été possible, mais ceux-ci sont si paresseux, et puis, madame, il ne faut pas croire que tout se fasse aussi aisément sur le terrain que sur le papier; vous connaissez peut-être la butte Conneau au bord de la mer à Nouméa.

— Je l'ai aperçue et il me semble qu'on a commencé à l'aplanir pour prolonger la promenade.

— En effet, madame, le génie s'était mis en tête de la supprimer, on y envoya une trentaine d'ouvriers, au bout d'un mois on aurait dit que le premier coup de pioche n'avait pas encore été donné, le gouverneur ordonna de tripler la corvée; le résultat fut nul. On eut alors recours aux grands moyens : les Canaques reçurent ordre d'envoyer des travailleurs auxquels furent fournis des corbeilles et des paniers, la butte fut attaquée sur dix points à la fois, mais sans diminuer sensiblement, était-elle ensorcelée ? Vraiment, c'était à le croire; un ingénieur voulut en avoir le cœur net, mesura la masse de terre à enlever, et arriva à un résultat tellement effrayant, que les chiffres prouvèrent d'une manière irréfragable qu'il était impossible à trois cents hommes par jour, travaillant régulièrement à 8 ou 10 heures par jour, d'achever en moins de 78 ans.

— Après un pareil calcul je ne m'étonne pas que l'on ait reculé.

— On ne recula pourtant pas encore, madame, et la fameuse entreprise de la butte Conneau ne fut pas encore abandonnée.

— Le gouverneur avait dit qu'il l'enlèverait et il tenait à honneur de remplir sa promesse. Entre lui et la butte c'était désormais un duel à mort.

Tous les ingénieurs tinrent conseil et résolurent, puisqu'ils ne pouvaient pas arracher la montagne, de la faire sauter d'un seul coup.

— Le moyen était héroïque.

— La montagne fut percée de plus de cavités qu'un fromage de gruyère, chaque trou fut bourré de poudre de mine, déjà on préparait les mèches et le jour était pris pour mettre le feu au volcan, lorsqu'un brave officier d'artillerie démontra clair et net que ce ne serait pas la montagne seule qui sauterait, mais toute la ville avec.

Vous jugez quelle émotion causa cette découverte, ce fut une panique générale, le gouverneur s'en émut, on refit les calculs de l'officier, ses chiffres étaient exacts, ses conclusions ne l'étaient pas moins, on renonça au projet, la poudre retirée des fourneaux fut noyée avec soin et la butte abandonnée à son malheureux sort, redevint ce qu'elle était auparavant, la promenade favorite des chèvres et des enfants.

Après la forge, la visite se continua par la manutention, la chapelle, hélas! plus que modeste, puis à côté une magnifique caserne. C'était à peu près tout ce qu'il y avait d'intéressant à visiter dans le camp; et le directeur du pénitencier allait avec ses hôtes se diriger vers le superbe hôpital, placé sur le revers opposé de l'île, lorsqu'en passant devant une sorte de blockaus, dont de fortes grilles fermaient les ouvertures et à la porte duquel deux factionnaires montaient la garde, la commandante demanda quelle était la destination de ce pavillon isolé et d'un aspect si farouche.

— Le cabanon des punitions, madame, car, malgré la douceur du régime, il est nécessaire d'employer la rigueur contre certaines natures indomptables et d'effrayer ceux des condamnés qui tenteraient de s'évader.

— Mon Dieu! s'évader, mais où? A moins d'avoir des ailes, je ne vois pas où ces malheureux peuvent espérer se sauver.

— Cela est bien vrai, et cependant tel est l'amour de la liberté que des misérables, qui sont ici mieux qu'ils ne seraient partout ailleurs, s'exposent aux plus affreux dangers pour la recouvrer.

— Y réussissent-ils quelquefois?

— Rarement ; sur 61 évasions, 56 forçats ont été repris ou ramenés par les sauvages. Cinq ont disparu, morts de faim ou dévorés par les cannibales très-probablement, car on n'a plus entendu parler d'eux.

— Quelle punition infligez-vous à ceux qui sont repris?

— Pour une première tentative, dix ans de prolongation de peine et vingt-cinq coups de corde ; pour une seconde, vingt ans, les fers et cinquante coups ; mais, jusqu'à présent, il n'y a jamais eu de récidive, les souffrances de toute sorte éprouvées par les fugitifs, leur ont ôté toute envie de recommencer.

En disant cela, le directeur se dirigeait vers la prison, dont un gardien lui ouvrit la porte.

Les visiteurs entrèrent ; deux forçats seulement se trouvaient en punition, étendus sur un lit de camp, les fers aux pieds.

Ils se levèrent et saluèrent, d'un air farouche.

— Voici deux incorrigibles, dit le capitaine, des communeux condamnés à la transportation simple qui, par leur détestable conduite sur *la Guerrière*, ont mérité cinq ans de bagne, et qui, employés à une corvée, hier, sur la grande terre, m'ont été signalés comme injuriant les passants. Pour cette fois, je me suis contenté de les mettre au bloc pour quinze jours, au pain et à l'eau ; mais, à la prochaine plainte qui me sera faite sur leur compte, ils peuvent être certains que leur cuir fera connaissance avec la corde à nœuds.

— Je suis persuadée qu'ils ne recommenceront pas, dit Mme de Lambescq, et je demande pour eux, s'ils me promettent de bien se conduire, une diminution de peine.

Le capitaine fronça le sourcil.

— Vous êtes trop indulgente pour ces indisciplinés, dit-il ; cependant, je ne veux pas refuser votre demande, et j'accorde cinq jours de diminution ; remerciez madame la commandante.

— Nous promettons de bien nous conduire à l'avenir, murmura, d'un ton hypocrite, l'un des forçats, en tordant entre ses mains son bonnet de laine.

Son camarade répéta à peu près la même chose.

Puis, tous deux, quand les visiteurs se furent retirés, se regardèrent en souriant :

— Dis donc, fit le premier, en se laissant glisser de son lit de camp pour pouvoir, en se rapprochant de son camarade, lui parler sans être entendu, as-tu reconnu la particulière ?

— Parbleu ! la femme à Vincent.

— Elle doit avoir les boussoles.

— Et des piastres avec ; Beslier a fait là une bonne recrue.

— Cette citoyenne ?

— Eh ! non, son mari ; il est Compagnon du Désespoir comme nous autres, il a fait le serment, il faudra bien qu'il marche et qu'il fasse marcher sa femme ; elle connaît les jésuites et toute la prêtraille, il sera facile de monter le coup. Le malheur est que l'on nous ait séparés.

— Bah ! il y a bien moyen de se retrouver.

— Moyen, moyen, pas si facile ; Vincent doit être à l'île des Pins, avec Druchon, Beslier à l'enceinte fortifiée, nous ici, pas si facile.

— Pour un cheval de retour, tu n'es pas fort, Mulasse.

— Possible ; mais, toi, Machefer, tu me donneras de ton esprit.

Le forçat haussa les épaules.

— Ça n'est pas un plan, fit Mulasse.

— T'as besoin d'un plan ?

— Oui, grand besoin.

— Tout de suite ?

— Tout de suite, puisque toi tu es si ingénieux.

— Par les cornes du diable ! il n'y a pas tant à chercher, il est tout fait.

— Voyons, voyons.

— Tu crois m'embarrasser?

— Peut-être.

— Eh bien! écoute; d'abord, il faut faire ce que nous avons promis.

— Quoi promis?

— De nous bien conduire.

— Si tu veux dire des bêtises, je me recouche.

— Je te répète qu'il faut nous bien conduire.

— Pour avoir notre grâce dans vingt ans, merci.

— Pour être renvoyés en corvée, à la grande terre d'abord, puis obtenir, par nos bonnes notes, la permission de nous louer comme ouvriers chez un colon.

— C'est une idée, et puis?

— Avec toutes ses connaissances et ses protections, la citoyenne obtiendra encore plus facilement la même autorisation pour Vincent : ça fera trois.

— Et Druchon?

— Qu'il aille au diable, nous n'avons pas besoin de lui.

— Mais, nous avons besoin de Beslier.

— C'est vrai; mais la Louise n'a rien qui l'empêche de passer dans la presqu'île Ducos, elle n'est pas surveillée, elle, et portera bien un bout de lettre, si c'est nécessaire.

— Elle ne voudra pas.

— Elle n'en saura rien, et son mari voudra pour elle.

— C'est vrai, que tu as des idées; et ensuite?

— Ensuite, il faudra monter l'affaire ensemble, se procurer des vivres, une barque, des armes : ça ne sera pas bien malin non plus.

— Mais, comment?

— Comment? Tu le verras quand il en sera temps; en tout, il faut commencer par le commencement.

— La bonne conduite?

— C'est clair.

— C'est difficile et pas amusant.

— Imbécile! Il faut cela pour pouvoir se mal conduire ensuite, gagner des piastres et mener joyeuse vie.

— Allons, fit Mulasse, en levant dévotement les yeux au ciel, soyons donc de petits saints, c'est l'aumônier qui sera content.

Pendant que les deux scélérats tramaient leur complot, les visiteurs de l'île de Nou continuaient leur promenade dans l'île et s'égaraient dans les vastes jardins tracés sur le versant ouest de la montagne, dans une exposition excellente pour la culture des légumes, qui y prospèrent d'une manière si exceptionnelle que, non-seulement ils suffisent aux besoins du bagne, mais produisent pour la vente, sur les marchés de Nouméa, un bénéfice considérable.

Une station à la vacherie, particulièrement intéressante pour Germaine, que le capitaine gratifia d'une grande jatte de lait, termina cette excursion, après laquelle on regagna le canot.

Honteux de son inexactitude du matin, le docteur y était déjà arrivé, mais dans quel état! On eût dit un sorcier d'une tribu sauvage ; ses poches étaient gonflées d'échantillons minéralogiques, sa boîte débordait de plantes, une liane fleurie lui formait un collier, un affreux lézard pendait sur sa poitrine, auprès d'une chauve-souris roussâtre et au moins cinquante insectes, piqués au milieu du dos à son chapeau de liége, par de longues épingles, agitaient dans tous les sens leurs pattes et leurs antennes.

Il était impossible de rien voir de plus étrange que cette mascarade scientifique, dont toute la société s'égaya sans gêne, sauf Germaine qui, épouvantée par le lézard, regardait, d'un air consterné, cette exhibition.

Moins effrayée, mais plus curieuse, Mme de Lambescq voulut savoir ce qu'étaient les deux extraordinaires décorations que M. Goblet portait sur sa poitrine.

Le docteur ne demandait pas mieux.

— Les principaux spécimens de la faune calédonienne, dit-il, sont au nombre de quatre, la notou et le cagou, oiseaux que je n'ai pas encore eu le temps de me procurer, et qui appartiennent à la famille des oiseaux, le gecko et la roussette que voici.

» Cette dernière appartient à la tribu des mammifères : sa taille, comme vous le voyez, est celle d'un gros rat, son poil soyeux et bien fourni ; noire dans cette variété, rougeâtre dans l'autre, avec deux taches d'un blanc argenté. Quoique quadrupède, la roussette, qu'on appelle aussi du nom sinistre de vampire, a deux ailes flasques, membraneuses, terminées chacune par une forte griffe, dont elle se sert pour se suspendre, le jour, la tête en bas, au feuillage d'u figuier Banian ou aux branches du niaouli, dont les fruits servent à sa nourriture ; sa tête, semblable à celle de la marmotte, a deux yeux noirs et brillants, de petites oreilles pointues et une large bouche, armée de dents longues et aiguës ; bonne et excellente mère, malgré sa physionomie peu avenante, elle nourrit ses petits de son lait et les porte même, en volant, suspendues à sa poitrine velue.

» Les Canaques, très-friands de ce gibier, le tuent avec des flèches ou le prennent au filet et font rôtir, sur des charbons ardents, sa chair noire et savoureuse, après lui avoir arraché, pincée par pincée, ses poils, dont ils font, soit des tresses, soit des houpes, très-recherchées comme parure par les femmes.

— Cet affreux animal ne suce-t-il pas le sang des personnes endormies ? demanda le commandant.

— C'est une calomnie qui a été répandue sur son compte, reprit le docteur, calomnie sans aucun fondement, puisque la roussette, essentiellement frugivore, se nourrit surtout aux dépens des bananiers et des cocotiers.

» Quant au gecko, que vous voyez suspendu auprès du vampire, quoique plus dégoûtant encore que son voisin, il jouit d'une assez

II.

bonne réputation et il ne court sur lui aucun mauvais bruit. Du reste, si affreux que soit ce lézard épais, ramassé, dégoûtant d'aspect, il est parfaitement inoffensif, ne vit que d'insectes qu'il poursuit jusque dans les cases et est l'objet d'un culte superstitieux qui, bien mieux que son horrible aspect, le défend de la dent des sauvages.

— Mais, pas de celle des serpents, je suppose, interrompit Mᵐᵉ de Lambescq.

— Pardon, madame, de ce côté il n'a rien à craindre non plus; dans toute l'île, il n'y a pas un seul serpent, et les deux ou trois espèces connues dans le pays vivent dans la mer, où les naturels n'ont garde de les pêcher.

— Vous êtes un vrai dictionnaire d'histoire naturelle, reprit la commandante, en souriant, et je suis vraiment fâchée que notre promenade soit déjà terminée; mais, à la prochaine promenade, j'espère que vous me ferez connaître les plus jolies fleurs de l'île.

— Ce sera très-volontiers, madame; dans la brousse, il y en a de délicieuses, et je vous en promets, pour demain ou après demain, un splendide bouquet.

En ce moment, le canot accostait *le Magenta* par la hanche de tribord, et tous les promeneurs grimpèrent l'échelle, au haut de laquelle, à la coupée, le premier lieutenant attendait son supérieur.

CHAPITRE IV

Aïka la néo-calédonienne

————

Lorsque la France prit officiellement possession de la Nouvelle-Calédonie, c'était uniquement dans le but de se créer une colonie dans ces parages lointains où, grâce à leur domination en Australie, les Anglais se trouvaient les maîtres absolus de toute la Micronésie, monde de petites îles semées avec tant de profusion dans cette partie du vaste océan , et les premiers efforts des gouverneurs furent d'attirer des colons sérieux et des négociants sur le sol encore presque inculte de la grande île.

Quelques spéculateurs hardis répondirent à cet appel , mais en petit nombre , et la colonie naissante menaçait de demeurer long-temps à l'état d'embrion , quand le gouvernement français , imitant en cela ce qu'avait fait celui de la Grande-Bretagne pour l'Australie, résolut d'envoyer dans l'île les forçats retirés des bagnes, pour cultiver la terre, créer des routes, bâtir des villes , féconder le sol par des travaux et former le noyau d'une population devenue honnête , en se régénérant par le travail.

Vers 1864, la frégate *l'Iphigénie* apporta donc à Nouméa un pre-mier convoi de deux cent cinquante ouvriers de la transportation qui aussitôt se mirent à l'œuvre, défrichèrent les petites plaines de l'île de Noù, et y firent les premiers essais de culture de végétaux européens qui, grâce au splendide climat dont on jouit en ces contrées, prospérèrent admirablement.

Mais bientôt on s'aperçut que si les forçats peuvent à la rigueur faire de bons ouvriers, ils ne sont que de détestables soldats, et comme en présence de l'hostilité persistante des tribus qui, cela se comprend, ne voyaient que d'un très-mauvais œil l'envahissement de leur pays par des étrangers, il fut résolu qu'à ce premier élément civil on en adjoindrait un second essentiellement militaire, et les disciplinaires reçurent l'ordre de s'embarquer.

Le disciplinaire a appartenu à l'armée, il n'en fait plus partie ; soldat il a commis faute sur faute, se riant de toutes les punitions, jusqu'à ce que les ayant toutes épuisées, il ait été condamné à une peine infamante entraînant la dégradation.

C'est ordinairement un buveur incorrigible qui, pour assouvir sa passion et étancher sa soif inextinguible, a vendu ses effets, volé ses camarades, déserté et le reste ; ou qui, sous l'influence funeste de l'alcool, a commencé par injurier et frapper un supérieur.

Il a passé par le conseil de guerre et la prison, peu s'en fallut qu'il ne fût fusillé, il a eu la chance d'en être quitte pour un temps plus ou moins long à passer dans les compagnies disciplinaires. Un sergent lui a arraché sa tunique devant tout le régiment, on lui a coupé les moustaches, qu'il ne portera plus, de même que les armes et l'uniforme, il est indigne, et envoyé dans les colonies pour y compléter les années de service dues à l'Etat, à la construction des routes et des ponts, en travaillant comme manœuvre.

Cependant, malgré sa déchéance et la condamnation qui pèse sur lui, il peut encore se réhabiliter en partie. Que pendant trois mois il se montre soumis, respectueux, qu'il ne mérite aucune punition, et il redeviendra, non pas soldat, mais auxiliaire, il pourra laisser pousser la moustache dont il était si fier, on lui rendra le briquet, il aura un uniforme particulier, pantalon gris de fer bouffant, guêtrès blanches, ceinture de laine rouge, petite veste marron, képi de la couleur du pantalon.

Dans cette nouvelle transformation il porte le nom de camisard et affecte, vis-à-vis du simple soldat, une sorte de supériorité affectueuse et familière.

Traités avec plus de sévérité encore que les forçats, les disciplinaires sont soumis à toute une série de punitions laissées trop souvent à l'arbitraire d'officiers endurcis dans le commandement, et qui parfois touchent au supplice : bastonnade, privation de sommeil, suspension par les bras sous lesquels est passé un fusil, cachots si étroits et si bas qu'il est impossible au patient de se coucher ou de se tenir debout; tout est bon pour briser ces volontés de fer, ces corps robustes qui semblent ne connaître ni la fatigue ni la douleur.

Ici on plaçait les coupables dans un silo pavé de boulets ronds ; là on les exposait sur un îlot de sable pendant plusieurs mois, avec une provision de biscuit et d'eau; ailleurs on les plongeait dans un trou auquel aboutissait une source assez abondante pour que les malheureux fussent obligés de pomper au moins une fois par heure.

Il parut préférable de les expédier dans la Nouvelle-Calédonie, où du moins ils n'auraient pas la tentation de boire, l'alcool étant prohibé dans leurs campements, et l'on arriva à un résultat inattendu, celui de procurer à l'armée des auxiliaires que n'effrayaient ni la fatigue ni les dangers; habiles à se débrouiller dans toutes les circonstances, improvisant un campement avec une merveilleuse promptitude, se procurant des vivres en abondance là où des lignards seraient morts de faim, des hommes précieux pour les expéditions, mais qui, revenus au chef-lieu, retombaient dans leurs habitudes d'insubordination.

Malgré les services rendus par les forçats et les disciplinés, comme les appelaient les soldats, on ne tarda pas à s'apercevoir que cette marée montante de criminels de toutes les catégories éloignait de plus en plus les colons honnêtes d'une colonie qui, chaque jour, prenait de plus en plus les allures d'un bagne.

Une seconde remarque, un peu tardive peut-être, fut qu'il était difficile à une population, exclusivement composée d'hommes, de s'accroître dans une grande proportion, et de faire autre chose qu'une souche entièrement stérile.

Ce fut alors que l'on songea sérieusement à la formation de familles, habitant des villages dont les maisons et les terres seraient gratuitement concédées aux forçats réhabilités par leur bonne conduite.

Une loi permit aux femmes et aux enfants des condamnés d'aller rejoindre leurs pères et leurs maris, et en même temps, pour favoriser l'établissement des condamnés non mariés, le gouvernement de la métropole envoya toute une cargaison de jeunes orphelines, qu'un manque absolu de fortune et d'appui aurait empêché de se marier dans leur patrie, et qui dans la Nouvelle-Calédonie n'auraient qu'à choisir.

L'arrivée de sept ou huit cents femmes, embarquées au Hâvre, femmes de condamnés, jeunes filles tirées des maisons de correction ou orphelines honnêtes, fut un événement pour la colonie; les demandes en mariage affluèrent, et en quelques mois plusieurs villages se trouvèrent colonisés sur certains points du territoire.

La population en fut singulièrement augmentée, mais la moralité publique fut loin d'y gagner, et l'exemple de catholiques qui ressemblaient si peu à l'idéal que, d'après les missionnaires, s'en étaient fait les canaques nouvellement convertis, eut pour la propagation de la religion une funeste influence.

Ce fut bien pis encore quand, centaines par centaines, les navires venus de France débarquèrent sur le rivage les débris vaincus de l'armée du désordre, les ennemis irréconciliables de la religion et de ses ministres, les libres-penseurs, missionnaires d'incrédulité et d'athéisme, apportant parmi les sauvages la contagion de tous les vices d'une civilisation gangrenée et pourrie.

On s'est souvent étonné que, dans des soulèvements partiels, les Canaques, qui déployaient une extrême férocité contre les Européens, les *Oui-Oui*, comme ils appelaient les Français, épargnassent les missions et les robes noires et, soit parce qu'on ne le comprenait pas, soit parce que l'on y trouvait une occasion à calomnier, on a dit et répété que les missionnaires faisaient cause commune avec les Néo-Calédoniens et les excitaient à la résistance.

Cette allégation fausse de tout point n'aurait pas trouvé créance en Europe, si l'on y eût été mieux renseigné sur l'état d'hostilité sourde ou déclarée d'une grande partie de la population européenne, gangrenée dans les bagnes ou les prisons, contre les prêtres qui, enseignant la religion, ne pouvaient que condamner sévèrement la conduite des mauvais catholiques, tandis que ceux-ci affectaient, vis-à-vis des missionnaires eux-mêmes, la haine la plus violente.

Les *Oui-Oui* méprisent nos robes noires et les injurient, ils ne sont donc pas amis, répétaient les Canaques, et comme les missionnaires se montraient bons pour eux, qu'ils les civilisaient sans les dépouiller, ils trouvaient tout naturel de ne pas les confondre dans leurs vengeances avec ceux qui les dépouillaient sans les civiliser, s'emparaient de leurs terres, brûlaient leurs villages et détruisaient leurs plantations.

Malheureusement pour la colonie les autorités, ou au moins quelques-unes des autorités, accueillirent avec trop de crédulité ces bruits calomnieux et crurent à la réalité d'une conspiration ourdie par les missionnaires, dont l'un fut nominativement accusé d'avoir envoyé, de tribu en tribu, des émissaires pour faire soulever la population indigène.

Plus tard, le prêtre fut reconnu innocent, mais l'hostilité bureaucratique n'en continua pas moins sourdement, et quelques jeunes lieutenants crurent faire acte d'indépendance en créant des difficultés à ces patients et courageux missionnaires, qui n'avaient attendu ni leurs canons, ni leurs baïonnettes pour prendre possession de la

Nouvelle-Calédonie, au nom du catholicisme, bien avant que l'amiral Lefèfre y fît reconnaître la suzeraineté de la France.

Du reste, il faut bien le reconnaître, le voisinage des Européens a toujours été funeste aux populations sauvages, pour elles leur contact est mortel, elles s'étiolent dans leur voisinage et ne tardent pas à s'éteindre. Encore quelques années et il n'y aura plus de Peaux-Rouges en Amérique, d'Arabes en Algérie, de Canaques à Nouméa.

Déjà ces derniers ont presque disparu des environs de Nouméa. Jadis, une population serrée et industrieuse avait, pour ainsi dire, découpé les montagnes en amphithéâtre pour y cultiver les toros; de cette agglomération il ne reste plus que quelques misérables familles, cultivant à peine, autour de leurs huttes, un lambeau de terrain, dont le produit suffit à peine à les nourrir.

Dans les villages plus éloignés, centres primitifs de population, au milieu des montagnes, derrière le rideau épais de leurs bois, les naturels, plus heureux, travaillent avec ardeur, économisent, ont de véritables greniers, qu'ils remplissent au temps de la moisson et de l'abondance, et dans lesquels ils vont puiser aux jours de disette.

Il en est des sauvages comme des plantes qui ne s'épanouissent qu'en plein air, sous les rayons du soleil, et qui s'étiolent, languissent, puis meurent étouffées, si un grand arbre vient à les couvrir de son ombre.

Assurément les Canaques ne sont pas laborieux par nature; imprévoyants comme des enfants, ils ne songent guère à l'avenir, leurs chefs regarderaient comme un déshonneur de mettre la main aux travaux de la terre, et eux-mêmes préfèrent de beaucoup la pêche et surtout la guerre, aux paisibles occupations de l'agriculture.

Mais il ne faut pas croire non plus que leur paresse soit telle, qu'un colon ne puisse les employer avec profit, et qu'ils soient, comme le prétendent certaines personnes, que des vagabonds et des fainéants.

Ceux qui leur font cette réputation valent en général bien moins que les Canaques qu'ils calomnient.

Spéculateurs avides, aventuriers de la pire espèce, pleins d'un superbe mépris pour tout ce qui n'a pas la peau blanche, pressés de faire fortune, et peu scrupuleux sur les moyens d'augmenter leurs bénéfices, ces gens trouveraient commode d'exploiter le sauvage à leur profit, de l'écraser de travail, d'épargner sur sa nourriture, et de le traiter comme ils ne traiteraient pas une bête de somme payée de leurs deniers.

Que les Néo-Calédoniens préfèrent l'oisiveté et la misère à un travail excessif et mal rémunéré, qui pourrait les en blâmer? mais volontiers ils s'emploient pour qui les paie convenablement et les nourrit suffisamment : et alors, ils ne reculent pas devant la fatigue.

On peut même dire que, presque toujours, ce sont eux qui se chargent des travaux les plus pénibles. C'est ainsi qu'à Nouméa et dans les environs, ils sont portefaix, pilotes, pêcheurs, bûcherons, pulpeurs dans les fabriques d'huile de coco, maraîchers, courriers, laboureurs.

La colonie, où ils sont mal vus, ne pourrait pas se passer de leurs bras.

Aussi, beaucoup de propriétaires d'exploitations les préfèrent-ils aux ouvriers de la transportation, c'est-à-dire aux forçats, dont il faut toujours se défier, et qu'il est impossible de perdre un seul instant de vue, si l'on tient à ce que le travail soit fait.

M....., le nouvel embarqué à bord du *Magenta*, et qui avait passé déjà deux années sur la grande terre, en était arrivé à n'employer, pour tout, excepté pour sa cuisine, que des naturels du pays et, depuis huit mois, il avait installé dans une case recouverte d'écorce de naouli, dans son jardin, toute une famille de pêcheurs de trépon qui, pour prix de son hospitalité, cultivait son petit jardin.

Louise ignorait ce détail, aussi sa surprise fut-elle grande en arrivant à la nouvelle habitation laissée par Mme de Lambescq, de trouver sous la vérandah une jeune fille de douze à treize ans, époussetant avec un balai de feuilles de palmier les bancs placés dans les galeries.

La manière dont elle faisait son ouvrage, et le peu d'étonnement qu'elle témoigna à l'arrivée de la française, prouvait qu'elle ne faisait que s'acquitter d'une tâche habituelle.

L'ouvrière qui était venue seule avec sa fille, en fut à se demander si elle ne s'était pas trompée de maison. Pour s'en assurer il eût été facile de le demander, mais dans quelle langue ? Cette réflexion l'arrêta, et timidement elle resta debout regardant la jeune Néo-Calédonienne qui continuait à épousseter.

Sans être jolie, celle-ci avait une figure ouverte et pleine d'intelligence, de beaux yeux noirs et vifs, les cheveux plutôt ondulés que crépus, relevés sur la tête et légèrement poudrés avec de la chaux.

Son costume, plus complet que celui des jeunes filles que l'on rencontre dans la rue, consistait en un jupon blanc fort court, remplaçant le tablier que portent les femmes dans le groupe des Loyalty, les jambes et le haut du corps étaient presque nus, les bras chargés de bracelets, de verroteries et de petits morceaux de serpentines enfilés, avec des dessins bleus et rouges, gravés en relief sur les épaules et la poitrine au moyen d'un tatouage particulier, et dans chacun des lobes de l'oreille, singulièrement allongés, étaient fixés en guise d'anneaux deux rouleaux d'écorce dont l'élasticité augmente de plus en plus l'ouverture.

Par extraordinaire Germaine ne paraissait pas effrayée.

— Tu n'as pas peur ? lui demanda sa mère.

— Oh non ! fit l'enfant, cette demoiselle est catholique.

En effet, une croix faite en serpentine polie pendait à son cou, attachée par un petit cordon brun de poil de roussette.

La petite fille savait que les sauvages qui portent ce signe ne mangent pas les enfants.

Si elle est catholique, peut-être comprend-elle le français, pensa Louise, et s'adressant à elle :

— Est-ce ici la case de Monsieur ! dit-elle.

— Oui, Madame, répondit la jeune fille, mais la personne dont vous parlez est partie, et je prépare la case pour recevoir les nouveaux locataires.

— C'est moi qui suis sa femme de chambre, mais vous parlez le français comme si vous étiez née en France.

— Pas tout-à-fait, fit-elle en riant, cependant je le comprends bien parce que j'ai été élevée à Pouébo, à la mission.

— Et vous êtes catholique ?

— Oh oui ! fit-elle, en traçant sur son front le signe de la croix.

Germaine était enchantée.

— Et comment vous appelez-vous ? continua Louise.

— Je me nommais d'abord Aïka, mais à présent on ne m'appelle que Marie, comme la Reine du Ciel, mon père se nomme Gondou; c'était un chef et il avait l'oiseau sur sa case.

L'ouvrière ne comprit pas trop ce que signifiait cet oiseau qui est, comme on le sait, le signe particulier de l'ancienne noblesse, mais curieuse de savoir des détails sur sa nouvelle connaissance, elle reprit :

— Et où était-il chef votre père ?

— A Magalave, près de Balade, à l'autre bout de l'île.

— Il y demeure toujours ?

— Non, il a été chassé du pays par le grand chef de Puma : une nuit, j'étais bien petite alors, mais je me le rappellerai toujours, pendant que nous dormions dans notre case, les guerriers de Puma, peints en guerre, la zagaie et la hache à la main, se précipitèrent en hurlant dans le village et y mirent le feu, ce fut un massacre horrible ; pendant que mon père et quelques-uns des nôtres défendaient leur vie avec fureur, ma mère fit un trou à la muraille de la case et s'enfuit dans les bois en m'emportant.

» Tout le reste de la nuit nous entendîmes leurs cris de démons ; puis le matin quand le soleil se leva, nous vîmes nos cases brûlées, nos cocotiers coupés, la brousse en flamme et les ennemis qui se retiraient, emportant leurs morts pour leur donner la sépulture, et les nôtres pour les dévorer ; ma mère demeura encore cachée tout le jour, puis, profitant de l'obscurité, elle gagna Balade, où les hommes de la prière avaient élevé une chapelle, ils nous recueillirent avec bonté, et peu de jours après, à la prière de ma mère, qui avait appris que mon père prisonnier devait être tué et mangé à la suite d'un grand pilou - pilou ¹, que donnait Oninine le chef de Puma, le Père Rougeyron partit pour le sauver et revint avec lui après l'avoir arraché du poteau auquel il était déjà attaché.

» Quelques temps après, nos protecteurs menacés eux-mêmes par un autre chef Bouarate, furent obligés de s'embarquer en un grand vaisseau de guerre qui nous transporta à Pouébo où je fus mise entre les mains des religieuses Basiliennes qui m'instruisirent et me firent apprendre la religion du vrai Dieu.

» Quand j'eus douze ans, un missionnaire me retira de Pouébo pour me ramener à Nouméa où mes parents étaient venus s'établir, j'y retrouvai mon père et ma mère, chrétiens tous les deux, mais qui, ruinés par la guerre, vivaient de leur travail, et s'étaient mis au service d'un colon pour cultiver son jardin.

— Alors vos parents sont à Nouméa ?

— Ils sont ici même et demeurent dans une case au bout du jardin ; avec ce qu'ils ont gagné ils ont acheté une tarotière sur le penchant de la colline que vous pouvez voir d'ici au bord de la mer, un peu plus bas que le Pont-des-Français ; c'est ma mère qui la cultive, mon père soigne le jardin et va à la mer dans sa pirogue, venez, je vous mènerai vers eux.

Louise regarda sa fille.

¹ Fête mêlée de danses et de festins par lesquels les Calédoniens célèbrent eurs victoires.

— Allons-y, dit Germaine, pour laquelle la fille du chef anthropophage converti était déjà une amie, et contournant la maison en suivant la galerie, elles descendirent par deux marches dans un jardin, tout rempli de plantes européennes et d'arbres fruitiers, déjà couverts de fruits à une époque où leurs congénères d'Europe n'avaient pas encore une feuille.

La visite des nouveaux habitants de la case était attendue évidemment par Gondou; aussi, le chef dépossédé avait-il fait des préparatifs pour se montrer à ses hôtes avec toute sa majesté.

Louise le trouva assis devant la porte de sa tente, sur une chaise qui, à la rigueur, pouvait passer pour un trône, et dans la même attitude qu'il devait prendre, au temps de sa puissance, pour recevoir une ambassade solennelle au milieu de sa capitale.

Son costume royal était cependant des plus simples, consistant en un large pantalon blanc, serré à la ceinture par une courroie de cuir.

Pour diadème, il portait le haut bonnet de feutre, semblable de forme au colbach des chasseurs de l'armée française.

Son cou, ses bras, son torse et ses pieds nus le faisaient ressembler à une statue de bronze, brodée en relief par des tatouages composés d'une série de cicatrices produites par le feu.

Il portait la moustache longue ainsi que la barbe qui, blanche et taillée en pointe, se détachait vigoureusement sur le fond brun chocolat de sa peau.

Une de ses mains reposait sur son genou, l'autre, en guise de sceptre, soutenait une longue zagaie de bois de teck durci au feu et aiguisée par les deux bouts.

La croix suspendue à son cou disparaissait sous les flots de sa barbe, mais un collier à gros grains polis et enfilés à un cordon de poils de roussettes, orné de houppes, s'étalait sur sa large poitrine et laissait apercevoir un tiletit ou large amulette, faite d'une pierre blanche polie et brillante comme la nacre.

Évidemment le vieux chef posait comme un haut fonctionnaire dans une cérémonie publique, mais son attitude était réellement si majestueuse et si imposante, qu'en face de ce sauvage, qui daignait à peine laisser tomber sur elle un regard, Louise oubliait complétement qu'elle se trouvait en présence du jardinier de sa nouvelle habitation pour ne penser qu'à l'ancienne puissance du père de la vive et gaie Aïka.

Pendant quelques instants, sans doute pour donner le temps à la visiteuse de l'admirer, Gondou ne fit pas un mouvement, pas un muscle de son visage ne tressaillit, et l'ouvrière put, non sans un certain embarras, contempler l'illustre guerrier paré de ses nombreuses cicatrices.

Son œil bleu et sombre, immobile sous d'épais sourcils, sa longue barbe blanche, la rigidité de ses traits conservaient l'empreinte de sa majesté déchue, et l'expression de sa physionomie était moins celle du découragement servile que de la tristesse amère et profonde.

En présence de cette statue vivante, Germaine demeurait comme pétrifiée ; enfin le Canaque se décida à sortir de son immobilité, mais son accueil fut froid, digne, presque orgueilleux.

Avec un homme, il aurait été plus expansif ; en présence de femmes, il crut devoir se tenir dans la réserve qui seule convient à un guerrier devant des êtres inférieurs.

Du reste, il parlait mal le français, et avec un accent guttural qui rendait certains mots presque inintelligibles.

Quand il jugea l'audience suffisamment longue, il adressa quelques mots, en langue canaque, à sa fille et, se levant, il s'éloigna froidement, en s'appuyant sur sa zagaie, comme Agamemnon sur son sceptre.

— Mon père vous invite à entrer dans sa case, pour y manger, dit Marie, en souriant ; vous allez goûter de ma cuisine.

— Oh ! non ! s'écria Germaine, qui se souvenait du récit du docteur ; mais je ne veux pas manger de cette vilaine bête.

— Quelle bête, ma chérie ? demanda la jeune fille.

— Elle veut parler de ces grandes chauves-souris qui sont si laides, répondit sa mère.

— Oh ! ne crains rien, ma belle ; nous ne te ferons manger ni araignées, ni roussettes, mais d'un joli poisson doré et de bons taros bien sucrés.

L'heure du déjeûner était déjà bien éloignée, l'enfant se laissa séduire ; une seule chose l'inquiétait, la case n'avait pas de porte.

Heureusement que Marie savait où elle se trouvait. Elle écarta un rideau d'écorce et, se baissant presque jusqu'à terre, entra dans la ruche.

Louise et sa fille l'y suivirent ; c'était la première fois que l'une et l'autre pénétraient dans une hutte de sauvage. Gondou, qui l'avait construite, n'avait pas voulu sacrifier aux innovations importées par les Français.

La civilisation l'avait sauvé de la mort, mais il ne l'en détestait pas moins.

Forcé de venir demeurer à Nouméa, il s'y était construit une habitation plus petite que son palais de Maiolave, mais sur un plan et avec des matériaux identiques.

Rien ne ressemble plus à une ruche que ces petites tours très-basses, tapissées d'écorce et surmontées d'un toit pointu en chaume, traversé à son sommet par un poteau central, le plus souvent en bois de houp, sorte de cèdre imputrescible, et surmonté d'un tabou.

Celle dans laquelle se trouvaient les deux étrangères pouvait avoir cinq ou six mètres de diamètre ; l'aire en était battue avec soin et recouverte à gauche d'une natte ouatée de fine paille servant de lit.

A droite, le long des parois, quelques ustensiles de terre et un tas d'oignons ; au centre, accrochés au poteau, des filets et des instruments de pêche; puis, un peu en arrière, deux pierres plates, servant de foyer, et sur lesquelles, dans une urne de terre, à demi-enfouie dans la cendre chaude, cuisait doucement à l'étuvée un beau poisson enveloppé d'herbes aromatiques, comme une momie de ses bandelettes.

C'était toute la batterie de cuisine.

De verres, d'assiettes, de couteaux et de fourchettes il n'en était pas question.

Il y avait pourtant une serviette pendue à l'entrée de la case, à laquelle chaque invité s'essuie les doigts quand il sort pour aller, pendant le repas, boire à la source voisine.

Près du foyer, une femme, accroupie, surveillait la cuisson des mets que la jeune Néo-Calédonienne avait voulu préparer elle-même.

Elle était hideuse, comme le sont presque toutes les femmes Néo-Calédoniennes dès qu'elles ont dépassé un certain âge; ses cheveux rasés comme ceux d'un homme, son teint fuligineux, ses traits flétris auraient été plus que suffisants pour la rendre repoussante, sans qu'il fût nécessaire qu'elle eût ajouté à ces injures du temps l'œuvre de ses mains pour achever de se rendre hideuse, en se déchiquetant les oreilles, en blanchissant son crâne avec de la craie, et en se surchargeant les bras et la poitrine de cicatrices produites par de nombreuses incisions pratiquées au moyen d'une coquille tranchante.

Heureusement pour Louise que cette affreuse sorcière, mère de la gracieuse Aïka, ne connaissait pas un mot de français, et que toute la présentation se borna à un échange de poignées de mains.

Les deux Néo-Calédoniennes échangèrent ensemble quelques mots en langue canaque et Marie, s'accroupissant près du foyer, souleva le bouchon de feuilles de bananiers qui bouchait la large ouverture de l'urne, d'où s'éleva un nuage de vapeur de l'odeur la plus appétissante.

— Tout est prêt, dit alors la jeune fille, nous allons dîner.

— Mais nous y verrons bien peu, objecta Louise.

Marie sourit.

— L'usage n'est pas de manger dans les huttes, dit-elle, mais dehors, sur la nape de verdure fleurie que le bon Dieu a étendue sur la table de ses Canaques.

Les trois femmes sortirent et allèrent se placer sous un bouquet de palmiers, sur un tapis de mousse émaillée de pâquerettes et embaumée par les suaves parfums d'une touffe de melalenca dont les fleurs, presque vertes, répandent une odeur fortement aromatique.

Restait la question du couvert, elle fut bientôt résolue par Marie, qui alla cueillir à un arbre voisin des feuilles arrondies comme celles du nénuphar, mais plus fortes, assiettes naturelles fournies par la nature, et que rien n'empêche de renouveler à chaque plat.

— A présent, dit-elle en les plaçant symétriquement sur la mousse, il serait nécessaire, pour un repas européen, d'aller chercher des verres et des fourchettes, mais je pense que vous serez bien aise de faire un repas à la canaque, et dans ce cas les doigts servent de fourchettes, et les assiettes, roulées en cornets, de verres pour puiser l'eau à la source voisine, que je serai obligée ici de représenter par un pot de terre, car nous manquons de fontaines, ainsi que de ruisseaux à Nouméa.

Ce premier dîner, sous le dôme bleu du ciel, en compagnie de deux sauvagesses et près d'une case de chef calédonien, avec la mer semée d'îles et bordée de palmiers et de palétuviers pour perspective, amusait trop Germaine pour que sa mère songeât à regretter ce qu'on est convenu d'appeler le confortable européen, et elle accepta de grand cœur la proposition d'Aïka.

Celle-ci s'occupa alors avec sa mère d'apporter les mets qui composaient le repas, et qu'elle avait voulu préparer elle-même suivant les règles de l'art le plus avancé.

Des feuilles de palmier tenaient lieu de plats : sur l'un était étendu, sur un lit d'herbes odoriférantes, une superbe dorade, aux écailles dorées et aux nageoires rouges; sur l'autre, un mélange de tranches d'ignames, de poissons, de crabes et de racines, cuits ensemble dans du lait de coco et réduits à l'état de bouille-à-baisse presque solide; enfin, dans un troisième, car Gondou avait voulu donner aux étrangers une haute idée de sa générosité, s'élevait une pyramide de fèves de Tonga, espèce de haricots plutôt grillés que cuits, et que tous les européens s'accordent à regarder comme excellents.

Quant à la boisson, elle consistait en eau de citerne assez pure, mais d'un goût si plat que, pour en corriger la fadeur, Marie n'avait rien trouvé de mieux que d'y faire macérer des tranches de canne à sucre mêlées à des feuilles d'une sorte de fenouil.

Si étrange qu'il fût, et malgré la présence peu agréable de la vieille calédonienne, qui se servait de ses doigts comme de griffes pour dépecer la portion servie devant elle, le dîner fut trouvé excellent, et Germaine s'y montra aussi adroite de ses mains que si jamais elle n'eût connu l'usage de la fourchette.

Moins habile, Louise s'en tira cependant à son honneur et crut devoir féliciter Marie de son talent.

— Oh! répondit celle-ci, nous avons encore bien de bonnes choses dans notre pays : les noix de coco dont j'ouvrirai une pour en faire boire le lait à ma petite amie à la fin du dîner, le nani dont les feuilles ont le goût de cette plante que vous avez apportée ici et que l'on appelle le chou, le mayoré ou arbre à pain, la racine du jalé, la banane qui se mange cuite ou crue, le taro, le fruit du palétuvier, la noix de boucoul, l'ananas, et puis tant de poissons, tant de coquillages et surtout, le long des palétuviers, de ces petites huîtres que vos officiers recherchent tant, et qui se suspendent en grapes énormes aux branches et aux racines plongeant dans la mer, puis encore les tortues, les roussettes, de gros oiseaux et des fruits suivant la saison.

— Mais c'est donc un vrai grenier d'abondance, votre île ?

— Par moments, mais il y a aussi des mois, quand la mer est mauvaise, que les taros et les bananes sont épuisés, où le grenier est vide, où la faim se fait rudement sentir, et que pour ne pas mourir il faut manger des écorces d'arbres et des racines qui empêchent tout juste de mourir.

— Vous n'avez donc pas de gibier, pas de bœufs, pas de moutons, pas de porcs ?

— A présent nous avons de tout cela, et j'en ai toujours vu, mais mon père m'a souvent dit que ce sont les étrangers qui ont apporté toutes ces richesses dans leurs grands bateaux.

Cependant le dîner touchait à sa fin ; la vieille calédonienne, accroupie sur ses talons, achevait de ronger ce qui avait été épargné, et faisait craquer sous ses dents les carapaces des crabes, comme si rien n'eût été capable d'assouvir son appétit.

Aïka enleva les feuilles, plats ou assiettes ayant déjà servi, et plaça sur la mousse d'autres feuilles chargées de fruits, ainsi que trois ou quatre noix de coco, qu'avec une hachette de fer elle ouvrit d'un seul coup avec une merveilleuse dextérité sans en épancher le lait.

Germaine but avec délices cette liqueur fraîche et sucrée, du lait dans une noix cela lui paraissait merveilleux,

— Que c'est bon, maman ! répétait-elle, que c'est bon.

— Le cocotier est le roi des arbres, répondit Aïka.

— Pourquoi le roi ?

— Parce que c'est le plus utile : sa racine fournit des cordages, son tronc est bon pour tous les usages, ses feuilles peuvent s'employer à couvrir les cases, à faire des chapeaux, des assiettes, des vases, des vêtements même, ses noix donnent une bourre avec laquelle on fabrique des filets, et ses fruits peuvent tout à la fois étancher la soif et assouvir la faim.

En ce moment la vieille Canaque se redressa et étendit la main pour montrer l'ombre qui touchait aux parois de la citerne.

Puis elle rentra précipitamment dans la case.

— Qu'est-ce ? demanda Louise.

— Ma mère me montrait que l'heure du repas de mon père est arrivée.

— Comment, il n'avait pas encore dîné ?

— Non, pas encore.

— Pourquoi n'a-t-il pas mangé avec nous ?

— Mon père est un guerrier et un chef, répondit Aïka avec fierté.

— Et c'est pour cela qu'il n'a pas dîné avec nous ?

— Il n'y a ici que les enfants qui mangent avec les femmes, les guerriers prennent leurs repas seuls ou entre eux, les femmes ne font que les servir.

— En France ce n'est pas ainsi, au contraire, ce sont les hommes qui cèdent aux femmes les premières places.

Aïka allait répondre quand le Néo-Calédonien parut, s'avançant vers sa case ; il passa près des étrangères sans paraître les remarquer, et rentra dans sa hutte.

— Retirons-nous, dit tout bas sa fille, il va ressortir pour prendre son repas, et il serait mécontent de nous trouver ici.

Ensemble elles remontèrent vers la maison, Louise avait hâte de tout ranger avant la visite de Mme de Lambescq, le lendemain.

CHAPITRE V

Une première excursion en Calédonie

———

Germaine était rentrée charmée de sa journée, elle avait bien eu le matin un peu peur du gecko de M. Goblet et de la roussette suspendue à la boutonnière du naturaliste, plus tard la vue du sauvage Gondou, avec sa coiffure étrange, l'avait bien un peu effrayée, mais le dîner sur l'herbe, en compagnie de la gentille Aïka, en dissipant toutes ses craintes, n'avaient laissé chez elle qu'une impression de satisfaction enfantine, et le vif désir de faire plus ample connaissance avec ce beau pays où l'on dîne si bien et où l'on trouve de si aimables compagnes pour partager vos jeux.

Aussi le soir, pendant que sa mère préparait tout ce qu'il fallait pour son installation dans la nouvelle maison qu'elles devaient habiter, au moins jusqu'à nouvel ordre, ne fit-elle autre chose que babiller et construire dans sa petite cervelle des châteaux en Espagne, comme on en fait à cet âge et même plus tard, alors même que la perte de bien des illusions devrait rendre plus sage.

La femme du déporté la laissait dire, pourquoi lui gâter son plaisir, et d'ailleurs ne valait-il pas mieux la voir heureuse que triste, joyeuse que languissante.

Sans partager l'enthousiasme de sa chère Germaine, Louise, il

faut bien le dire , était déjà presque familiarisée avec ces anthropophages , que de loin elle s'était représentés si effrayants , et qui ,
vus de près , le sont assurément bien moins que ne l'étaient les fédérés de Paris , compagnons actuels de captivité de son mari.

Quand il sera libre, pensait-elle, nous pourrons encore être heureux ici ; nous aurons une ferme, nous travaillerons, la terre est fertile et ne demande qu'à se montrer généreuse , le climat est admirable, Germaine y grandira au grand air, s'y épanouira comme une
fleur sous les rayons du soleil , et plus tard , quand on aura tout
oublié là-bas, alors ....

Elle aussi construisait de fragiles échafaudages , dans sa naïveté
elle ne s'était même pas aperçue qu'elle était victime d'une petite
comédie, que son dîner champêtre n'avait rien d'improvisé , et que
la prétendue hospitalité de l'ancien chef, sans cacher un piége, pouvait cependant bien recouvrir un motif plus intéressé que celui de
faire bon accueil à une étrangère, appartenant à une race envahis-
sante, venue dans l'île des Néo-Calédoniens pour leur prendre leurs
meilleures terres et se substituer à la place des anciens propriétaires.

Pour peu que la nouvelle débarquée eût été défiante ; elle aurait
soupçonné la vérité, et deviné que si le sauvage Gondou prodiguait
à une française ses taros et ses ignames, ce n'était qu'un placement
à intérêt, et que s'il tenait tant à captiver son amitié, c'est que cette
amitié lui paraissait nécessaire pour arriver à ses fins, en se faisant
recommander auprès du gouverneur par le grand chef du *Magenta*,
qui certainement aurait, s'il le voulait, assez d'influence pour le
faire rétablir par la force, comme Aliki ou prince de sa tribu , et
contraindre ses heureux adversaires à reconnaître son autorité.

Rien n'est rusé comme un sauvage, rien n'est souple et enjôlant
comme lui quand il a trouvé son maître ; en revanche, rien n'est
plus insolent et plus raide lorsqu'il se croit le plus fort.

Les missionnaires ont appris à leurs dépens à les connaître, en
s'y laissant tromper souvent ; Louise était donc bien excusable de

n'avoir pas du premier coup percé à jour ce complot qui, du reste, n'avait pour elle rien de menaçant.

Elle aurait tant voulu que la nouvelle patrie de sa fille et de son mari fût un Eden, que naturellement elle voyait seulement par ses beaux côtés.

Cependant sa joie n'était pas sans mélange, elle n'était pas venue de Brest à Nouméa, elle n'avait pas traversé des espaces immenses pour dîner sous des cocotiers, se promener en canot, manger dans des feuilles de palmiers, tresser des couronnes de fleurs avec Aïka, aussi éprouvait-elle presque un remords.

Il y avait déjà plus de vingt-quatre heures qu'elle était débarquée et elle ne savait pas encore dans quelle partie de l'île se trouvait son mari, elle ne s'était pas informée des formalités à remplir pour arriver jusqu'à lui, elle n'était même pas allée au commissariat demander des renseignements dans les bureaux.

Il est vrai que Mme de Lambescq s'était fait fort de lui aplanir toutes les difficultés ; mais elle, la principale intéressée, n'aurait-elle pas dû se donner plus de mouvement, payer de sa personne au lieu d'employer d'une manière indiscrète l'influence de sa protectrice ?

Ces pensées la tinrent éveillée toute la nuit ; le matin venu elle se leva en même temps que le soleil, fit ses prières, s'habilla à la hâte et se prépara à sortir.

Sur le seuil, une pensée la retint ; la case était si isolée, et ses murs si fragiles, qu'avec un couteau un sauvage aurait facilement pu s'y tailler une porte ; elle se souvint des anthropophages qui, naguère encore, venaient jusqu'au cœur de la ville voler des marchandises que gardaient des sentinelles armées, elle eut peur de laisser sa fille seule et demeura.

Que faire ?

Pendant qu'elle se creusait le cerveau, elle entendit dans le jardin, à quelques pas de sa fenêtre, une voix douce chantant un air d'une originalité extrême, et dont la musique se faisait remarquer par une profonde et suave mélancolie.

L'ouvrière sortit alors sur la galerie et regarda autour d'elle.

La chanteuse ne se montrait pas, cachée comme une fauvette sous une épaisse touffe de naoulis aux longues grappes parfumées , elle semblait par sa mélodie saluer l'aurore dont la lumière rosée faisait scintiller, à chaque feuille, à chaque brin d'herbe, ces gouttes de rosée qui sont comme les diamants tombés de l'écrin de la nuit.

— Aïka ! fit doucement Louise.

Le buisson s'agita , et , du sein de ce bouquet neigeux , émergea la tête brune de la jeune et gracieuse Néo-Calédonienne.

Au premier signe de la Française elle accourut , bondissante , et montrant, dans l'épanouissement d'un sourire, ses dents éclatantes entre ses lèvres rouges comme les pétales d'une fleur de grenadier.

On eût dit un collier de perles oublié dans son écrin.

A la vue de cette physionomie ouverte , de ces yeux clairs à travers lesquels il semble qu'on puisse voir l'âme qui les anime, Louise se sentit rassurée.

L'enfant portait dans ses bras une gerbe de fleurs.

— Que fais-tu là si matin , lui demanda l'étrangère.

— Vous le voyez, madame , un bouquet pour la commandante , quand elle arrivera, un autre pour Mlle Germaine, et une guirlande pour suspendre sous la vérandah.

— Auras-tu bientôt achevé ?

— De cueillir mes fleurs, oui , mais après cela il faudra les ranger, les assortir, ce sera plus long, si cependant vous avez besoin de moi....

— Pourrais-tu finir ton travail sous la vérandah ?

— Certainement, si cela ne vous dérange pas.

— Au contraire , j'ai besoin de sortir un moment, ma fille dort, tu la garderais en rangeant tes fleurs , et la sachant sous ta protection je n'aurais pas de crainte.

— Oh ! ce sera avec plaisir, je vous promets de ne pas m'éloigner, et si Germaine s'éveille, j'entrerai dans la case, elle m'aidera à faire ma guirlande.

— Merci, ma bonne Aïka, je vais profiter de ta complaisance, répondit l'ouvrière, il est impossible d'être meilleure et plus aimable que toi.

Parfaitement rassurée, elle sortit alors et se dirigea vers l'hôtel du gouvernement.

— Que demandez-vous, madame?

— Les bureaux s'il vous plaît, monsieur.

— Quels bureaux ?

— Ceux du commissariat.

— Pas ici.

— Pourriez-vous avoir la bonté de m'indiquer où ils se trouvent.

— Troisième porte à droite en montant la rue; vous voyez ce bourgeois qui se mouche ?

— Oui, monsieur.

— Il est devant.

— Merci, monsieur.

— Pas de quoi, madame.

Ainsi renseignée par le planton, elle continua son chemin et arriva devant une porte au-dessus de laquelle était écrit : commissariat.

C'était un matelot qui montait la garde, près de lui un gendarme en petite tenue fumait, à cheval sur une chaise qu'il balançait, afin sans doute de ne pas perdre ses habitudes d'équitation.

L'étrangère s'adressa au matelot qui en ce moment se raidissait sous les armes, à la vue d'un lieutenant de marine auquel il s'apprêtait à faire le salut militaire.

— Parlez au planton, fit brusquement la sentinelle.

Celui-ci venait d'apercevoir l'officier et s'était levé pour saluer son supérieur, en portant la main droite à la visière du képi, la paume de la main en dehors, le coude à la hauteur de l'épaule, ainsi que le prescrit l'article 3 du règlement, inscrit dans le livret militaire.

Louise avait vécu trop longtemps à bord d'un navire pour ne pas connaître les exigences de la discipline, elle attendit que l'officier eût passé pour réitérer sa demande au planton.

— Les bureaux n'ouvrent qu'à neuf heures, repassez à dix, répondit celui-ci.

— Et le soir, à quelle heure ferment-ils?

— A quatre, répliqua le gendarme, en reprenant son mouvement de bascule.

Mon Dieu, à neuf Mme de Lambescq sera peut-être arrivée, je ne puis pas la faire attendre, et à quatre elle ne sera probablement pas retournée à bord, murmura la pauvre femme en s'éloignant sans insister.

Elle redescendit la rue vers le port pour suivre le quai jusqu'à sa case, et cherchant un moyen de se tirer d'embarras, lorsqu'une voix rude lui cria :

— Vous êtes bien fière ce matin, madame Louise.

L'ouvrière releva la tête et reconnut Timothée, qui, assis sur une borne de granit, auprès du canot major amarré à un anneau par le crochet d'une gaffe que tenait un matelot, mâchait, pour tuer le temps, une énorme chique bombant en forme de fluxion sous sa joue gauche.

— Ah! fit-elle, tout étonnée, je ne m'attendais pas à vous voir si matin, vous êtes donc encore de service aujourd'hui ?

— Tonnerre de Brest ! si j'y suis, et aujourd'hui, et demain, et toute la semaine peut-être; nom de nom, je n'ai pas de chance, je croyais être de permission à terre aujourd'hui et pouvoir rigoler un peu avec les camarades, et voilà-t-il pas que le commandant a donné ordre d'armer la baleinière pour demain à la pointe du jour; Dieu sait où nous allons, mais il est certain que nous en avons pour plusieurs jours à bourlinguer le long de la côte sans pouvoir poser les pattes à terre autrement que pour corvée, tron-de-l'air ! pas de chance.

— Je n'en ai pas plus que vous, moi, je viens des bureaux, tout est fermé.

— Ah ! je crois bien ; ils s'en paient du bon temps les employés civils et militaires ; à terre ils ne font rien et en mer ils nous regardent travailler, ça ne doit pas leur faire venir des ampoules ; eh ! dites donc, et votre nouvelle cambuse, ça vaut-il mieux que la baraque de milady Inioutile ?

C'est très-joli, et le jardin est charmant, je regrette que Mme de Lambescq ne soit pas venue visiter son habitation.

— Mais vous ne l'avez donc pas vue, la commandante.

— Je l'ai vue hier.

— Oh ça, connu, puisque j'y étais ; je parle de ce matin.

— Vous savez bien que je ne suis pas allée à bord.

— Alors vous pouvez vous dépêcher, la commandante doit vous chercher.

— Elle est ici ?

— Débarquée depuis trois quarts d'heure.

— Seule ?

— Avec le commandant, le docteur et deux officiers.

— Que dites-vous là, bonne mère ! je suis désolée, adieu, monsieur Timothée, je me sauve bien vite.

Et en effet, elle rentra tellement à la hâte qu'en arrivant à la case elle était tout essoufflée.

Germaine venait de s'éveiller ; avant d'entrer sa mère entendit ses gazouillements d'oiseau qui s'échappaient par la fenêtre entr'ouverte, et la trouva encore sur son lit, couvert de fleurs, qu'elle embrouillait en riant sous prétexte d'aider sa chère Aïka à les disposer.

— Où est la commandante ? demanda l'ouvrière en ouvrant la porte.

— Personne n'est venu, répondit Aïka.

Louise soupira.

— Ah! fit-elle, je craignais de l'avoir fait attendre

— Elle doit donc arriver ?

— Je la croyais ici déjà, elle va être là dans un instant, peut-être avec M. de Lambescq ; vite, ma Germaine, habille-toi.

— Et moi je cours avertir mon père, s'écria la Néo-Calédonienne en s'élançant sur la galerie et de là dans le jardin , qu'elle traversa en bondissant avec la légèreté d'une chatte.

Cinq minutes après elle était de retour, et , avec une activité fié-vreuse achevait ses préparatifs.

Elle venait de placer sa dernière guirlande quand arrivèrent les visiteurs si impatiemment attendus.

La gracieuse Aïka présenta à la commandante son beau bouquet de bienvenue, et produisit sur tous les visiteurs l'effet désiré par son père.

Le sauvage Gondou qui , de son côté, s'était paré de son mieux pour se présenter au commandant, lui adressa quelques paroles qui eussent été inintelligibles si sa fille ne lui eût servi de truchement en cette occasion.

Le commandant fut très-gracieux pour lui, fuma deux ou trois bouffées dans sa pipe et lui fit répondre, par son interprète, qu'il le connaissait déjà de réputation comme un brave et loyal sauvage ayant rendu des services à la France, que son Excellence le gou-verneur le tenait en grande estime, et qu'il avait témoigné la veille même l'intention de lui faire rendre les biens dont il avait été in-justement dépouillé par son rival.

Malgré le masque d'impassibilité stoïque dont le fier Néo-Calédo-nien essayait de couvrir sa physionomie , la joie brillait dans ses yeux ; et à plusieurs fois en portant avec respect la main du com-mandant à son front incliné en signe de respect, il répéta :

— Beaucoup lélé aliki, tayo Gondou.

Le chef est très-bon, Gondou est son ami.

Pendant ce temps le docteur, toujours amateur d'histoire naturelle, examinait le bouquet de cocotier qui ombrageait la case, et montrait à Mme de Lambescq les énormes fruits attachés à la base des larges feuilles.

Une noix gisait sur le sol, il la ramassa pour lui en faire remarquer le poids.

Gondou crut que la commandante voulait en boire le lait.

— Not lélé, dit-il dans son patois calédonien, elle n'est pas bonne.

Et pour le prouver, et en même temps montrer son adresse, il prit une zagaie appuyée près de sa case, jeta la noix à une grande hauteur, puis, se recourbant en arrière, lança son arme avec tant de force et d'habileté, que le fruit retomba percé de part en part.

Alors, sans avoir l'air de s'occuper des bravos de l'assistance, émerveillée d'une adresse habituelle chez les sauvages, mais dont nos clowns les plus fameux seraient jaloux, il retira la zagaie, montra que le fruit desséché ne contenait plus de lait, et détachant de sa ceinture une forte corde qui lui servait de fronde, fit prier Mme de Lambescq de choisir, dans les fruits qui se balançaient à plus de vingt mètres au-dessus de leurs têtes, celui qu'elle désirait avoir.

Le docteur en désigna un.

Gondou dit alors deux mots à sa fille qui entra en rampant dans la case, et en rapporta un sac renfermant sept ou huit pierres ovoïdes polies par le frottement, et de la grosseur d'un œuf.

Le Néo-Calédonien en prit une, la posa sur sa fronde, regarda un instant le but, puis faisant tournoyer son arme, envoya la pierre avec une telle précision, que fruit et projectile tombèrent à la fois sur le gazon.

— C'est vraiment merveilleux, s'écria Mme de Lambescq, témoin pour la première fois de l'incomparable habileté des sauvages dans le maniement des armes de trait.

— C'est adroit, mais ce n'est pas rare, reprit M. Goblet d'un air dédaigneux qui n'échappa point au regard pénétrant de Gondou.

— En feriez-vous autant, docteur, demanda le commandant.

— Avec un peu d'habitude on y arrive, et dans le temps...

— Essayez donc, interrompit Mme de Lambescq avec malice.

Gondou avait compris, car sans que rien trahît ses impressions il présenta la fronde et la zagaie au docteur.

Mis en demeure de s'exécuter, celui-ci choisit la zagaie qui lui semblait plus facile à manier, visa, non pas un fruit, mais le tronc d'un palmier, à dix pas de lui, et après avoir longtemps visé, lança le trait avec tant d'habileté que non-seulement il manqua le but, mais que la zagaie pirouettant sur elle-même alla se ficher en terre du côté opposé à la pointe.

A ce résultat inattendu, un sourire imperceptible de dédain plissa les lèvres du chef, tandis que sa fille Aïka mêlait avec la plus grande franchise ses éclats de rire à ceux de toute la société.

Un peu confus, le docteur essaya de s'abriter derrière une savante dissertation sur le centre de gravité stable et instable; personne ne l'écouta, et la visite de l'enclos continua.

Là il s'agissait surtout de botanique, aussi M. Goblet prit-il sa revanche en nommant et décrivant tour à tour le tlespeia populnea [1], l'acacia à fleur de laurier, qui révèle au loin sa présence par l'odeur de sa fleur d'or, la quetardia speciosa, dont le parfum est plus suave encore, le clerodendron, le semecarpus ater, l'aricemmia resinosa, qui affectionne les rivages, et surtout le niouli ou midoulis, connu des savants sous le nom de melaleuca viridiflora.

— Cet arbre, dit-il en s'adressant à Mme de Lambescq, est d'une prodigieuse utilité. On fait une maison avec son bois, une tenture avec son écorce, sa fleur distille du miel, sa jeune pousse donne un thé presque comparable à celui de la Chine, sa feuille remplace pour

[1] Les plantes que nous citons font toutes partie de la flore néo-calédonienne.

les apprêts culinaires la feuille du laurier, et mâchée fraîche offre un rafraîchissement hygiénique.

— Ce qui n'empêche pas que vos squatters en disent autant de mal ici que les colons algériens du palmiste, interrompit le commandant.

— Oui, parce qu'il étouffe l'herbe de leurs concessions, reprit le savant, mais ils devraient le bénir au contraire, car c'est aux émanations de cette précieuse myrtacée, qu'il faut attribuer la salubrité exceptionnelle du climat néo-calédonien, même dans les marais couverts de mangliers et de palétuviers, qui partout ailleurs engendrent la fièvre.

Les fleurs, cependant, finissent, elles aussi, par lasser, et lorsque la commandante les eut assez senties, assez admirées, elle témoigna du désir d'aller se reposer quelques instants dans sa case, pendant que son mari et le docteur continueraient à discuter sur les mérites respectifs de telles ou telles plantes.

— Eh bien! Louise, fit-elle, quand, arrivée sous la vérandah, elle se fut installée sur un fauteuil de cannes et qu'elle eut pris sur ses genoux Germaine pour la caresser; à présent que nous sommes seules, causons un peu de vos affaires. J'ai vu le gouverneur, je lui ai parlé de vous d'abord et ensuite de votre mari, il est aussi bien disposé que possible et m'a promis, à moins, ce qui n'est pas probable, que Vincent, depuis son arrivée, n'eût, par sa mauvaise conduite, donné sujet à des plaintes graves, il lui donnerait volontiers la permission de venir s'établir, avec vous, sur la grande terre.

— Vous êtes mille fois bonne, madame, et je vous remercie d'autant plus vivement que je suis bien assurée du repentir de mon pauvre mari; seulement je ne sais pas encore à quel endroit il se trouve, et je compte aller aujourd'hui même m'en informer dans les bureaux.

— Je l'ai bien demandé au gouverneur, mais, naturellement, il n'en savait rien et ne pouvait même pas le savoir; cependant, quand je lui ai dit que Vincent n'est que simple transporté, il m'a répondu que, selon toute probabilité, il se trouvait à l'île des Pins.

— Dans sa dernière lettre, il m'écrivait en effet que c'était bien là sa destination.

— Quant au Père Louis, j'ai l'assurance qu'il s'y trouve. M. de la Richerie en était certain, et il paraît qu'il y fait un bien immense.

— Cela ne m'étonne pas; c'est un saint appartenant à une famille de saints.

— Il faudra le voir, il pourra vous donner de bons conseils pour votre établissement, car quoique le travail ne soit pas obligatoire pour les transportés, il est bien à désirer que votre mari se crée une occupation. Il était maçon, n'est-il pas vrai?

— Oui, madame.

— Ici, c'est un mauvais métier, avec le genre de construction adopté dans le pays; mais il pourrait, ce me semble, s'employer comme jardinier ou cultivateur, soit au jardin du gouvernement, soit et encore mieux dans une mission, comme à Saint-Louis, par exemple.

— Si nous demeurions à la ville, j'y trouverais plus facilement du travail, objecta Louise.

— C'est vrai; mais il importe beaucoup plus que Vincent en ait lui, qu'il ne soit pas oisif, qu'il ne passe pas ses journées dans des cafés très-mal fréquentés, qu'il soit le moins en contact possible avec ceux qui l'ont perdu à Paris et dont l'influence ne peut être que funeste pour lui. Vous, ma chère Louise, vous trouverez toujours à vous employer, à votre maison d'abord, où vous aurez votre fille à élever jusqu'à ce que vous la mettiez chez nos bonnes sœurs, votre ménage à faire, vos habits et ceux de Vincent à entretenir; d'ailleurs, Saint-Louis n'est pas loin et il ne vous sera pas difficile de venir quelquefois à la ville prendre du travail, que vous emporteriez pour le faire chez vous.

— J'avais bien pensé à tout cela, madame, cependant, je ne puis pas prendre pour moi toute la bonne part et lui laisser tout ce qui sera pénible.

— Il est moins pénible de travailler au jardin que de tailler des pierres, ma chère, et faites-y bien attention, l'oisiveté a tué plus de gens que l'excès du labeur.

— A présent, la grande affaire est d'avoir l'autorisation et le moyen de passer à l'île des Pins.

— L'autorisation est des plus faciles à obtenir. Donnez-moi vos noms et prénoms, j'enverrai un matelot et il me la rapportera; quant à l'occasion, vous en avez une merveilleuse, celle de m'accompagner.

— Mais, quand partirez-vous, madame?

— Demain matin; venez coucher ce soir à bord, demain vous vous embarquerez avec nous.

— Et Germaine aussi?

— Ma Germaine aussi; cela ne fait nul doute, à moins que tu ne veuilles pas venir, ajouta la belle dame, en passant sa blanche main dans la soyeuse chevelure de l'enfant.

— Mènerons-nous aussi Aïka? demanda timidement la petite fille.

— Quelle Aïka?

— Mon amie.

— Ah! tu as déjà une amie ici : et comment s'appelle son papa?

— M. Gondou.

— Tu fais vite des amies, ma chérie, répliqua Mme de Lambescq, en souriant; mais tu reviendras la voir bientôt, je te le promets, il faut qu'elle reste avec son papa, et sa maman, comme font les petites filles sages; et puis, si elle partait, comme c'est elle qui, tous les jours, donne à boire à ces jolies fleurs, qui sentent si bon, elles seraient toutes mortes de soif quand elle reviendrait.

Ce raisonnement parut juste à Germaine, qui ne répondit rien, mais eut le cœur bien gros.

— Voici mon mari qui rentre, continua la commandante; nous allons rendre quelques visites, vous, pendant ce temps, allez au commissariat, si vous le jugez nécessaire, puis, rentrez faire un petit paquet, car notre excursion durera probablement plusieurs jours : huit ou dix peut-être. Ensuite, vers cinq heures, le canot major doit venir à terre, vous en profiterez pour gagner le bord, où vous m'aiderez à choisir ce que je dois emporter.

— Que Dieu vous récompense de votre bonté, madame, murmura Louise, en la regardant, les yeux pleins de larmes.

— Êtes-vous reposée, chère amie? demanda le commandant, qui rentrait en ce moment, en continuant à discuter avec le docteur.

— Oh! parfaitement. Comment trouvez-vous mon habitation, monsieur Goblet?

— Elle est digne de vous, madame...

— Cela n'est pas une réponse ; la trouvez-vous jolie ou laide?

— Ravissante, madame; aux portes de Paris, elle vaudrait deux millions.

— Et ici?

— Six mille francs, elle serait bien payée.

— Quelle différence !

— Celle des frais du transport seulement.

— Alors, il est inutile de songer à une pareille spéculation, fit Mᵐᵉ de Lambescq, en se levant. N'y pensons donc plus.

Et, s'appuyant sur le bras de son mari, elle sortit, en disant :

— A ce soir, Louise.

L'ouvrière n'eut garde de manquer au rendez-vous; mais d'abord, dès qu'elle se vit libre, elle alla avec sa fille au commissariat.

Si la politesse est une vertu toute française, son temple ne se trouve pas dans les bureaux, et les employés ne peuvent pas, en général, passer pour ses grands prêtres.

— Que voulez-vous ? demanda brusquement une manière de gratte-papier, sans même jeter un regard sur la solliciteuse.

— Je voudrais savoir où se trouve en ce moment mon mari et.....

— Qu'est-ce que ça que votre mari ?

— Vincent, un.....

— Vincent ; ce n'est pas un nom de famille.

— Pardon, monsieur.

— Et que fait-il, votre mari ?

— Il faisait partie des transportés de *la Guerrière*.

— Ah ! un transporté ; quelle catégorie ?

— Transportation simple.

— Alors, île des Pins.

— Si vous vouliez regarder sur les registres.

— Inutile, île des Pins ; croyez-vous que j'ai besoin que vous m'appreniez mon métier.

— Excusez, monsieur, quelles sont les formalités pour aller le rejoindre ?

— Il vous faut une autorisation ; avez-vous vos papiers ?

— Quels papiers, monsieur ?

— Vous auriez pu vous en informer avant de venir me déranger, grogna l'employé ; les femmes de déportés ne manquent pas ici, Dieu merci.

— Je n'en connais pas.

— Savez-vous lire ?

— Oui, monsieur.

— Alors, lisez cet écriteau et laissez-moi tranquille.

— Je partirai, monsieur, soupira Louise ; mais, l'île des Pins c'est bien loin, et avant d'y aller, je voudrais être sûre que mon mari s'y trouve réellement.

Le scribe grommela quelque chose entre ses dents, plaça sa plume avec impatience derrière son oreille, prit un gros registre intitulé : Liste des transportés. Déportation simple. V.X.Y.Z. et feuilleta quelques pages.

— Vincent, Jean-Antoine, né à Mareuil (Dordogne). Est-ce cela?

— Oui, monsieur.

— Profession de ?

— Maçon.

— C'est bien cela..., condamné à la transportation simple.

Il referma brusquement le registre et le repoussa dans le casier, en répétant :

— Ile des Pins.

Puis, il reprit sa plume et se remit à griffonner.

Il fallut bien que Louise se contentât de ces renseignements.

Il n'y avait pas cinq minutes qu'elle était sortie, quand Timothée entra :

— De la part du commandant du *Magenta*, et pressé, fit-il, en jetant sur la table un pli, cacheté de cire rouge.

Il n'en fallut pas davantage pour mettre tout le monde en l'air, depuis le chef du bureau jusqu'au dernier expéditionnaire : c'était à qui ferait le plus de zèle pour aller au-devant des désirs de Son Excellence.

On sut qu'il s'agissait d'une autorisation pour Louise Vincent, femme du transporté Vincent, Jean-Antoine ; l'employé, qui venait de recevoir si mal la protégée du commandant, en eut la sueur froide.

— Préparez l'autorisation demandée, commanda, d'une voix impérative, le chef du bureau.

Le pauvre diable de surnuméraire rajusta ses manches de lustrine, prit une superbe feuille de papier et, sans doute pour se faire pardonner son méfait, libella, en superbe ronde, l'autorisation demandée.

En un instant, tout fut prêt, signé, timbré, cacheté et remis aux mains du planton.

— Voici votre autorisation, dit Mme de Lambescq à l'ouvrière, quand celle-ci mit, le soir, le pied sur le pont du *Magenta*; ces messieurs des bureaux sont réellement bien complaisants.

Louise ne put s'empêcher de sourire ; elle avait envie de répondre :

— Complaisants et polis pour vous, madame, mais grossiers et maussades pour les gens qu'ils ne craignent pas.

Elle se retint et se contenta de penser en elle-même que dans ce monde, il y a trop souvent deux poids et deux mesures.

Le lendemain, à la pointe du jour, la baleinière, s'éloignant du *Magenta*, contournait l'île de Nou et serrant au plus près la terre, côtoyait un rivage, tantôt montueux et couvert de broussailles, où il est bien difficile à un Européen de ne pas se perdre, tantôt plat et herbeux, et fermé par les atterrissements successifs d'une multitude de ruisseaux descendant des chaînons de montagnes ou de pics isolés variant complétement d'aspect, suivant la nature des roches qui les composent.

Quoique poussée par un bon vent, la baleinière, dont M. de Lambescq avait fait carguer les voiles à demi, n'avançait que lentement, assez lentement pour qu'il fût possible à un jeune aspirant de prendre çà et là de rapides croquis ; ici d'un rocher aux formes bizarres, là d'un village pittoresquement groupé sous l'ombrage d'un bouquet de cocotiers, plus loin d'une pirogue partant pour la pêche avec son équipage néo-calédonien.

Le soleil, brillant de cet éclat si pur, dû à la transparence de l'atmosphère dans ces parages, inondait de sa lumière la baie ou plutôt la mer intérieure enfermée dans les récifs. Une brise légère plissait doucement son manteau d'azur, à la surface duquel bombaient comme des camées plaqués sur une riche étoffe d'innombrables petites îles, les unes nées d'hier et encore dépourvues de toute végétation, les autres déjà revêtues de gazon, d'arbrisseaux et de longues graminées penchées sur le flot comme pour s'y mirer.

Assise sous une tente, formée par une voile tendue horizontalement au-dessus du pont, Mme de Lambescq, munie d'une de ces légères lunettes marines dont tout passager, même le plus étranger

aux habitudes d'un navire, a soin de se munir, fouillait curieuse-
ment la côte de cette terre encore presque inconnue et interrogeait
tour à tour son mari et le docteur sur la nature de ses dé-
couvertes.

Louise était pensive; Germaine, occupée surtout des brillantes bonites, qu'elle voyait bondir autour d'elle, des grands oiseaux qui
passaient en jetant leur cri triste et monotone, des évolutions des
pirogues montées par d'habiles pagayeurs, et de cette flore brillante
et animée qui diapre les bas-fonds, concentrait toute son attention
dans un rayon singulièrement circonscrit; Thimothée, debout à la
barre, ne songeait qu'aux écueils, et cinq ou six matelots inoccupés
fumaient à l'avant, en causant presque à voix basse des choses de
leur métier.

Mais le personnage important de l'embarcation, ce jour-là, ce
n'était ni M. le commandant, ni Mme de Lambescq, ni le dessina-
teur, ni le timonnier, mais à coup sûr M. Goblet.

Seul, de tous les passagers, il avait la clef du grand livre de la
nature et lui-même servait de dictionnaire vivant à quiconque voulait en feuilleter une page; il savait le nom de chaque arbre, il
connaissait la nature de chaque roche, le nom de chaque découpure
du rivage, de chaque village, de chaque ruisseau.

— Docteur, qu'est ce fouillis de verdure? demandait Mme de
Lambescq.

— C'est *la brousse*, madame; en France, nous dirions le hâllier.
Vous voyez cette route qui, partant de Nouméa, s'allonge comme un
ruban à travers les buissons, elle mène au pont des Français; plus
loin, il n'y a plus que des sentiers qui se croisent et se recroisent,
puis, après les sentiers, des pistes tracées dans le buisson par les
bœufs et les chevaux qui y paissent en liberté.

» Autrefois, seuls les sauvages traversaient ces inextricables taillis, dans lesquels il était impossible de les poursuivre; ils ram-
paient à travers les herbes sans même les faire remuer, et s'avan-

çaient, invisibles, jusqu'à quelques pas des sentinelles pour les frapper, à l'improviste, de la zagaie ou du tomawack; aujourd'hui, la petite Germaine pourrait s'y promener sans courir d'autre risque que de s'égarer ou d'y rencontrer, tête à tête, un bon gros bœuf occupé à ruminer paisiblement.

» Ce bouquet d'arbres de haute futaie, c'est Koutio-Koueta, ce qui, en langue canaque, signifie : le Passage-des-Pigeons.

— Il y a donc ici des passages de pigeons, comme en Amérique ?

— Oui, madame.

— Mais, d'où arrivent-ils?

— D'Australie, assure-t-on, mais je n'en crois rien.

— Vous pensez qu'ils ne pourraient faire la traversée?

— Leurs ailes sont assez fortes pour cela, mais ils n'appartiennent pas aux mêmes espèces et sont, je suppose, particuliers à l'île qu'ils traversent en différents sens, suivant la saison.

» Un peu plus loin, aux collines broussailleuses succédaient les pâturages, ce que les colons appellent les *runs*, vastes pâturages destinés à l'élevage des bestiaux, dont, à l'aide de la lunette, on pouvait distinguer de grands troupeaux répandus sur la plaine.

Le docteur apprit à ses compagnons d'exploration que tous ces animaux, d'origine européenne, étaient inconnus avant l'arrivée des Français; depuis, ils s'y sont multipliés d'une manière vraiment prodigieuse et telle que leurs propriétaires sont obligés, comme ceux de la Camargue, en Provence, d'organiser de vraies chasses pour les marquer au fer rouge, de manière à pouvoir les reconnaître plus tard.

— Les missionnaires, ajouta-t-il, avaient de même introduit à Pouebo des chèvres qui, après le pillage de la mission, s'étant échappées dans la montagne, y sont devenues complètement sauvages; et dans une île du nord, des vaches, dont les petits, devenus aujourd'hui des taureaux, sont, comme les bisons d'Amérique, l'objet de chasses annuelles.

— J'avais cependant entendu dire, remarqua le commandant, que ces terres rougeâtres et argileuses, que nous apercevons, ne conviennent pas au gazon.

— Aussi, cette herbe n'est-elle pas du gazon à proprement parler, reprit le docteur, en souriant, mais une légumineuse appelée *Magnagna*, qui rampe à terre comme une liane et provient d'une racine de la grosseur d'une betterave qui, cuite sous la cendre, fournit un aliment à la fois doux et farineux, très-recherché des Canaques.

— Mais, c'est un vrai trésor que cette plante! s'écria Mme de Lambescq.

— Oui, madame, la racine nourrit les hommes, les feuilles les bestiaux, et les tiges traçantes servent à confectionner d'excellents filets.

En ce moment, un matelot vint avertir que le déjeûner était servi, et comme la brise de mer avait singulièrement excité les appétits, tout le monde oublia volontiers le paysage enchanteur qui se déroulait, depuis les premières heures du jour, pour aller festoyer une superbe bonite, accommodée à l'européenne par le cuisinier du bord.

Le soir, au soleil couchant, la baleinière accosta le rivage pour s'y amarrer pendant la nuit, au fond de la petite anse de Majasîre, où le docteur s'empressa de prendre terre afin de profiter des dernières heures du jour, pour escalader une colline stérile, à base de serpentine, pierre d'une extrême dureté que les Néo-Calédoniens exploitaient, avant que l'usage du fer leur fût connu, pour fabriquer des haches, dont quelques-unes atteignaient un prix très-élevé et qui, en raison même de leur beauté, faisaient partie du trésor des grands chefs.

Le rivage était désert et le sol, presque stérile, n'offrait rien d'attrayant pour une promenade, aussi n'y eut-il que M. Goblet qui se sentit le courage d'entreprendre, à travers les cailloux, une excursion, dont il revint sans autre butin que quelques échantillons de serpentine et de pyrites de fer auxquels il avait ajouté une racine de magnagua, dont il prétendait régaler Mme de Lambescq.

Malheureusement, dans son amour pour la couleur locale, il voulut lui-même la préparer à la manière canaque, en la faisant cuire à l'étouffée dans un trou creusé en terre et chauffé avec des cailloux rougis au feu.

Ses préparations culinaires durèrent fort au-delà du temps fixé pour le dîner, et quand enfin il retira sa racine soit-disant comestible de sa fosse, elle se trouvait dans un tel état de carbonisation qu'au dire de Mme de Lambescq la seule manière de l'utiliser pour la bouche était d'en faire, en la pilant, une poudre dentifrice, à laquelle on donnerait dans le commerce le nom de *Charbon-Goblet*.

Le lendemain, le docteur, encore un peu confus de sa mésaventure de la veille, prit glorieusement sa revanche, en promettant au commandant de lui montrer un arsenal naturel où il lui ferait voir plus de boulets que ne pourraient en renfermer dans leurs soutes cent navires d'une capacité double de celle du *Magenta*.

M. de Lambescq était incrédule et il se hasarda jusqu'à faire un pari de dix bouteilles de vin de Champagne. Cette fois, ce fut à son tour de s'avouer vaincu, le docteur ayant obtenu que la baleinière abordât à l'île d'Un, séparée de la grande terre par un étroit et profond canal, montra à tout l'équipage un des plus curieux phénomènes de la nature dans ces contrées lointaines, une île qu'on peut dire toute en fer, et dont les cailloux, de forme sphéroïdale, parfaitement semblables à des boulets de diverse grosseur, tantôt forment des plateaux de plusieurs milliers de mètres carrés, tantôt des amas assez considérables pour constituer des collines, au milieu desquelles se dresse le *mamié*, cône de fer gigantesque.

On comprend si une pareille île doit être stérile, quelques pêcheurs ont cependant élevé leurs huttes sur le rivage, mais aucune plante ne saurait s'y nourrir ni aucun animal l'habiter, car, au milieu du jour, quand le soleil a échauffé ce sol métallique, la chaleur est tellement intolérable qu'avec les gants les plus épais, on ne pourrait manier un de ces boulets.

Aussi, le premier moment de curiosité passé, ce fut avec un véritable soulagement que chacun retourna à l'embarcation qui, doublant, non sans peine, à cause du vent contraire qui venait de s'élever, la pointe de la grande terre, entra à pleines voiles dans la baie de Proni, admirable de contour et de grandeur, mais qui, à cause de sa stérilité, serait absolument déserte si, dans le fond, sur les bords d'une imposante cascade, formée par la rivière Nécoutcho, le gouvernement n'avait établi dernièrement une scierie où, sous la surveillance d'un poste, commandé par un officier, un certain nombre d'ouvriers de la transportation sont occupés à l'exploitation des magnifiques forêts qui l'entourent.

Le soleil était encore assez haut quand la baleinière laissa tomber son ancre à peu de distance de l'embouchure de la rivière, tout près du campement des travailleurs, sorte de baraquement ou plutôt de village, dont les cabanes de bois s'alignaient sur la rive gauche du cours d'eau, autour d'une scierie mécanique mue par le courant, et qui débitait, en planches ou en madriers, le bois apporté de la montagne.

Un canot se détacha aussitôt de la rive, dont l'embarcation ne pouvait pas s'approcher, à cause du peu de profondeur de l'eau, et vint prendre les voyageurs qui, renonçant à entreprendre ce soir-là de se rendre à l'île des Pins, distante d'une trentaine de kilomètres, se hâtèrent de prendre terre pour visiter l'établissement.

Le lieutenant de marine commandant le poste en fit aussitôt les honneurs à son chef, et lui montra en détail la puissante scierie, dont les lames énormes, mises en mouvement par une courroie sans fin, s'enroulant autour de l'axe d'une gigantesque roue à palettes, débitent, avec une précision mathématique, les longues poures couchées horizontalement sur des chevalets et poussées par une force continue vers les dents de la scie.

Presque tous les arbres géants, amoncelés pour approvisionner l'usine, appartiennent à la famille des donemoras, sorte de pins résineux, auxquels l'absence de toute branche, jusqu'à 35 ou 40 mètres de hauteur et la grosseur uniforme de leurs troncs, a fait donner le nom de colonnaires ou pins à colonne.

Quelques-uns des plus beaux spécimens, écorcés avec soin et débarrassés de tous nœuds, formaient une précieuse réserve destinée à fournir des mâts pour les grands navires.

M. de Lambescq les admira en connaisseur et s'informa de la station où ils se trouvaient, car, ajouta-t-il, je n'en ai point remarqué sur le rivage de la mer.

— En effet, dit le docteur, cet arbre ne se développe qu'à une certaine altitude dans la montagne et généralement au-dessus de la région habituelle des chênes.

— C'est ce qui a lieu ici, répondit le lieutenant, M. Bourbon, et si M. le commandant veut me permettre de lui servir de guide, je lui montrerai une forêt comme probablement il en a rarement vu, tant pour le nombre que pour la beauté des sujets.

— Est-ce loin d'ici ?

— A quelques kilomètres seulement, mon commandant.

— Vous avez donc des routes, pour nous y conduire? demanda Mme de Lambescq.

— Le mot route serait un peu ambitieux, reprit le lieutenant, en souriant, mais les Canaques ont tracé un sentier le long de la rivière ou plutôt du torrent, à l'époque où ils l'exploitaient, et c'est ce sentier, un peu élargi par nous, qui établit aujourd'hui nos communications.

— Mon Dieu! s'écria la commandante, que pouvaient-ils faire de ces arbres énormes, eux qui n'ont besoin que de pieux pour construire leurs huttes et auxquelles quelques légères lattes suffisent pour établir leurs charpentes.

— Des canots, madame, ou plutôt ces immenses pirogues faites d'un seul tronc d'arbre, et dont vous avez pu voir, à Nouméa, de superbes mais lourds échantillons.

— Mais, comment faisaient-ils pour les transporter à travers les taillis et les rochers?

— A la façon des fourmis, madame, qui, pour traîner un ver de terre à leurs magasins, s'attèlent par milliers à ses flancs et, quelle que soit sa masse, finissent par le conduire là où elles veulent.

— On dit que les Egyptiens procédaient ainsi pour élever les blocs gigantesques, destinés à couronner leurs pyramides, reprit M. de Lambescq : c'est un travail prodigieux.

— Et qui n'était rien encore, interrompit le docteur, auprès de ce qui restait à faire aux sauvages quand le géant végétal., amené au bord de la mer, par les efforts réunis de plusieurs centaines d'hommes, gisait sur le sable du rivage, car alors il s'agissait de creuser l'énorme tronc, de le façonner, de l'équilibrer, en un mot, de faire d'une poutre flottante un bateau capable de braver la fureur des vagues, sans chavirer, et de porter un équipage considérable, avec ses armes ou des filets et des vivres. Or, pour arriver à ce résultat, pour lequel ils ne pouvaient pas employer le feu, à cause de l'inflammabilité extraordinaire des kaoris, ils ne possédaient que de mauvaises haches de pierre, à peine capables d'entamer ce bois, au grain serré et durci par le suintement de la résine.

— Sans compter que les charpentiers devaient avoir une peur affreuse de briser leurs instruments, remarqua la commandante, s'il est vrai, comme on le dit, que pour polir et monter une hache de serpentine il leur fallut plusieurs mois.

— Dites plusieurs années, madame, la fabrication de certaines haches ne demandant pas moins qu'une vie d'homme.

— C'était un peu long, docteur.

— Oui, je sais même que cela a tout l'air d'une exagération, et cependant c'est la pure vérité et, du reste, cela est facile à comprendre quand on sait que , pour polir et percer la serpentine , les Canaques n'avaient d'autre moyen que de placer la pierre au-dessous d'une chute d'eau mélangée de sable qui, par le frottement, finissait par user la pierre et la trouer sans la briser.

Pendant cette conversation scientifique du docteur, la société, après avoir visité la scierie, traversait, pour se rendre au magasin de planches, un petit jardin coupé en écharpe par un ruisseau, dont l'eau, limpide comme le cristal, courait sur un lit de cailloux, revêtus d'une couche blanche et cristallisée, qui les faisait ressembler à des galets de sucre.

Germaine crut-elle que cette eau était réellement sucrée ou bien avait-elle simplement soif, ce qu'il y a de certain, c'est qu'elle voulut boire et, qu'avec la permission de sa mère, elle s'agenouilla sur le bord du ruisseau pour y puiser avec sa main.

Mais, à peine avait-elle porté le liquide à ses lèvres, qu'elle le rejeta vivement, en s'écriant :

— Pouah! ça brûle et ça pique.

A cette exclamation, les promeneurs se retournèrent.

Le lieutenant éclata de rire.

— Eh bien! petite, comment trouves-tu cette eau?

— Bien salée, répondit l'enfant, confuse, en baissant la tête.

— A cette hauteur, au-dessus du niveau de la mer, il est peu probable que vous ayez des eaux salées, fit le commandant.

— Mais, pardon, la petite a raison, celles de ce ruisseau sont en effet chargées de sel et en telle abondance qu'elles en incrustent tous les objets sur lesquels elles passent; c'est une source thermale.

— Une source thermale ici? Et je ne le savais pas, s'écria le docteur qui, se précipitant vers le ruisseau, y plongea les mains et but quelques gorgées pour s'en assurer. C'est ma foi vrai, goûtez-moi donc cela, madame la commandante, elles sont saturées de carbonate de magnésie et essentiellement purgatives; goûtez, madame, goûtez.

— Merci, docteur, je ne pousse pas l'amour de la science jusque-là.

— Mais, vous, au moins, commandant.

— Pas davantage, je vous l'assure.

— C'est incroyable. Dites-moi donc, lieutenant, où est la source? il faut que je m'assure de son degré de température et de salure. Diable de source, va!

— Pourquoi lui en voulez-vous tant?

— Oh! pour rien, pour rien.

— Ah! fit le commandant, en riant à son tour, je le sais moi.

M. Goblet jeta sur son chef un regard suppliant.

— C'est, continua celui-ci, sans se laisser émouvoir, que dans votre dernière brochure vous avez avancé qu'il ne pouvait pas y avoir de sources thermales dans ce pays de récente formation.

— Tout le monde peut se tromper, soupira le naturaliste qui, après avoir fouillé dans 25 de ses 30 poches, venait de retrouver son thermomètre à maxima et à minima, qu'il plongea aussitôt dans le ruisseau.

Cinq minutes après, le mercure marquait 33° de chaleur; à l'air libre il ne s'élevait qu'à 26.

Dans la source même, il marqua deux degrés de plus; le docteur y remplit une fiole de l'eau qu'il se proposait d'analyser, ramassa des pierres et du bois incrustés, examina les plantes qui croissaient sur le bord du ruisseau.

Il n'y avait pas à en douter, la Nouvelle-Calédonie avait, en effet, des eaux thermales.

Décidément le docteur Rochas avait raison contre lui. M. Goblet se consola en pensant que si son concurrent avait signalé une source de cette nature, lui en donnerait l'analyse, et que, de retour en France, il y enverrait ses malades.

M. de Lambescq s'occupait moins de la découverte de Germaine que des superbes planches de pin, dont le lieutenant Bourbon lui montrait le dépôt.

— Ces arbres doivent être splendides? répétait-il.

— Voulez-vous les visiter, commandant?

— Je n'en ai malheureusement pas le temps ce soir.

— Pas ce soir, mais demain?

— Demain, nous faisons voile pour l'île des Pins.

— Ni demain, ni peut-être après demain, mon commandant, du moins avec votre baleinière.

— Pourquoi cela?

— Parce que le baromètre baisse beaucoup ici depuis ce matin, et que demain vous aurez un fort coup de vent du sud.

— Oui, c'est possible, les vents sont très-variables ici, et par un grain l'embarcation fatigue beaucoup. Enfin, nous verrons demain matin.

— A quelle heure voulez-vous que nous partions?

— Au lever du soleil.

— Madame la commandante nous fera-t-elle l'honneur d'être de la partie?

— Merci, monsieur, cinq kilomètres à pied dans la montagne sont un peu trop pour moi.

— J'ai un cheval à votre disposition, madame; il ne paie pas de mine, mais il a le pied sûr.

— En ce cas, j'accepte; comptez sur moi.

— C'est très-bien, ma chère amie; mais si le vent le permet, nous partirons, je vous en préviens.

— Eh bien! madame, je compte sur vous, et vous pouvez compter sur le vent, reprit le lieutenant; voici un indice qui jamais ne nous trompe ici, et il montrait le soleil qui se couchait sanglant.

Le lendemain, en effet, le vent soufflait avec force, la mer écumait, en grondant sur les rochers, et, quoique bien abritée dans son anse, la baleinière dansait sur son ancre.

Louise avait couché à terre dans une cabane avec sa fille, qu'elle avait éveillée de bonne heure, en pensant qu'on allait mettre à la voile.

La première personne qu'elle rencontra, en sortant, fut un matelot, qui tenait en main deux fusils et un cheval.

— Allons-nous en poste à l'île des Pins? lui demanda-t-elle, par plaisanterie.

— Pour aujourd'hui, nous n'irons qu'à la montagne, répondit-il, et ce soir, nous dînerons avec le gibier que va tuer le docteur.

— A quelle heure partons-nous donc?

— Pour la montagne? Tout à l'heure.

— Non, pour l'île des Pins.

— Quand le vent voudra.

— Mais, quand voudra-t-il?

— Pas avant demain, pour sûr

— C'est vrai?

— Si c'est vrai, regardez-moi cette mer démontée, nous ferions belle figure à vouloir piquer dans le vent avec ce sabot.

Cela contrariait vivement l'ouvrière, mais Germaine battait des mains.

— Nous irons dans la forêt, maman, répétait-elle; il n'y a pas de loups et c'est tout plein de beaux perroquets.

— La forêt est trop loin, ma fille; je te mènerai sur le sable, tu ramasseras des coquillages.

— Oh! maman, allons un peu dans la montagne, je vous en prie, un tout petit peu.

Cette prière était accompagnée ou plutôt encadrée d'un si charmant sourire, que la mère ne sut que répondre.

— Allons-y un peu, mais rien qu'un tout petit peu.

Et, prenant sa Germaine par la main, elle s'engagea dans le sentier qui longe les rives touffues du Nécoutcho.

Dix minutes après, elle était en pleine forêt, dans un véritable labyrinthe de chênes, de naoulis et de pins, au travers desquels se déroulait, comme le fil d'Ariane, le sentier fauve qui monte aux grands bois des kaoris.

La main dans la main, la mère et la fille s'avançaient, en causant, dans cette forteresse de verdure, impénétrable au soleil, dont les flèches d'or s'émoussaient contre ce bouclier de feuillage, et au vent, qui passait en grondant sur la cime des grands arbres. Çà et là le sol était plaqué de mousse, ailleurs noir avec des reflets métalliques, dus à la présence du fer, dont des blocs presque purs trouaient le gazon ou le soulevaient sur leur dos arrondi.

Au long du chemin, là où il y avait plus d'air et de lumière, c'était une mêlée de fleurs qui, à mesure qu'elles s'enfonçaient dans le bois sombre, se faisaient plus rares et plus maigres; ici les arbres étaient clairs et le sous-bois poussait vigoureux; là, sous la voûte serrée et ombreuse, supportée par d'innombrables colonnes, toute végétation inférieure cessait et à la lumière du jour succédait la demi-obscurité qui règne dans l'intérieur de nos grandes cathédrales.

L'air était si doux, on pourrait dire si velouté, la température si agréable que, sans y penser, le tout petit peu commençait à devenir ce que Germaine appelait un *grand peu*, quand, au bout de l'une de ces clairières, les deux promeneuses arrivèrent de nouveau au bord de la rivière au moment où, par une pente rapide, elle tombe plutôt qu'elle ne sort de la montagne.

Là commençait une végétation arborescente vraiment tropicale, les arbres de toute nature et de toute dimension, serrés les uns contre les autres et reliés par d'innombrables lianes qui, s'enroulant autour de leurs troncs, retombaient en cascades de feuillage, ne faisaient qu'une seule masse de verdure, à travers laquelle on entrevoyait, comme des fleurs brillantes, les plumes rouges et bleues des grands perroquets, les ailes fauves et lustrées des tourtelles ca-

lédoniennes, et un chatoiement continuel de petits oiseaux émaillés
d'or et de rubis.

Du sein de ce fouillis, dans lequel le printemps avait épuisé sa
palette, sortait un murmure confus de roucoulements mélancoli-
ques, de trilles joyeuses, de piaulements plaintifs, de frémissements
de feuilles et de frôlements de branches.

Au pied des arbres, la terre était couverte d'un épais humus végétal, ouaté de mousse émeraude, lit somptueux sur lequel dormaient, à demi-enfouis, de vieux géants de la forêt, dont le tronc,
en décomposition, servait de demeure à des myriades de larves et
de nymphes, fouillant, avec leurs mandibules, les couches ligneu-
ses, d'où bientôt elles allaient s'échapper, revêtues de leur brillante
livrée d'insectes.

Moins à cause de la fatigue que pour admirer plus à l'aise cet
admirable coin de la forêt, les deux promeneuses s'étaient assises
au bord de l'eau, lorsqu'à vingt pas d'elles, et sur la même rive,
au sommet de l'un des arbres, se fit entendre un mugissement sourd
et puissant comme celui d'un taureau.

Inquiète, Louise se leva, jetant les yeux autour d'elle et ne voyant
rien ; Germaine était devenue pâle.

— Partons, dit-elle, partons, mère, c'est un loup.

Ce n'était pas un loup, mais ce pouvait être un animal féroce inconnu.

Alors, prenant sa fille dans ses bras, l'ouvrière voulut s'éloigner
et fit quelques pas lentement, avec des précautions infinies pour ne
pas soulever trop de bruit dans cet amas de feuilles sèches et de
branchages.

Un second mugissement, partant du point vers lequel elle se dirigeait, la cloua sur place : elle était prise entre deux monstres.

Etait-ce un bœuf échappé des pâturages, de ces *runs* immenses
où ils paissent en liberté, un crocodile ou quelqu'autre ennemi de
cette nature? Louise n'en savait rien, mais elle tremblait pour sa fille,

et allait fuir, au risque de tomber dans la gueule ouverte pour la dévorer, quand, arrêtant son regard sur l'arbre d'où était parti le second cri, elle aperçut, plaqué à son écorce, et comme incrusté dans l'arbre même, un Canaque, aux cheveux crépus, à la peau de bronze qui, immobile et silencieux, d'une main tenait l'extrémité d'une longue liane, descendant d'une branche nue et dégarnie s'allongeant à 100 pieds au-dessus de sa tête, de l'autre lui faisait signe de demeurer immobile

Fort heureusement pour l'étrangère qu'elle ne se souvint pas que de toutes les tribus habitant le sud de l'île, celle des Pouintilis était la plus féroce, et, rassurée par la vue du sauvage, elle s'assit de nouveau, attendant le mot de cette singulière énigme.

Cinq minutes s'écoulèrent encore, puis un troisième mugissement se fit entendre juste au-dessus de sa tête, comme un appel, auquel répondit, avec un incroyable talent d'imitation, le Canaque qui, pour cela, n'eût qu'à appuyer sa bouche au pied de son arbre, à l'angle formé par le sol et le tronc.

Ce dernier appel fut suivi d'un bruyant battement d'ailes, une ombre passa entre les branches et les deux promeneuses virent un gros oiseau couleur de bronze florentin et de la grosseur d'une poularde, se poser sur la branche étendue au-dessus du sauvage, puis courir sur cette branche, passer sous un petit arc de feuillage, battre l'air de ses puissantes ailes et demeurer immobile, le corps pendant et les jambes raides, comme un pendu à son gibet, pendant que le Canaque qui, en tirant d'un coup sec la liane disposée d'avance, avait resserré le nœud coulant, grimpait au kaori avec l'agilité d'un singe.

Presque au même instant, arrivait, par le sentier, la petite caravane, conduite par M. Bourbon.

— Comment, vous ici, Louise, s'écria Mme de Lambescq, comment cela se fait-il?

L'ouvrière était venue jusque-là presque sans s'en douter et, en riant, elle raconta la peur qu'elle avait eue.

— Ce que vous avez fait est au moins très-imprudent, dit sévèrement le lieutenant; n'oubliez pas, une autre fois, qu'ici vous n'êtes pas en France, et remerciez Dieu que les habitants de la forêt n'aient pas soupçonné votre présence. Vous êtes au milieu d'une tribu d'anthropophages qui, il n'y a pas six mois, ont dévoré un forçat fugitif, et la vue seule de votre petite fille aurait bien pu réveiller leurs instincts sanguinaires. Rentrez donc au camp et ne vous en écartez plus.

— Il faut absolument la faire reconduire, s'écria Mme de Lambescq; retournons au poste.

— C'est inutile, madame, le chasseur qui vient de s'emparer de l'oiseau m'est connu, et je vais lui confier votre protégée. Arrive ici, Boulabéa.

Le Canaque se laissa glisser le long du tronc de l'arbre et sauta à terre comme un écureuil.

— Ah! madame, dans le cas où je n'aurais pas la chance d'abattre un oiseau de cette espèce, s'écria le docteur, permettez-moi de vous présenter un superbe spécimen du *Carpophage-Goliath* ou vulgairement *Notou*, pigeon géant, particulier à la Nouvelle-Calédonie, où il vit dans les forêts, se nourrissant de baies, de fruits et de graines; il serait facile à tuer, s'il n'était si difficile à apercevoir dans le feuillage et sa chair est d'un goût exquis.

— Si vous voulez bien me le permettre, j'aurai l'honneur de vous en faire goûter, reprit le lieutenant, et mon ami Boulabéa nous le préparera lui-même, à la manière du pays, à moins que le docteur qui, je crois, s'entend très-bien aux préparations culinaires.....

— Non, non, pas de cuisine du docteur, fit en riant Mme de Lambescq; qu'il se réserve pour les descriptions, mais surtout qu'il ne mette pas la main aux fourneaux.

— Ce sera comme vous l'entendrez, madame, reprit le lieutenant.

Et, adressant en langue canaque quelques mots au chasseur qui s'inclina en signe de respectueuse obéissance, il donna ordre à la petite caravane de reprendre sa route.

Ce ne fut que vers quatre heures du soir qu'elle rentra au campement, pour y dîner.

Le repas fut plantureux et le rôti de Boulabéa, ainsi que ses racines cuites à l'étuvée, déclarés succulents, mais, ce qui parut meilleur encore, ce fut un énorme panier de grappes de petites huîtres vertes, attachées à des racines de palétuviers et que l'équipage de la baleinière était allé recueillir sur le rivage.

Du reste, la cuisine avait pour assaisonnement un excellent appétit rapporté de la montagne, d'où tous les promeneurs étaient revenus enchantés de la magnificence des pins colonnaires, poussant sur un sol couvert de blocs de fer natif; le docteur était triomphant, il avait manqué deux perroquets et une roussette, mais il rapportait, piqué à son chapeau, une araignée comestible, grosse comme une énorme noisette et marquée de 7 taches au lieu de 5. C'était un vrai trésor, qu'il se proposait de décrire sous le nom scientifique d'*Aranea Gobleti septem punctuata*. Il y avait là, disait-il, de quoi faire mourir de jalousie le docteur Rochas, qui avait indiqué, il est vrai, mais sans l'avoir analysée, la source thermale de la baie de Proni.

Après le repas, le vent étant tombé dans la journée, tous les voyageurs, renonçant à une promenade projetée pour le lendemain, aux grands lacs ou à la baie du Massacre, retournèrent à la baleinière qui, à la pointe du jour, quittait la baie de Proni et, profitant d'une bonne brise lui arrivant par le travers, courait de longues bordées, pour s'élever vers l'île des Pins, séjour assigné aux transportés condamnés à la déportation simple.

CHAPITRE VI

Kunié ou l'île des Pins

A trente milles environ au sud-est de la grande terre , s'arrondit au milieu des flots une île de forme elliptique d'une superficie de près de treize mille hectares, plate sur les bords , se relevant bientôt en un plateau abrupte de trente mètres de hauteur et de formation volcanique , dominé au sud par un pic conique couleur de rouille cheminée éteinte , mais encore menaçante d'un ancien cratère.

Fertile dans les parties basses où la terre végétale s'est accumulée sur des rochers de corail soulevés par une de ces violentes convulsions sous-marines auxquelles la plupart des îles mélanaisiennes doivent leur origine , l'île des Pins ne présente à son centre qu'une boursoufflure dont la résonnance sous le marteau accuse un vide intérieur causé par le refroidissement subit de la croûte extérieure.

Ce vaste plateau, caché à la vue par les sombres forêts de pins colonnaires qui couvrent ses flancs et qui ont donné leur nom à l'île, n'offre à la vue que des monticules rougeâtres et dénudés , ravinés par des ruisseaux, semés de quelques rares oasis et plaqués çà et là de fougères naines ou de malingres melaleuca.

Partout ailleurs, surtout aux environs du pic, le fer se montre en abondance, tantôt sous forme de grenailles de zinc, tantôt sous celle de boules grosses comme des boulets de canons, formés par la coagulation d'une multitude de ces grains.

Du reste, point de scories, de pierres ponces, ou toutes ces traces que laisse après elle une éruption volcanique ; la lave, après avoir soulevé les roches de trap ou de serpentine encore toutes couvertes de coquillages marins est retombée en se refroidissant dans l'intérieur du cratère sans avoir pu briser son enveloppe, laissant au-dessus d'elle une voûte ferrugineuse et sonore.

Quoique si voisine de la Nouvelle-Calédonie, l'île des Pins n'offre déjà plus ni le même aspect ni les mêmes conditions de climat, de faune et de flore.

Jouissant de cette température toujours égale, qui est le propre d'une petite terre entourée d'immenses espaces d'eau salée, l'ancienne Kunié des naturels a pour elle une plus grande régularité des saisons, un air pur et sec, des pluies plus fréquentes mais de moindre durée.

Rares y sont les cocotiers, ces arbres à la fois si pittoresques et si utiles, mais en revanche abondent les sapins, dont le feuillage bleuâtre couronne d'un sombre bandeau les troncs énormes qui, vus de loin, apparaissent aux yeux des navigateurs comme une immense colonnade basaltique, et fournissent aux marins des bois si précieux pour les constructions navales.

Ailleurs, les pandanus, cramponnés aux anfractuosités des rochers, jettent sur leur nudité un manteau épais de verdure, auquel le fond ocreux du sol sert de repoussoir, et enchevêtrent leurs rameaux en un inextricable fourré peuplé de merles, de perroquets et de tourterelles.

Ailleurs encore, semblables à une forêt dans leur isolement, les monstrueux banians, arbres étranges, dont chaque branche en touchant le sol s'y enfonce pour former un nouveau tronc, étaient sur mille bras les rameaux immenses qui, partant du tronc principal, se déroulent comme un pavillon émeraude sous lequel une armée tout entière pourrait chercher un refuge contre les ardeurs du soleil ou l'inclémence de la pluie.

A cette stérilité presque générale du centre de l'île, la nature qui se plaît dans les contrastes, a opposé ses largesses prodiguées à la bande plate et circulaire qui entoure l'île d'un large ruban de luxuriante végétation.

Là, tout est fraîcheur et verdure, jardins où poussent avec vigueur les légumes importés d'Europe, et qui ne réussissent que médiocrement sur la grande terre, petits bosquets de cocotiers secouant gaiement leurs panaches à la brise ; araucarias solitaires étendant en large parasol leur feuillage aplati ; champs d'ignames, alternant comme les gaufrures d'un ruban, avec d'immenses carrés de choux énormes , qu'à la saison, des flotilles de pirogues transportent à Nouméa pour en approvisionner la capitale; tarotières formant au flanc des rochers de gigantesques escaliers, dont chaque marche est un bassin à la surface duquel s'étalent les larges feuilles des plants immergés.

Çà et là, au milieu de ces cultures, se dresse en forme de ruche la cabane d'un Canaque cultivateur, ou par dessus une muraille d'un vert jaunâtre, formée de feuilles de cocotiers tressés comme une natte grossière, apparaissent, semblables à des mâts de navires, les longs pieux surmontés d'une conque marine, d'une noix de coco ou d'un tabou quelconque, qui surmontent les cases serrées les unes auprès des autres , d'un village dont les habitants sont tour à tour pêcheurs ou maraîchers.

Lorsque, chassés de la grande terre par les attaques réitérées des cannibales, les missionnaires durent fuir l'inhospitalière Calédonie, ce fut sur l'île des Pins qu'ils vinrent s'établir avec leur petit troupeau demeuré fidèle.

Ils y trouvèrent une population moins féroce, composée d'environ sept cents indigènes et neuf cents réfugiés de l'île Maré , sauvages obligés de s'expatrier après une guerre sanglante.

Ces naturels accueillirent généreusement les nouveaux émi-
grants, ils leur donnèrent quelques arpents de terre, et les aidèrent
à se construire des cases; la récompense devait suivre de près tant
de générosité.

Les missionnaires eurent bientôt fait de transformer cette île,
fréquentée seulement jusque-là par des caboteurs étrangers, gens
rapaces qui, attirés par la lucrative exploitation du bois de sandal,
n'avaient signalé leurs visites que par le déboisement de riches forêts et l'introduction de vices encore inconnus; non-seulement les
pieux ouvriers de l'Evangile s'occupèrent de régénérer les sauvages
en leur apportant les bienfaits d'une civilisation chrétienne et en
plantant sur leurs rochers la croix, symbole de l'amour et de la
lumière, mais ils améliorèrent singulièrement la contrée en ouvrant
des routes, en perçant de larges avenues plantées de cocotiers, en
jetant des ponts sur les ruisseaux, en établissant des scieries méca-
niques et des norias, et en enseignant aux indigènes l'usage d'instruments d'agriculture plus perfectionnés que ceux qu'ils avaient
employés jusqu'alors.

Moins féroces que leurs voisins des grandes terres, et ne s'étant
jamais adonnés au cannibalisme, les indigènes de Kunié ne tardèrent
pas à devenir les amis des robes noires, devenus leurs bienfaiteurs.
Bien loin de vouloir expulser ces hommes qui naturalisaient sur
leur sol des fruits exquis, complétement inconnus avant leur arrivée,
tels que les orangers et les citronniers, qui couvraient les pentes
stériles et ocreuses de leurs rochers, de vignes venues d'Europe et
aujourd'hui parfaitement acclimatées, qui savaient forcer les abeilles
sauvages à vivre autour de leurs habitations et à les enrichir de
leur miel, ils se resserrèrent autour d'eux, consentirent à écouter
leurs paroles pleines de douceur et de gravité, et finirent par les
aider à construire une case gigantesque, la case de la prière, au
poteau central de laquelle, au lieu du tabou ordinaire, le P. Goujon,
en septembre 1851, arbora le signe de la rédemption, cette croix de

bois qui, descendue du calvaire, a soumis le monde au Dieu des chrétiens.

L'île était déjà presque tout entière convertie au catholicisme et presque civilisée, les sauvages devenus cathécumènes avaient renoncé au pillage pour ne s'adonner qu'à la pêche et à l'agriculture, et leur roi même, le vaillant Djeny, colosse de six pieds de haut, d'une force et d'un courage sans pareil, s'était fait baptiser, quand la France prit possession de l'île des Pins, sans toutefois dépouiller le protecteur des missionnaires de sa royauté.

L'avenir de la colonie nouvelle s'annonçait sous les meilleurs auspices, quand une invasion d'hôtes inattendus vint y jeter le trouble et la perturbation.

A cause de son isolement, de la médiocrité de son étendue qui en facilite la surveillance, et plus encore à cause de sa salubrité et de la douceur exceptionnelle de son climat, un des plus agréables qui soit au monde, le gouvernement français venait de décider que cette île servirait de prison aux transportés condamnés à la déportation simple.

On conservait encore l'illusion de pouvoir, avec une bande de scélérats paresseux, libertins et ivrognes, former le noyau d'une colonie honnête, laborieuse et morale.

Chaque colon devait recevoir une certaine quantité de terrain exploitable, la mettre en culture, avec les instruments et les graines fournies par le gouvernement, qui en outre s'engageait à le secourir jusqu'à ce qu'il pût assurer son existence par son travail. C'était, aux yeux des philanthropes rêveurs, l'affaire d'une année, de deux au plus, au bout desquelles le colon par force, devenu honnête et laborieux, donnerait aux sauvages l'exemple de toutes les vertus, fruits, non pas de la religion dont ils ne s'occupaient guère, mais de la civilisation et du progrès.

C'était pour s'assurer des progrès faits par MM. les communeux, dans la voie de la perfection, sous la surveillance de guides spiri-

tuels en pantalons rouges ou bleus, que M. de Lambescq venait visiter l'île des Pins.

A dire vrai, après ce qu'il avait vu à l'île de Nou, et ce qu'il savait des excellents résultats obtenus dans la plupart des maisons de
correction, où l'enfant entre vicieux et d'où il sort scélérat, M. de
Lambescq ne s'attendait pas à une constatation bien consolante.

A quoi servirait le rapport dont il recueillait les matériaux ? A
rien assurément, car il ne dépend d'aucun pouvoir de métamorpho-
ser des bandits parqués ensemble en un phalanstère idéal, mais il
voulait faire son devoir jusqu'au bout, dût son zèle passer pour
inopportun aux yeux mêmes de ceux qui l'avaient chargé de cette
mission.

Poussée par une bonne brise, la baleinière avait successivement
dépassé les îlots de Ndoua et Ndie et, grâce à son faible tirant
d'eau, avait pu traverser la bande de récifs qui se développe en
demi cercle au devant de l'île des Pins, dont les vertes forêts appa-
raissaient maintenant, bombant un fort relief au-dessus de l'eau et
dominées par le cône rougeâtre du Nga.

De ce côté, la côte hérissée d'écueils n'offre ni crique ni port où
l'on puisse débarquer, et n'a même que deux mouillages fort mauvais tous les deux, l'un au sud *Vao*, l'autre au nord *Gadji*, principal village des indigènes.

Comme toujours, dans les endroits difficiles, Timothée était au
gouvernail, il gouverna droit sur la terre ; puis d'un coup de barre
changea la direction de l'embarcation qui, présentant le flanc au
rivage, le rangea à quelques encablures des récifs, se dirigeant vers
Vao.

Rien n'empêchait alors de distinguer parfaitement la partie basse
de la côte, formant dans les environs de Vao une pleine fertile de
deux mille hectares environ, dominée par le plateau central dont
de nombreux ruisseaux descendant à travers les sapins, brodaient
en fils d'argent les pentes ravinées.

Sa lunette à l'œil, le docteur étudiait le paysage et faisait remarquer à Mme de Lambescq des détails qui sans doute eussent échappé à tout autre qu'à un naturaliste ; la coloration du sol ; la nature des rochers, les groupements particuliers des végétaux accusant une nature particulière du terrain, ici les pandanus, là les banians.

— Vrai, disait-il, la Providence a bien fait de disséminer sur ces amas coralligènes des graines d'*eutassa cookii*, dont les racines énormes rampent sur la surface des coraux éteints, pénètrent dans leurs fissures et s'enfoncent assez profondément entre les blocs, pour aller plonger dans un humus qu'aucune plante herbacée ne pourrait atteindre...

— Je ne doute pas que la Providence ne soit très-flattée de votre approbation, monsieur Goblet, répondit la commandante en souriant, mais je vous serais fort obligée de me dire où vous voyez vos eutassa, je vous avoue n'apercevoir en cet endroit que des pins.

— Eutassa cookii est le nom scientifique du pin colonnaire, madame.

— En langue canaque sans doute ?

— Non, madame, en canaque ces arbres se nomment *kaoris*, le mot eutassa est latin.

— Je préfère le français pour mon usage ; qu'est-ce que ces champs d'un vert tendre, plantés en carrés ?

— Un bataillon d'européens, madame ; vous devriez reconnaître leur uniforme.

— Je vous parle de ces grosses boules.

— Ces boules s'appellent *brassica* en latin, et en français.... des choux, reprit le docteur en riant ; cette fois ce n'est pas moi qui suis en faute.

— Eh ! mon Dieu, que font-ils de tant de choux, il y aurait de quoi rassasier un régiment bavarois.

— Jamais, madame, il n'y a qu'un miracle que Dieu ne puisse pas faire, celui de combler les abîmes d'un estomac allemand.

— Gouverne à éviter les pirogues, commanda M. de Lambescq.

Le Provençal, qui se proposait de faire chavirer deux ou trois embarcations, montées par des naturels, pour leur apprendre à se ranger une autre fois, obéit sans mot dire, mais en maugréant intérieurement, et la baleinière rasa, sans les toucher, deux canots montés par des Canaques, hommes et femmes, qui pagayaient vigoureusement, traînant à la remorque un filet rougeâtre à larges mailles, dont les flotteurs en bois dansaient sur les lames, tandis que les poches, chargées de pierres en guise de plomb, draguaient les algues et les fucus, dont le fond était tapissé en cet endroit.

Tout-à-coup, une des femmes se leva, plongea les mains ouvertes et reparut presque aussitôt, tenant entre ses mains une énorme anguille dont, d'un coup de dent, elle brisa l'épine dorsale.

— En vérité, s'écria la commandante, voici une singulière manière de pêcher les anguilles.

— Les Néo-Calédoniens ne les prennent que comme cela, reprit le docteur; mais, en ce moment, ce n'est que par occasion qu'ils ont capturé celle-ci, leur pêche actuelle est plus sérieuse.

— Ah! que pêchent-ils donc?

— Des tortues marines; il y en a beaucoup ici.

— Pour s'en nourrir?

— Autrefois, avant l'arrivée des missionnaires, ils n'en faisaient pas autre chose en effet, et les mangeaient bouillies, après en avoir brisé, à coup de hache, la carapace, pour se les partager; mais à présent ils sont plus avisés et ils en vendent l'écaille, qu'on leur achète de 7 à 20 fr. le kilogramme : auparavant nos négociants l'avaient pour rien.

— Ils sont bien heureux que les missionnaires leur en aient appris la valeur.

— Bien heureux, bien heureux, les négociants ne sont pas de cet avis, interrompit l'enseigne, et dans le fait.....

— Dans le fait, ils volaient ces pauvres gens, voilà tout, reprit vivement Mme de Lambescq.

Et elle ajouta avec malice :

— Moi, je ne suis pas républicaine, et je trouve que l'exploitation du faible par le fort est une indignité.

— C'est précisément ce que disent les républicains.

— Ce qu'ils disent, mais ce qu'ils ne font pas.

— Je parle des vrais républicains.

— De ceux que nous allons visiter?

— Ceux-là ne sont pas les vrais.

— Eux prétendent le contraire.

— Ce sont des scélérats.

— Parce qu'ils sont vaincus. Les vrais républicains, comme vous dites, ceux qui les ont envoyés mourir sur ce rocher, et qui, à présent, mangent et boivent tranquillement l'argent que ces malheureux leur ont procuré au prix de leur sang ou de leur liberté, ne les traitaient pas aussi sévèrement quand ils avaient besoin de leurs votes, alors ils étaient les citoyens éclairés, le peuple héroïque de Paris, les glorieux prolétaires, les frères, les amis, la sainte canaille. Ah! monsieur s'il y a des hommes qui font métier de tromper la multitude ignorante et de l'exploiter, ce ne sont ni les prêtres, ni les religieux.

— Chacun a son opinion, madame, reprit le jeune homme, qui avait la faiblesse de vouloir être un esprit fort, quoique au fond il ne fût que la meilleure créature du monde, très-savant en X et en Y, mais comme beaucoup de savants, d'une ignorance incroyable pour tout ce qui ne touchait pas à sa spécialité.

M. de Lambescq haussa les épaules.

— Laissons cela, dit-il sèchement; les discussions politiques et religieuses ne mènent à rien. Dites-moi, docteur, quelle est la hauteur exacte de ce pic?

— Le Nga a 269 mètres, répondit celui-ci, sans hésiter.

— D'ici, il se détache admirablement, fit Mme de Lambescq.

— Aussi bien, sommes-nous presque arrivés; voyez-vous ces quatre groupes de cases, couvertes en chaume et ayant la forme carrée des constructions européennes, au pied du plateau?

— Parfaitement.

— C'est le camp d'*Uro*.

— Qu'est-ce que le camp d'Uro?

— Le cantonnement assigné aux transportés dans l'île des Pins.

— Mais c'est splendide, comme nature! s'écria la commandante, splendide, répéta-t-elle, en s'adressant à Louise qui, penchée sur le bordage, regardait, avec une indicible émotion, ces quatre villages, dans l'un desquels elle allait enfin retrouver Vincent.

— Ce sont les meilleures terres de l'île, reprit le docteur. Voyez quelle végétation exubérante, quels planteureux cocotiers, un grain de riz mis en terre en rend plus de cent; et ces vignes, qui descendent en cascade par derrière les *paillates* ou habitations, donnent, m'a-t-on assuré, un vin comparable à celui du Cap.

— Les naturels doivent être riches ici?

— Ils l'étaient, fit le commandant, mais ces terres ne sont plus à eux.

— Ils les ont vendues?

— Non, le gouvernement les leur a prises pour les distribuer entre les transportés.

— Et les indigènes?

— On les a refoulés sur le plateau.

— C'est plus commode que juste, observa la commandante, et ce qu'on leur a donné vaut-il du moins ce qu'on leur a pris?

— Oh! quant à cela, non, s'écria le docteur, ces plaines de fer, dont le sol ressemble à du plomb de chasse, et les cailloux à des boulets de fort calibre, sont absolument stériles; à peine y trouve-t-on çà et là quelques oasis, le reste n'est qu'ocre rouge avec de maigres touffes de graminées, végétant de loin en loin, des arbrisseaux rabougris et, çà et là, des fougères arborescentes, autour desquelles ne croît pas le moindre gazon.

— Pauvres gens, murmura Louise, ils n'avaient pourtant rien fait de mal, eux.

Un roulement de tambour interrompit les conversations; signalée sans doute depuis longtemps aux autorités de l'île, la visite du commandant était attendue, et au moment où la baleinière évolua sur elle-même pour donner dans le goulet du port, M. de Lambescq, qui s'était flatté d'arriver à l'improviste, aperçut, devant les cases à l'européenne, construites au bord de la mer, et se détachant en blanc sur un épais rideau de verdure, l'infanterie de marine, en grand costume, officiers en tête et alignée comme pour une parade.

Il fallut bien se résigner à une réception officielle.

Le commandant quitta à la hâte son costume de fantaisie pour se sangler dans son uniforme de petite tenue, les matelots coururent prendre leurs fusils, le drapeau fut hissé au mât, et l'unique clairon du bord, sans doute pour remplacer la quantité par la qualité, se mit à souffler de toutes ses forces dans son instrument.

Quant au docteur, comprenant qu'avec sa tenue excentrique et son casque de liège, il ferait mauvaise figure au milieu de tous ces habits brodés, il alla se dissimuler de son mieux dans l'intérieur de l'embarcation et s'y armer de pied en cap pour une expédition géologico-botanique.

Cinq minutes après, la baleinière accostait doucement à un ponton relié à la terre par la passerelle et M. de Lambescq, accompagné de sa femme et de l'enseigne, descendait sur un quai des plus primitifs, où il était attendu par le gouverneur et reçu par des portez armes! présentez armes! qui eussent fait pleurer de tendresse un maire, nouvellement élu, à une revue de pompiers le jour de la fête patronale de son village, mais dont le commandant du *Magenta* se serait facilement dispensé.

Naturellement, il fallut passer devant le front de la petite troupe, témoigner sa satisfaction pour sa bonne tenue et le reste.

Cette exhibition militaire dura juste assez pour donner le temps à M. Goblet de manquer deux poules sultanes, dans une rizière, et de s'y embourber jusqu'à mi-jambes.

Quand il revint de son expédition, il ressemblait à un égoutier quittant son travail, mais il n'en était pas moins ravi, car la Providence avait fait qu'en pataugeant dans la vase, il avait mis la main sur une grenouille verte à ventre rouge, de très-petite taille, d'une espèce complétement inconnue et qu'il se hâta de présenter à Mme de Lambesc_q, en lui demandant la permission de donner à sa précieuse découverte le nom de *Rana bicolor Lambesciana*.

Cette permission accordée, il mit sa prisonnière dans une boîte de carton, dont le couvercle, piqué à jour avec une épingle, laissait passer suffisamment d'air et, laissant au soleil le soin de détacher par écailles la boue qui s'était attachée à son pantalon, il alla s'asseoir sous un arbre, de manière à n'avoir que la tête à l'ombre pendant l'opération du séchage.

Matelots et soldats avaient mis leurs armes en faisceaux et, assis autour d'une grande table, apportée par des Canaques, le commandant et les officiers causaient affaires, tout en se rafraîchissant avec l'excellent vin du pays, coupé d'une eau pure et froide comme du cristal, pendant que Mme de Lambescq, accompagnée de Louise et de Germaine, s'était fait conduire au bureau militaire, pour s'y informer de Vincent et du Père Louis qui, l'un et l'autre, d'après les renseignements donnés à Nouméa, devaient se trouver à l'île des Pins.

Cette fois, grâce à la présence de sa puissante protectrice, l'ouvrière n'eut pas à se plaindre de la paresseuse indifférence des employés.

Tous, au contraire, rivalisaient de zèle et, s'il y eut quelque lenteur dans les renseignements, ce fut parce que chacun voulait avoir l'honneur de les donner à lui tout seul.

Un simple expéditionnaire eut l'heureuse chance d'avoir, le matin même, rencontré le Père Louis, partant pour un village situé à 6 ou 8 kilomètres de là, sur le plateau et résidence habituelle de la reine Païmata, fille et héritière du vaillant Djény; le missionnaire devait y passer quelques jours, mais le scribe, jeune soldat d'infanterie de marine, proposa de partir à l'instant pour aller le chercher et le ramener le lendemain de grand matin.

Mme de Lambescq refusa; elle désirait visiter le plateau, et un cheval ayant été aussitôt mis à sa disposition, elle décida, qu'à moins que les occupations du commandant n'y missent obstacle, elle profiterait elle-même de cette occasion le lendemain.

Pendant ce temps, on s'occupait de rechercher le déporté Vincent; personne ne connaissait ce nom, mais il y avait les registres, où les noms des transportés étaient rangés par ordre alphabétique, et on les feuilleta un à un.

Impossible de rien trouver.

Louise commençait à être sérieusement inquiète.

Un brigadier de gendarmerie entra en ce moment; il remplissait les fonctions d'inspecteur des quatre villages du camp et connaissait tous les transportés de vue et de nom.

— Brigadier Gorju, avez-vous connaissance du transporté simple nommé Vincent? demanda le chef de bureau.

Le gendarme se recueillit un instant.

— Connais pas, mon capitaine.

— Cependant, il doit y en avoir un.

Le maréchal se fouilla, tira de sa poche un carnet, dont les pages crasseuses attestaient les fréquents services et, cherchant à la lettre V :

— Pardon, excuse, mon capitaine, nous n'avons que six V dans le camp ; *Varin, François*, venant de l'île de Ré ; *Veraillat, Auguste*, officier fédéré ; *Vigauly, Auguste*, id. ; *Vullant, Jules*, id. ; *Vanostal, Léon*, id. ; *Venet, Alfred*, id. C'est tout.

— Etes-vous bien sûre, madame, que votre protégé ne fût condamné qu'à la déportation simple ? demanda le capitaine.

— Parfaitement sûre, monsieur.

— Voilà qui est étrange, Bertrand, regardez donc dans la liste des décédés ; il faut bien qu'il soit quelque part.

Louise pâlit et s'appuya sur la table pour ne pas tomber.

Le capitaine épelait tous bas chaque nom, en suivant la colonne mot par mot, avec son pouce.

— Il n'y est pas non plus, reprit-il. Où diable peut-il se trouver ?

Et il se frappa le front.

— Il m'a cependant écrit de la Nouvelle-Calédonie, murmura Louise. Et puisque, Dieu merci, il n'est pas mort, il.....

— Eh parbleu ! Passez-moi donc le registre des exceptions, interrompit le capitaine.

Ce registre vint s'empiler sur les autres. Il le feuilleta rapidement pour arriver à la lettre V.

— Vincent, Jean-Antoine, né à Mareuil (Dordogne)..... Est-ce cela ?

— Oui, monsieur.

— Ah ! enfin ; nous le tenons. Mais, aussi, que ne me disiez-vous que c'était une exception.

— Je ne le savais pas, monsieur.

— A Nouméa, ils auraient dû le savoir.

— Et où se trouve-t-il, maintenant, s'il vous plaît ? fit la pauvre femme, tout émue.

— Ah ! c'est juste.

Et, se courbant sur son registre, le capitaine continua :

— A obtenu, sur sa demande, de résider à Numbo.

— Je ne sais pas le nom des villages; mais il y en a quatre, je crois, et je vous serais bien reconnaissante de me donner son numéro d'ordre.

— Je crois que vous vous trompez, il n'y en a qu'un.

— En rangeant la côte, avant d'arriver, nous avons cru en distinguer quatre, reprit la commandante.

— Sans doute, madame, avant d'arriver à Voo; mais Numbo n'est pas ici.

— Pas ici? fit Louise, consternée. C'est peut-être de l'autre côté de l'île?

— Pas davantage, ma bonne dame; vous en venez, puisque vous venez de Nouméa. Numbo, c'est le nom du campement de la presqu'île Ducos; ici vous êtes au cantonnement d'Uro.

Louise laissa tomber ses mains, avec un profond découragement.

— Ils m'avaient pourtant bien dit que Vincent était à l'île des Pins. Que doit-il penser de moi?

— Le fait est qu'il est un peu fort de donner de semblables renseignements, reprit la jeune femme; enfin, merci pour votre complaisance, messieurs.

— Nous sommes à vos ordres, madame la commandante.

Mme de Lambescq se leva pour sortir.

— Venez donc, Louise, dit-elle à la pauvre ouvrière.

Et, lui prenant la main :

— Il ne faut pas vous laisser abattre pour si peu, fit-elle; votre mari n'est sur la grande terre que parce qu'il l'a désiré et que probablement il y trouve son intérêt. D'ailleurs, il me semble qu'il vous sera bien plus facile de lui trouver, là-bas, une position, qu'ici où il n'y a guère d'industrie, et d'où il aurait été infiniment plus long de le faire revenir.

— C'est vrai, madame; mais, là-bas, il n'a pas le bon Père Louis, et de plus, il vit en compagnie des plus mauvais d'entre les mauvais.

— Croyez-vous que les transportés d'Uro soient meilleurs, ma pauvre amie? Ils ont été moins en évidence, mais voilà tout. Et sur la grande terre, vous trouverez au moins autant de missionnaires qu'ici.

— Il doit penser que je l'abandonne.

— Probablement il ignore encore votre arrivée, et vous lui expliquerez la cause de votre retard. Ah! il paraît que mon mari a terminé pour ce soir, le voici qui vient au-devant de nous, avec le gouverneur.

— Madame la commandante, fit celui-ci, en saluant respectueusement Mme de Lambescq, permettez-moi de vous présenter mes humbles respects et de vous demander la faveur d'honorer de votre présence, après dîner, une petite fête que la population canaque de Voo a préparée à votre intention.

— Très-volontiers, monsieur. Est-ce un bal, par hasard, auquel vos subordonnés m'invitent par votre entremise?

— Une soirée dansante, madame, avec mélange de drame, ce qu'ils appellent un *pilou-pilou*. Ce n'est pas beau, mais très-curieux quand on y assiste pour la première fois.

— J'en ai entendu parler, et je serai ravie de prendre part, comme spectatrice, à ces divertissements qui, dit-on, sont couleur locale au suprême degré, à condition toutefois que le village ne soit pas trop éloigné.

— Il se trouve à cent pas à peine, derrière ce rideau d'arbres, reprit le commandant.

— Mais d'où vient alors que nous ayons jusqu'à présent vu si peu de naturels?

— Parce qu'ils se préparent à la fête, madame, que les femmes s'occupent à faire leurs robes, et les hommes à se noircir le corps avec de l'huile de coco mêlée à de la teinture.

— A la rigueur, je pourrai prendre part à ce bal de ramoneurs, s'écria le docteur, qui arrivait, avec son pantalon blanc jusqu'au genou, mais dont le bas des jambes avait conservé, en dépit des efforts de son propriétaire, l'apparence de ces basanes cirées qui, chez les cavaliers de l'armée, remplace la botte; il ne s'agira pour cela que de faire cinq ou six pas de plus dans la rizière.

— En attendant, je vous conseille de venir dîner avec nous, fit le gouverneur.

— Je vous remercie, capitaine; mais, j'ai déjà promis, je dîne chez un de mes amis que j'ai retrouvé par hasard ici, et qui, demain, doit m'accompagner à la chasse dans la montagne.

— Vraiment, docteur; vous avez donc des amis même dans les pays que vous n'avez jamais visités? observa le commandant.

— Oui, et j'avoue que je ne m'attendais pas à cette chance; j'étais au bord du ruisseau, à regarder des femmes qui pêchaient les plus belles crevettes qui soient au monde et qui, par extraordinaire, vivent ici en bonne intelligence avec les écrevisses, lorsqu'un sauvage qui, depuis un moment, guettait, du haut d'un rocher, une superbe truite, a attiré mon attention en la transperçant avec une zagaie terminée par une sorte de trident taillé dans le test d'un coquillage à nacre. Au bruit produit par les battements de queue du poisson, je me suis retourné et j'ai reconnu Matinoé.

— Matinoé! s'écria le gouverneur; vraiment, docteur, je ne vous fais pas compliment sur votre ami.

— Qu'est-ce donc que ce Matinoé? demanda M. de Lambescq.

— Un anthropophage de la tribu des Pouintilis, l'une des plus féroces de la grande terre et qui, compromis dans le massacre d'un poste, fut exilé dans l'île des Pins, répondit le capitaine d'infanterie de marine.

— Cela ne m'explique pas comment il se fait que vous soyez en relations d'amitié, monsieur Goblet, reprit la commandante.

— Le pauvre diable avait été condamné à mort, mais il était déjà grièvement blessé quand on s'empara de lui par trahison, reprit le docteur; on le remit entre mes mains, je parvins à le guérir, je m'intéressai à lui et j'obtins la commutation de sa peine, madame, il m'en a conservé une vive reconnaissance, et pour me la témoigner il m'a offert ses taros, ses ignames, sa case, sa pirogue et sa personne, j'ai accepté l'offre, et, à l'heure qu'il est, truite, écrevisses et crevettes cuisent à l'étouffée en mon honneur, en compagnie d'une paire de superbes poules sultanes.

— Peste, vous ne courrez pas risque de mourir de faim.

— A votre disposition, madame.

— Merci, je me défie de la cuisine à l'étouffée.

— Celle-ci sera meilleure que celle de ma façon.

— Alors je vous recommande Louise et Germaine qui y ont pris goût chez Gondou.

— Très-volontiers, elles dîneront avec la femme du canaque, car vous savez, reprit le docteur en riant, nous autres chefs nous n'admettons pas de femmes à notre table.

— En tous cas ne prolongez pas votre festin outre mesure, vous savez aussi que nous avons un pilou-pilou.

— Nous n'aurons garde, madame, c'est mon ami qui porte ce soir l'*Apouéma*.

— Qu'est-ce encore que cela ?

— Vous verrez, madame, vous verrez, c'est un costume particulier comme jamais vicomte n'en a revêtu pour conduire le cotillon dans les salons du faubourg Saint-Germain.

— Docteur, je vous donne deux heures, pas une minute de plus fit le capitaine en s'inclinant pour offrir son bras à Mme de Lambescq et l'introduire dans la salle, tressée d'osier, sous le toit de chaume de laquelle l'attendait un dîner préparé et servi à l'européenne.

Deux heures après, avec une exactitude toute militaire, la société de la baleinière, mêlée à l'état-major du gouverneur, se dirigeait vers le village de Voo.

Le soleil venait de s'éteindre dans un océan d'or et de pourpre, en abandonnant le ciel, la terre et les eaux, aux grandes ombres qui, descendues des montagnes, avaient étendu leurs voiles sur toute la nature, quand les nouveaux venus pénétrèrent dans une vaste enceinte de pieux, reliés par une palissade de feuilles de cocotiers, et située au devant d'un groupe de cases, abritées par des palmiers et éclairées par les lueurs d'une centaine de torches projetant autour d'elles une vive clarté.

Tout autour de l'enceinte, dont les blancs occupaient un côté, se pressait une foule nombreuse de Néo-Calédoniens, aux cheveux crépus, à la peau bistrée, enfants à demi-nus accroupis sur l'herbe au premier rang, femmes et jeunes filles au torse de bronze, à la chevelure coupée ras et poudrée de chaux, revêtues pour la circonstance de tapas, ou longs jupons, d'un blanc de neige, fabriquées d'écorces d'arbres rouies dans l'eau, et feutrées au marteau ; puis venaient debout, appuyés sur leurs lances, les vieillards et les guerriers, coiffés de leurs hauts bonnets en spirale, ornés de plumes peintes en rouge, et portant à leur cou des colliers de coquillages blancs, enfilés à des tillits écarlates.

En face des Européens, du côté du village, se trouvaient trois jeunes hommes, dont deux armés de longs battoirs en écorce, et le troisième d'une flûte primitive, sorte de roseau courbé en arc, d'un mètre de long, et percé d'un trou à chaque extrémité, l'un par lequel on souffle, l'autre qui sert à moduler les sons.

Vu à la clarté vacillante des torches, cette foule bigarrée de noir et de blanc, ces hauts bonnets, les longues barbes des guerriers, soigneusement teintes en rouge, le balancement continuel des lances, des zagaies et des casse-têtes, présentaient un spectacle étrange, presque diabolique, qui commençait à effrayer Germaine, lorsque tout-à-coup un coup de feu partit d'une des principales cases.

C'était le signal de la fête.

Un frémissement général et silencieux fit onduler toutes les têtes, un cri sauvage, une sorte de rugissement sortit de la case, la nate qui lui servait de porte se souleva et vingt guerriers, peints en guerre, c'est-à-dire noircis de la tête aux pieds avec un mélange de charbon, d'huile de bancoul et de coco, qui donnait à leurs membres l'éclat lustré du velours, sortirent un à un, d'une main tenant une lance, de l'autre une large feuille dont ils se cachaient le visage et vinrent s'accroupir sur trois rangs au point le plus en vue de l'esplanade.

Aussitôt, l'orchestre entonna un **air** monotone d'un rythme étrange, que toutes les femmes accompagnèrent d'un chant sourd qui semblait sortir de leur poitrine.

Cela dura quelques minutes, puis soudain les vingt guerriers poussèrent un cri féroce à glacer d'effroi, bondirent sur eux-mêmes et, rejetant leurs éventails de feuilles, se dressèrent fiers et menaçants, le jarret tendu, la lance prête à frapper, serrés dans leurs étroits caleçons couleur de feu, et portant fièrement leur tête coiffée d'une toque noire à plumet ondoyant.

Un chef s'avança alors, inclina son casse-tête devant le commandant, prononça quelques phrases dans lesquelles le mot *tayo*, souvent répété, indiquait que l'on avait devant soi des amis, puis, se retournant, frappa la terre avec son battoir d'écorce.

Au son produit par cet instrument, et qui ressemblait à celui d'une grosse caisse, un cri aigu répondit, et d'une case voisine sortirent vingt femmes, en tapas blancs, le cou, les jambes et les bras chargées de verroteries, qui vinrent s'accroupir devant les guerriers.

Chaque danse, chez les Néo-Calédoniens, est un drame, l'un tiré de la pêche, l'autre de l'agriculture, un troisième de la guerre.

Le sujet du pilou-pilou actuel était une scène de pillage, une tribu en surprenait une autre, engageait le combat, brûlait le village et coupait les cocotiers.

Dix guerriers et dix femmes se couchèrent, les autres s'éloignèrent d'une dizaine de pas, s'avancèrent en rampant jusqu'à ce qu'ils eussent rejoint l'ennemi endormi, se relevèrent avec une explosion effrayante de hurlements, et, brandissant leurs armes, frappant la la terre du pied, prenant toutes les positions d'un guerrier qui perce son rival, commencèrent le massacre ; mais l'ennemi surpris se mit en défense, la mêlée devint un tourbillon furieux, retentissant du choc des zagaies, du bruit sourd des battoirs, de cris aigus, de rauquements de tigres.

Cette chorégraphie frénétique, dont cependant chaque mouvement se règle avec une justesse incroyable sur l'air modulé par la flûte, et s'exécute avec un merveilleux ensemble, dura de quinze à vingt minutes.

C'était un peu long, et Mme de Lambescq commençait à trouver que le moment de se retirer était arrivé, quand le gouverneur, habitué à de semblables spectacles, lui annonça que l'ami du docteur allait enfin entrer en scène.

En effet, le combat était terminé, les guerriers se reposaient sur leurs armes, laissant aux femmes le soin de couper à coups de haches les cocotiers imaginaires qu'elles frappaient en cadence, quand à l'extrémité de l'esplanade fit son entrée à reculons un être, ou plutôt un monstre effrayant, à tête énorme surmontant un corps conique, terminé par deux jambes d'hommes, et menaçant de sa zagaie une dizaine de figurants sans armes, entourant un sorcier chargé d'une énorme botte de paille.

A l'approche du nouvel arrivant, annoncée par les clameurs et les rires de la multitude, les danseurs s'étaient arrêtés.

Matinoé, car c'était bien lui en effet, continua à avancer avec sa troupe jusqu'au centre de l'esplanade et se retourna en rugissant.

Cette fois Germaine poussa un cri de terreur en se jetant dans les bras de sa mère, et cacha sa tête dans son sein.

Il y avait de quoi.

Rien n'est hideux comme un naturel revêtu de *l'apouema*, ou masque de guerre, énorme visage de bois, aux traits horribles et noircis, dont la bouche sanglante, s'ouvrant dans un rictus effroyable permet au porteur de ce masque de respirer et d'y voir.

Une chevelure de crins raides et ébouriffés couronne son front et lui font une crinière rougeâtre; d'autres crins plantés en brosse et s'étalant en barbe rutilante cachent les attaches par lesquelles le masque est retenu à un vêtement conique à larges mailles, à chacune desquelles sont attachées, étage par étage, des plumes de notou, dont l'assemblage, couvrant le corps jusqu'au milieu des cuisses, offre l'aspect d'une blouse faite avec la dépouille d'un oiseau géant; de longues jambes nues sortant par le bas de cette carapace, et de l'autre des bras noirs chargés de bracelets en coquillages, complètent le corps de ce monstre fantastique, comme jamais n'en ont rêvé nos plus capricieux enlumineurs de manuscrits.

Un moment Matinoé demeura immobile pour donner le temps à la foule de l'admirer et de l'applaudir, puis allongeant aux danseurs des coups d'une longue verge qu'il tenait à la main, il se mit à exécuter des gambades et des contorsions grotesques, accompagnées de lazis dont le sel, perdu pour les *oui-oui* (Européens), fit pâmer de rire la multitude.

Ensuite, frappant le sorcier avec des feuilles de palmier roulées en cornet, il le força à entrer en scène, ce que fit celui-ci en répandant de la cendre sur les danseurs étendus morts, pour représenter, dit M. Goblet, l'incendie des cadavres dans les cases dévorées par le feu.

Enfin, l'aspersion terminée, le sorcier jeta sa botte de paille aux pieds du chef qui y mit le feu et présenta à l'un des guerriers vainqueurs une noix de coco, que celui-ci transperça d'un coup de zagaie, symbole de la destruction des palmiers.

Le drame se terminait là, mais non pas la danse.

Une sorte de roucoulement du chef mit de nouveau en branle toute la troupe qui, armée de houppes et s'accompagnant de sifflements aigus, exécuta une sorte de ballet animé, avec une mesure et une régularité qu'on retrouverait à peine sur nos théâtres.

Si curieux que fussent ces divertissements , ils commençaient à devenir monotones , et M. de Lambescq ayant donné le signal du départ, Louise qui, le lendemain, devait partir de grand matin pour la mission, se hâta de regagner , avec la commandante , le campement où un logement avait été mis à sa disposition, et où , grâce à l'absence complète des moustiques dans l'île, Germaine, à demi rassurée , put dormir paisiblement , pendant que les infatigables canaques prolongeaient leurs bruyants plaisirs.

CHAPITRE VII

Les sauvages chez eux

— Si vous ne voulez pas être brûlée vive, madame, il faut partir demain avant que le soleil ait repris possession de son empire, avait poétiquement dit le docteur à la commandante, avant de la quitter, la veille, après le pilou-pilou.

Mme de Lambescq, plus fatiguée qu'effrayée, s'était permis d'oublier la menace de l'intrépide chasseur, et non-seulement le soleil avait eu le temps de lancer ses premières flèches sur le piton de l'île des Pins, mais peu à peu il était descendu de ces hauteurs jusque sur le rivage et faisait danser ses étincelles dans les plis innombrables des vagues, quand Louise se hasarda à frapper un coup discret à la porte de la case.

— Qui est là? demanda une voix à demi-endormie.

— Il est six heures, madame, et le soleil est haut.

— Ah! grand Dieu! Paresseuse que je suis; les chevaux sont-ils prêts?

— Depuis deux heures, madame.

— Et le docteur?

— C'est lui qui tire en ce moment. Il a déjà manqué je ne sais combien de bécassines et de sarcelles sous les palétuviers.

— Avez-vous vu mon mari?

— Il est parti, il y a une heure, pour le camp.

— Oh! c'est affreux, ce que vous me dites-là. Entrez vite, vous m'aiderez à m'habiller.

La camériste se hâta d'obéir; mais la toilette d'une femme élégante est plutôt résolue que faite, et une heure s'écoula encore avant que, du haut de son petit poney, la commandante touchât du bout de son ombrelle l'épaule du jeune Canaque, debout à la tête de son cheval, en disant :

— Partons !

— Enfin, voilà le fameux lâchez tout! prononcé, s'écria le docteur; enlevons!

Et la petite caravane se mit en route

Elle se composait de sept personnes, d'abord Matihóé, une statue de bronze florentin, coiffée d'un turban et les reins ceints d'une pagne blanche, sa hachette d'une main, de l'autre un fusil à deux coups; le docteur, déguisé en arsenal, et toujours constellé de boue; tous les deux ouvrant la marche; puis Mme de Lambescq, assise sur la croupe de son petit cheval gris plein de feu; Louise avec sa fille, sur un cheval plus grand, quoique de taille fort ordinaire, et les deux jeunes Canaques, marchant à côté des montures. Enfin, comme auxiliaire de l'expédition, un beau chien d'arrêt blanc et feu, répondant au nom de Mousquetaire, et qui, récemment importé dans l'île, avait conservé toute l'ardeur exotique qu'un long séjour en Calédonie fait infailliblement perdre aux individus de sa race, auxquels le climat de la nouvelle colonie est décidément des plus funestes.

Dix minutes plus tard, on arrivait au pied de l'escarpement, et les voyageurs s'enfonçaient dans l'étroit tunnel de verdure formé par l'entrelacement des branches des pandanus.

Jamais Louise n'avait encore vu en floraison cet arbre de la famille des palmiers que, dans les colonies, on connaît sous le nom de vaquois, et elle ne put s'empêcher de s'écrier :

— Oh! quel parfum! quel délicieux parfum!

— Je le trouve très-agréable; mais trop subtil, répondit Mme de Lambescq; et je suis persuadée qu'à la longue, cette odeur si pénétrante pourrait indisposer; qu'en dites-vous, docteur?

— Il appartient à la famille des apollons. Mais, de grâce, retenez votre cheval.

— Que me dites-vous là?

Mais, Bah! le naturaliste était trop occupé en ce moment, il ne répondit pas et, retenant son souffle, il s'avança, son filet à papillons levé, pour couvrir un superbe bouquet de fleurs, sur l'une desquelles était posé un magnifique papillon, dont le soleil faisait miroiter les ailes blanches, à reflets de satin, largement liserées de bleu.

La poche de gaze allait s'abattre, lorsqu'à quelques mètres seulement du sentier, mais au plus épais du hallier, une voix puissante fit entendre le cri de ca-hou! ca-hou! suivi presque instantanément du bruit produit par Matinoé et Mousquetaire, se précipitant à la fois dans les broussailles.

— Au diable le chien! s'écria, avec colère, M. Goblet, en relevant ce qui restait de son filet, dont l'animal, en passant à travers le cerceau, avait enlevé la gaze.

En toute autre occasion les voyageuses eussent ri de l'attrape du savant; en ce moment, toute leur attention se concentrait sur les lianes, à travers lesquelles bondissait Mousquetaire, en poussant des jappements brefs et rapides, et que Matinoé brisait à coups de haches, avec un véritable emportement.

Qu'allait-il sortir de là?

Un loup? un sanglier? un serpent? c'était bien un animal de ce genre, car, deux ou trois fois, soit Louise, soit Mme de Lambescq avaient aperçu dans le feuillage quelque chose : un lièvre ou un lapin probablement.

Le docteur, revenu de sa première émotion pour tomber dans une seconde, venait de jeter là les débris de son filet à papillons et de se débarrasser de son fusil.

C'eût été pourtant bien le moment de le prendre, car l'animal inconnu, auquel Mousquetaire et le Canaque coupaient la fuite du côté du bois, se rapprochait du sentier, en multipliant ses cris de ca-hou! ca-hou! qu'il poussait avec une sorte de désespoir.

— A vous, docteur! à vous! s'écria tout-à-coup la commandante.

— Où cela, madame?

— Ici, devant nous.

— Mais non, il est là, dans ce buisson, je le vois.

— Je vous dis qu'il est ici, dans le chemin.

Le docteur avait raison et la commandante n'avait pas tort. Si en effet l'animal poursuivi se débattait dans le hallier où il avait été surpris, un autre individu de la même espèce, un mâle, attiré par les cris de sa compagne, arrivait à son secours.

Superbe oiseau, de la grosseur et de la couleur d'une poule, les ailes menaçantes, sa longue huppe blanche hérissée de colère, gris et monté sur de fortes pattes rouges, il accourait faisant claquer son bec et provoquant au combat chien et chasseur.

Malheureusement, les jeunes Canaques servant de guides à la caravane n'étaient pas gens à estimer cet héroïsme à sa juste valeur et, sans se soucier des démonstrations belliqueuses de l'oiseau, pour lequel la sensible Germaine n'eut pas même le temps de demander grâce, l'un d'eux se jetant sur lui, avec l'adresse d'un chat qui s'élance sur une souris, le saisit par le cou et le lui tordit en un clin d'œil.

— Je le tiens, je le tiens, s'écriait en même temps M. Goblet, qui avait fini par couvrir le second animal avec son chapeau, au moment où Mousquetaire allait le happer.

— Ne le tuez pas! ne lui faites pas de mal! s'exclamèrent les trois femmes à la fois.

— Ne craignez rien, madame; il est prisonnier, et je connais trop bien le droit des gens pour le maltraiter : *Matinoé, give mi une piliti liana*, continua-t-il, en mélangeant dans ces quelques mots du canaque, de l'anglais et du français, de manière à en faire une macédoine qui, pour tout autre que les naturels, eût été inintelligible.

L'indigène obéit aussitôt, coupa un long brin de liane flexible et, passant ses mains sous le chapeau, lia solidement les deux pattes du prisonnier qui dès lors se trouva, car ses ailes ne sont qu'un objet de luxe, dans l'impossibilité de s'échapper.

— Enfin! s'écria le docteur, en se relevant, le front ruisselant de sueur, mais rayonnant d'orgueil, j'en ai cependant pris un, malheureusement une femelle, ajouta-t-il, avec un soupir, j'aurais préféré un mâle.

— Celui-ci n'en est-il pas un?

— Quel est celui-ci? fit le savant, en levant les yeux avec un sourire qui se changea en stupéfaction profonde quand il aperçut le superbe oiseau que lui présentait la commandante.

Dans le feu de l'action, le brave homme ne s'était pas même aperçu de la présence de son héroïque adversaire.

— Vous aussi, un cagou? fit-il, en laissant tomber ses bras.

L'expression de son étonnement était si amusante que ce fut un éclat de rire général.

— Et un mâle! répéta-t-il, comme en rêve.

— Qui accourait pour porter secours à sa femelle; je suis bien fâché qu'on l'ait tué.

— D'autant plus que l'espèce en devient fort rare depuis l'introduction des chiens dans l'île, et qu'elle disparaîtra bientôt comme a disparu celle de *l'Aptérix* de la Nouvelle-Zélande

— Comment appelez-vous cet oiseau?

— Son nom indigène, tiré de son cri, est cagou, répondit le docteur, pendant que la caravane se remettait en route ; les savants lui donnent celui de *Rhynocetos-Jubatus* [1].

— Contentons-nous du premier, je le trouve beaucoup plus facile à retenir. En somme, c'est un très-joli oiseau, mais le plumage est bien singulier.

— Oui, madame, comme vous voyez, la queue, le dessous des ailes et le ventre sont couverts d'un long duvet soyeux, frisé, d'un noir grisâtre, tout-à-fait analogue au duvet de l'autruche, avec laquelle le cagou a encore ce point de ressemblance que ses ailes lui servent seulement pour accélérer sa course.

— En sorte qu'il ne vole jamais.

— Jamais, madame, mais en revanche sa course est très-rapide, aussi ses jambes rouges comme son long bec pointu, sont-elles très-nerveuses, armées de pattes solides et d'ongles très-forts, de plus, comme il habite toujours le long des torrents, à la lisière des forêts vierges, et que son plumage mélangé de gris et de roux se confond facilement avec la couleur du sol, il échappait facilement à la poursuite des Canaques avant que les étrangers eussent introduit des chiens dans l'île.

— De quoi se nourrit-il ?

— De larves, d'insectes et de vers.

— Mon Dieu ! fit Louise, on devrait l'enfermer dans les chambres de l'hôtel anglais de Nouméa, il y trouverait une abondante nourriture.

[1] Quoique écrit sous la forme de roman, notre récit ne renferme que des détails d'une rigoureuse exactitude pour tout ce qui touche à la faune et à la flore de la Nouvelle-Calédonie, de même qu'à la composition du sol, aux mœurs des indigènes, à leurs habitudes, au gouvernement, aux missions et à tout ce qui concerne le régime de la déportation. C'est une photographie exacte dans un cadre de fantaisie.

— Ce serait d'autant plus facile qu'il se domestique très-facilement.

— Est-il bon à manger?

— Excellent.

— Pourquoi donc ne l'a-t-on pas introduit en France? demanda la commandante.

— On a essayé plusieurs fois, madame, mais les individus apportés en Europe ont tous péri jusqu'à présent à bord des navires ; cependant si je puis me procurer un mâle, j'essaierai de les nourrir à bord du *Magenta.*

— Dieu sait où nous irons avant de rentrer, reprit Mme de Lambescq, probablement il s'écoulera encore plusieurs mois.

Louise poussa un soupir et ses yeux se mouillèrent de larmes en pensant que pour elles les mois seraient des années, et que probablement jamais elle ne reverrait sa patrie.

La commandante ne vit pas son visage, n'entendit pas son soupir, mais avec son cœur de femme elle devina son émotion, et pour donner un autre cours à ses amers pensers, elle ajouta sur le ton de la gaieté :

— Tenez, docteur, je vous conseille de renoncer, pour le moment, à vos idées d'acclimatation, et, en attendant que vous ayez trouvé un second cagou, de confier l'éducation de votre prisonnier à Germaine qui, avec l'aide de son amie Aïka, le domestiquera beaucoup mieux que vous ne sauriez le faire.

— Mais c'est une excellente idée pourvu que sa mère y consente, s'écria M. Goblet, charmé de se débarrasser de l'oiseau dont il commençait à ne savoir que faire.

— Veux-tu, Germaine? demanda Louise.

— Oh ! oui, maman, fit l'enfant rougissant de plaisir.

¹ Quelques individus de cette espèce sont enfin arrivés en Europe, où la Société d'Acclimatation a déjà commencé à les domestiquer.

— Le voici, fit le docteur, soignez-le bien ; comment l'appellerez-vous ?

— Mareuil ! repartit vivement la petite fille en regardant sa mère qui l'embrassa sur les deux joues.

Mareuil était le nom de la petite ville où était née Louise.

La modeste caravane, sortie de la forêt de pandanus, débouchait en ce moment sur le plateau.

Au lieu de la verdure et de l'ombre, on ne voyait plus autour de soi qu'un terrain sablonneux, rougeâtre, semé de pépites de fer, plaqué çà et là de bouquets de naoulis rabougris et de quelques fougères arborescentes.

— Mais où donc est la ville ? demanda Mme de Lambescq.

Matinoé étendit le bras et montra une masse verdâtre aux trois quarts cachée par les plissements du terrain, et que dominait le cône désolé formé par le cratère.

Le soleil était ardent et le sol brûlant ; à demi-endormi par la chaleur, le docteur continuait à marcher, son fusil en bandoulière, sans trop songer à en faire usage, lorsque, tout-à-coup, un buisson s'agita avec violence, et un grondement sourd, accueillant Mousquetaire qui s'en était indiscrètement approché, le fit reculer, la queue entre les jambes ; presque au même moment un museau pointu, armé de dents respectables, apparut entre les branches.

—Vive Dieu ! cette fois c'est bien un loup, s'écria le docteur, qui, plus brave qu'adroit, s'approcha à deux mètres au plus du monstre et fit feu.

Le coup porta en plein ; la tête disparut et les branches fortement remuées accusèrent les dernières convulsions de l'animal.

M. Goblet avait encore un coup à tirer, avec le canon de son arme il entr'ouvrit la broussaille, et appela Matinoé.

— *Not leié*. Ce n'est pas bon, fit celui-ci sans bouger.

— Certes, non, un loup n'est pas bon à manger, mais excellent à montrer à ceux qui nient l'existence de cet animal dans la colonie, repartit le naturaliste.

Et saisissant l'animal par une patte de derrière, il retira du buisson..... le cadavre d'un chien.

Hélas ! il n'y avait pas à s'y méprendre, c'était bien un de ces chiens qui, nés dans la colonie, y sont devenus sauvages et, pressés par la faim, attaquent parfois les troupeaux.

— Le chien ne vient-il pas du loup, demanda malicieusement Mme de Lambescq qui, du premier coup d'œil, avait reconnu l'espèce du gibier.

— Celui-ci était en train de le redevenir, répondit M. Goblet, en faisant contre mauvaise fortune bon cœur, cette île étant le monde renversé, je ne doute pas qu'avant deux ans ce demi-chien ne se fût changé en vrai loup.

— Vous avez tiré un peu trop tôt, c'est fâcheux, fit la commandante.

— Oui, madame, dans deux ans, pas plus, c'était un loup, mais vous conviendrez que je ne pouvais pas viser tout ce temps-là.

— Alors le mieux sera de continuer, il fait une chaleur atroce.

— Qui ne durera pas longtemps, répondit Louise, je vois la brise qui arrive.

En effet, la mer calme jusque-là et unie comme une glace de Venise, commençait à se teinter à la manière d'une moire antique sous les premiers souffles de ces brises folles dont l'apparition signale toujours l'approche des vents de mer.

— Nous en avons pour dix minutes au plus, reprit le docteur, car d'ici à cette plaque brillante, il n'y a pas plus de quatre kilomètres, et la vitesse du vent ordinaire étant de......

— Je voudrais bien qu'aujourd'hui il marchât plus vite, interrompit Mme de Lambescq, il est impossible de respirer.

Les chevaux étaient du même avis et baissaient la tête comme pour se faire ombre à eux-mêmes.

Enfin la brise tant désirée se fit sentir, apportant ses effluves frais et salins, dont l'effet bienfaisant eut bientôt ranimé les forces, le courage et la gaieté des voyageurs.

Du reste, à mesure qu'on avançait, le sol devenait moins maigre, et çà et là commençaient à se montrer des oasis et à apparaître des traces de culture.

La petite caravane se voyait pourtant loin encore de toute habitation quand, du haut d'un mamelon, elle aperçut tout-à-coup, à quelques centaines de pas, dans une profonde dépression de terrain, la capitale de la reine Païmata.

Quoique capitale, Ischaa n'offre pas des splendeurs comparables à celles de Paris, une agglomération égale à celle de Londres ; c'est tout simplement un assemblage d'une trentaine de cases, enfermées dans une enceinte de palissades tressées en feuilles de palmier, au milieu de laquelle se trouve une longue chaumière basse, entourée d'une barrière en très-mauvais état et ombragée de quelques palmiers.

La reine Païmata n'a pas d'autre Louvre, et la même natte sur laquelle elle reçoit ses visiteurs lui sert de trône et de lit.

Les cris poussés par ses sujets à l'approche des étrangers ayant excité sa curiosité, elle sortit de son palais, et sans paraître le moins du monde embarrassée du négligé de son costume, elle s'avança vêtue de son jupon court en fibre de cocotier et de son collier de verroterie, auquel pendait une croix de cuivre comme en portent nos religieuses au bout de leurs rosaires.

Sa Majesté, qui pouvait avoir vingt ans, fumait en ce moment une pipe de terre importée d'Europe, et si courte, que n'était le respect dû à la puissante souveraine d'Ischaa, on pourrait plus justement l'appeler brûle-gueule.

Évidemment la jeune reine ne soupçonnait pas qu'il y eût le moindre manque d'usage dans cet agréable passe-temps, aussi ne retira-t-elle sa pipe que juste le temps d'encadrer un sourire de bienvenue entre ses lèvres de corail.

Puis, tendant la main à ses visiteurs, elle les fit entrer dans la cour de son palais, et sur leur refus d'entrer dans la case toujours étouffante , elle fit apporter par des pages , couleur de suie comme elle, mais encore plus légèrement vêtus , des nattes , sur lesquelles tous prirent place au pied des palmiers.

La difficulté était de se comprendre , et tout ce que , grâce à sa profonde connaissance de la lang^{u}e canaque , le docteur put faire entendre à la reine, c'est qu'il désirait voir le P. Louis.

A cela Païmata répondit avec une grande volubilité en comptant sur les doigts de ses mains et de ses pieds jusqu'à huit, et en montrant sa croix pour bien faire voir qu'elle était chrétienne.

En désespoir de cause on appela Matinoé ; il avait été chef et regardait les fonctions d'interprète comme au-dessous de lui , cependant il consentit à expliquer que depuis huit jours le Père Louis était attendu, que la veille il était arrivé à la mission , mais que la reine ne l'avait pas encore vu.

Louise était désespérée ; heureusement il se trouva que la mission n'était qu'à trois kilomètres tout au plus, et le docteur proposa de pousser jusque-là.

Après la visite finie , M. Goblet avait toujours une foule de questions à faire pour s'instruire. Mais Matinoé ne voulut pas continuer plus longtemps ses fonctions de truchement et laissa les *Oui-Oui* se *débrouiller*, comme aurait dit Timothée, avec la belle Païmata , qui continuait à rire et à parler aussi volontiers que si elle eût été parfaitement comprise.

Enfin, s'apercevant que les *Oui-Oui* n'entendaient pas un mot de ce qu'elle disait, elle ordonna à un page de grimper à un cocotier , ce qu'il fit avec l'adresse d'un singe, pour cueillir des noix de coco, et à une femme d'apporter une grande corbeille d'ignames et de taros bouillis qu'on déposa devant eux.

La première politesse chez les sauvages est de faire manger ses hôtes, un sauvage a toujours faim ; la seconde de lui montrer qu'on est riche.

Païmata n'eut garde de manquer à cette partie du programme,

elle-même alla chercher son trésor, une lourde caisse en bois qu'elle apporta et ouvrit devant eux avec solennité.

Elle voulait les éblouir, et ce ne fut qu'un à un qu'elle retira de son écrin ses joyaux pour étaler devant eux :

Des *indiets*, petits grains grisâtres enfilés en chapelets et faits avec la dernière spire d'une très-petite coquille coupée et perforée par un prodige de patience et d'adresse, puis polis dans la bouche par un long frottement.

Des *lombots* ou bracelets en coquillages d'une seule pièce durs et polis comme l'ivoire.

Un *bouanandou* ou casse-tête, en forme d'ostensoir, fait avec la plus belle variété de serpentine et ayant appartenu à son père le vaillant Djény.

Enfin de nombreux *tillits* ou cordons tressés en poils de roussette et teints en écarlate.

Heureusement le docteur était connaisseur en ces matières, aussi donna-t-il, sur leur fabrication, les plus grands détails et fit-il ressortir avec enthousiasme la beauté du *bouanandou*, dont le polissage n'avait pas demandé, selon lui, moins de trois ou quatre années des soins les plus minutieux.

Une femme comprend toujours quand on admire ses bijoux, aussi Païmata se montra-elle très-satisfaite et voulut-elle faire présent au docteur et à la commandante, qu'elle prenait pour la femme de ce grand chef, d'une monnaie calédonienne pliée dans un tillit.

Pour reconnaître un si beau don, madame de Lambescq, que le commandant avait prévenue d'avance, fit cadeau à son tour à la gracieuse souveraine d'un petit miroir de poche avec un ruban rose pour le suspendre dans la salle du trône.

Païmata ne s'attendait pas à une telle générosité ; jusque-là elle n'avait vu son portrait que dans les fontaines ; mais quand elle aperçut son image encadrée par le cercle doré du miroir, oubliant les lois de l'étiquette, elle se mit à pousser des cris de joie et courut montrer ce trésor à tous ceux de ses sujets que la curiosité avait réunis à la porte de l'enceinte.

Enfin, quand l'exhibition fut terminée, au grand amusement de tous les visiteurs, la reine, jugeant qu'un objet de si grand prix ne pouvait pas avoir une place trop honorable, pria la commandante de le lui suspendre au cou avec le beau cordon, et ainsi parée avec son miroir en guise de médaillon, elle invita ses hôtes à venir avec elle jouir du spectacle d'un bal improvisé par les principaux de ses sujets, à l'ombre des cocotiers devant la palissade.

Ce modeste pilou-pilou, sans mise en scène, et accompagné des sons aussi discordants que monotones d'une flûte calédonienne et d'un tambour, menaçait de devenir somnolent, quand, tout-à-coup, apparut à l'extrémité de la place un jeune Canaque, tête et pieds nus, mais portant un vrai pantalon et une chemise de cotonnade bleue avec un chapelet passé au cou.

Malgré sa physionomie modeste, il paraît que ce personnage exerçait une autorité incontestée sur les sujets de Sa Majesté et sur Sa Majesté elle-même, car à sa vue les danseurs prirent la fuite en cachant leurs visages pour n'être pas reconnus, et la reine elle-même s'empressa de faire disparaître le miroir, objet de sa vanité.

Le jeune homme s'avança gravement vers le groupe des Européens, s'inclina devant eux et devant Païmata, avec une respectueuse politesse, et salua tout le monde d'un :

— Que la paix soit avec vous !

— Et avec vous, monsieur, répondit vivement Mᵐᵉ de Lambescq. Vous parlez français, à ce que je vois.

— Un peu, madame.

— Et vous devez connaître le Père Louis ?

— J'ai l'honneur d'être son catéchiste, madame.

— Est-il ici ?

— Non, madame, je suis venu seul.

— Je veux dire à la mission.

— Oui, madame, je viens de l'y laisser.

— Et quand y retournez-vous?

— Dans deux heures, après que j'aurai fait mon catéchisme.

— Comme vous voyez, nous sommes des Français, et nous dési-
rerions beaucoup voir le bon Père; pourrez-vous nous conduire à
la mission?

— Avec le plus grand plaisir, madame.

Il s'inclina de nouveau et, se retournant vers la reine, lui
adressa quelques paroles.

Païmata, un peu confuse, fit un signe de tête; et le catéchiste,
entrant dans une case, y prit une grosse clochette, qu'il se mit à
agiter bruyamment.

Louise remarqua que parmi les catéchumènes qui accoururent à
ce signal, les premiers et les plus empressés étaient précisément de
ceux qui, l'instant d'auparavant, prenaient part à la danse; vou-
laient-ils obtenir le pardon de leur faute ou, dans l'espoir de n'avoir
pas été reconnus, faire seulement de l'hypocrisie; l'un et l'autre
pourrait être vrai, tout aussi bien dans la Nouvelle-Calédonie que
partout ailleurs.

Quoi qu'il en soit, le catéchiste, après avoir réuni son petit troupeau au pied d'un cocotier, au tronc duquel était attachée une
croix, commença par une prière à haute voix; puis, debout, un livre
à la main, continua, en langue canaque, par une lecture mêlée d'in-
terrogations auxquelles les plus savants répondaient, après en avoir
demandé la permission, en faisant claquer leurs doigts, comme le
font, dans nos écoles mutuelles, les élèves des Frères de la Doctrine
chrétienne.

Cette instruction, donnée en plein air, par un Canaque à des Canaques, sur les vérités si hautes que la plus haute philosophie n'a
jamais pu les atteindre, et que celui auquel l'antiquité avait donné
le nom de divin Platon, n'avait pas même pu soupçonner, était de

nature à remuer fortement le cœur de Mme de Lambescq et à émotionner vivement M. Goblet lui-même, si quelque insecte, remuant sous un brin d'herbe, ne fût venu le distraire.

Instinctivement Louise était attendrie, mais assurément sans pouvoir dire pourquoi.

Quant à la reine, ce spectacle n'ayant pour elle rien que de très-ordinaire, si elle soupirait, ce n'était que du désir de pouvoir se parer de nouveau de son insigne joyau.

Sous un prétexte quelconque, elle trouva moyen de s'éloigner avec ses hôtes, remit son miroir à son cou aussitôt qu'elle se sentit délivrée de la surveillance gênante du catéchiste et, ne pouvant plus exhiber l'objet de sa vanité dans un pilou-pilou ou grande réunion, fit au moins une dernière tentative, inspirée par la coquetterie, en allant se montrer de case en case, soi-disant pour promener ses hôtes.

A cette habile combinaison féminine, les visiteurs européens durent de voir, ce qui échappe le plus souvent à leurs regards, vu l'agitation que ne manque pas d'occasionner dans toute la tribu une visite d'étrangers, un village vivant de sa vie habituelle, et ce que l'on pourrait appeler la vie des sauvages chez eux.

L'autorité morale des missionnaires, quoique bien diminuée malheureusement aujourd'hui par la sourde et sotte opposition de quelques officiers subalternes commandants de postes, et par les déplorables exemples d'irréligion des transportés, était encore assez forte sur le plateau pour que l'arrivée du catéchiste eût interrompu subitement un plaisir défendu par les robes noires.

Tout était donc rentré instantanément dans l'ordre, et rien n'eût fait soupçonner à cette heure qu'un moment auparavant les indigènes ne songeassent qu'à la danse et aux divertissements.

Chacun avait repris ses occupations habituelles.

Les enfants, presque nus, s'ébattaient devant les cases, les femmes, ou préparaient le repas de leur seigneur, en faisant cuire, à l'étouffée, des racines dans de grands vases clos, en terre, posés sur la cendre chaude, ou, armées de maillets de bois, désagrégeaient à grands coups des écorces fibreuses, pour en fabriquer, en les feutrant, des vêtements grossiers, mais frais et économiques.

M. Goblet fit remarquer à la commandante que les plantes employées à cette fabrication étaient de deux sortes; les unes appartenant à la famille des urticées et, aplaties en feuilles minces, produisaient un tissu tout percé de petits trous, dont se font ces étoffes blanches, mais peu résistantes, que les femmes canaques portent les jours de fête; les autres, à une espèce de figuier (*ficus prolixa*) donnant un feutre épais employé surtout pour la confection des chapeaux.

Le travail d'un groupe de jeunes filles intéressa plus vivement la commandante : assises en rond au pied d'un banian, qui les protégeait de son ombre impénétrable, ces ouvrières tressaient, avec des joncs effilés, des nattes d'une finesse extrême, taillées en forme de manteaux et qu'elles garnissaient d'une multitude de filaments jouant le rôle de fourrure.

Tout à côté des jeunes filles se trouvait un grand vase rempli d'une liqueur violacée, dans laquelle trempaient les pièces d'étoffe déjà préparées.

— Comme vous le voyez, madame, fit le docteur, nous sommes ici dans une fabrique complète; le jonc qui y entre comme matière première, n'en ressort que sous la forme de vêtement confectionné. Ce vase représente à lui seul l'atelier de teinture, la liqueur qu'il contient n'est autre chose que le suc du *coleus*, une labiée, plante rameuse et herbacée, dont les feuilles et les racines sont gorgées d'un suc violet; je doute qu'il existe aucun végétal aussi riche en matière colorante; c'est en mâchant les parties spongieuses que les teinturiers de ce pays extraient ce suc, dans lequel ils font macérer pendant deux ou trois jours l'étoffe à laquelle ce bain donne une couleur violette des plus intenses; il ne s'agit plus ensuite que de sécher le vêtement au grand air, et les élégantes peuvent le revêtir aussitôt après.

— N'en font-ils pas de rouges aussi? demanda Louise.

— Certainement, mais pas avec la même plante; ils emploient, dans ce cas, la *marinda utrifolia*, qui appartient à la famille de la garance, et peuvent aussi se procurer, avec une autre racine, une fort belle couleur jaune.

Un peu plus loin, un vieux sauvage, accroupi devant un pot de terre à demi-enfoui dans la cendre, attira l'attention des voyageurs; le Canaque semblait absorbé par le plus singulier travail, il divisait en languettes longues et étroites une carapace de tortue, préalablement aplatie, enfonçait ces languettes dans des taros, qu'il plongeait dans le vase, d'où il retirait à mesure d'autres taros bouillants, qu'il ouvrait pour en extraire, une à une, des languettes semblables, auxquelles il s'exerçait à donner une courbure uniforme.

— Que fait donc cet homme? demanda Mme de Lambescq.

— C'est un fabricant d'articles de pêche, répondit le docteur, en riant. Dans ce moment, il s'occupe à confectionner des hameçons en écaille de tortue.

— Mais, qu'est-ce que ces lames qu'il fait cuire avec tant de soin?

— L'écaille elle-même, qui casserait comme verre, s'il la maniait à froid; mais qui, ramollie par la chaleur et le suc des taros, se courbe avec la plus grande facilité.

— Ah ça! est-ce que ce petit être lui servirait d'apprenti? ajouta la commandante, en montrant du doigt un enfant de un à deux ans, auquel sa mère ingurgitait avec le doigt, après l'avoir mâchée préalablement, la pulpe des taros ayant déjà servi.

— Ce sera probablement son successeur; mais, pour le moment, ce n'est que son fils, un **baby** couleur de suie, grêle, avec une grosse tête et un ventre énorme, comme tous les Néo-Calédoniens dans leur enfance; sa mère le nourrit d'une manière peu ragoûtante, mais conforme à l'usage et, du reste, il serait injuste de réclamer des soins un peu moins rebutants d'une créature aussi affreusement laide et malpropre.

Le fait est que ces Calédoniennes, arrivées à un certain âge, sont hideuses avec leurs oreilles déchiquetées, leurs joues pendantes et ce buisson dégoûtant, enduit d'huile de coco et de craie, qui leur sert de chevelure.

— Vous avez voulu voir les sauvages chez eux; vous les voyez tels qu'ils sont. Ah! cela ne ressemble pas aux tableaux tracés par les philosophes du XVIIIe siècle qui, de l'état sauvage, ont fait l'âge d'or de l'humanité.

— Vos philosophes ont toujours menti.

— Mes philosophes, madame, ne sont pas le moins du monde miens, ce sont des hâbleurs, des phraseurs, des sonne-creux, des vessies gonflées d'orgueil et d'ignorance, qui ont trompé à plaisir et corrompu la société dans laquelle ils vivaient.

— Et préparé la révolution, ajouta Mme de Lambescq.

— Dites les révolutions, madame, car Voltaire, Diderot, Jean-Jacques, tous ces empoisonneurs publics ont infiltré dans le sang des générations un venin qui, de nos jours, produit encore ses effets et se manifeste au dehors par cette lèpre hideuse qu'on appelle la libre-pensée, le libre-examen, l'athéisme sous toutes ses formes, la révolte dans la famille comme dans la société.

— En sorte qu'à force de nous donner les sauvages pour modèles ils nous ont rendus pires qu'eux.

— Le fait est qu'entre les frénétiques de 1793 qui, après avoir massacré leurs victimes, mordaient à pleines dents des lambeaux de chair arrachés sanglants de leurs cadavres, je ne vois pas une grande différence. Du reste, parmi les insurgés expédiés ici par le gouvernement, pour coloniser l'île des Pins et la Nouvelle-Calédonie, on trouverait facilement des bêtes féroces tout aussi.....

Un profond soupir, poussé par Louise, interrompit le docteur, et la commandante en profita pour changer une conversation qui ne pouvait être que très-pénible pour la pauvre ouvrière.

— Au moins, dit-elle, la vie sauvage a-t-elle cet avantage qu'elle est exempte de préoccupations et que presque tous les Néo-Calédoniens, par exemple, jouissent d'une excellente santé.

— Ah ! madame, je vous y prends, vous aussi êtes imbue des idées répandues, par les philosophes dont nous parlions, sur la vie sauvage. Eh bien ! permettez-moi de vous détromper sur tous les points. Les sauvages n'ont pas, il est vrai, la préoccupation du cours de la Bourse et ne possèdent pas de journaux pour leur raconter qu'au lieu de s'occuper des affaires du pays, leurs honorables députés font de la tribune publique un tréteau à injures, ou de la salle de leurs pacifiques réunions un champ de bataille à coups de poings, mais en revanche, une idée fixe les domine, se procurer de quoi manger; la nourriture assurée au jour le jour, voilà à quoi ils pensent continuellement; ce sont de grands et méchants enfants dont la seule aspiration est de ne rien faire, et de beaucoup manger. De là les spoliations violentes, les guerres de tribu à tribu, les vengeances atroces, les ruses et les trahisons, les combats acharnés, l'esclavage, l'anthropophagie. Comme ils ne reconnaissent d'autre droit que celui du plus fort, ils se sont créé une société sur ce principe, où le fort seul est maître, où la famille se compose d'un tyran maltraitant sa femme, l'écrasant des plus pénibles travaux, ayant sur ses enfants droit de vie et de mort, paresseux, violent, brutal, despote jusqu'au moment où la maladie courbe ses reins, où l'âge affaiblit ses membres, ce jour-là il devient esclave à son tour, esclave de ses enfants qui le traitent comme il les a traités, le chassent, le dépouillent et l'envoient mourir de faim dans les bois, sans plus se soucier de lui que d'un animal malade, dont il n'y a plus aucun profit à tirer

— Vous n'êtes pas flatteur dans vos peintures, docteur.

— Je suis vrai, madame, et ce que j'ai dit du chef de famille, je pourrais le dire du chef de tribu, mais je passe à cette santé si florissante, dont vous paraissez faire tant de cas.....

— Je répète que j'ai vu très-peu de sauvages boiteux, bossus, estropiés, surtout parmi les enfants.

— Cela est vrai, ajouta Louise.

— En savez-vous la raison?

— C'est que le climat est meilleur et le sang plus pur que.....

— Non, madame, c'est tout simplement qu'aussitôt après la naissance d'un enfant, et aujourd'hui cela se fait encore, quoique plus rarement à la vérité, le père et la mère examinent avec soin le nouveau-né et que s'ils aperçoivent en lui une infirmité bien caractérisée, comme ils pensent que la mort est infiniment préférable à l'existence d'un être estropié, et que de plus, ils ne se piquent pas d'une sensibilité exagérée, ils l'étouffent sans plus de façon et le font cuire avec leurs taros pour s'en repaître.

— Quelle horreur! s'écrièrent à la fois les deux femmes; ce n'est pas possible.

— Je vous affirme que c'est la pure vérité.

— Ils font cuire leurs enfants et les mangent?

— Oui, madame.

Germaine, attérée par cette découverte, tirait de toutes ses forces sa mère par le bras.

Louise se pencha vers elle.

— Est-ce qu'Aïka en avait mis un aussi dans son grand pot? demanda-t-elle, avec terreur.

— Non, certes, il ne faut pas croire cela.

— Cependant.....

— Tu vois bien que ce monsieur s'amuse.

— Ah! alors, c'est pour rire? fit l'enfant, rassurée.

— Quant à ce qui est des maladies, poursuivit l'impitoyable docteur, ne croyez pas que la pureté de l'air et la salubrité du climat en exemptent les indigènes; ils en ont, et de terribles, dues au défaut de vêtements, à l'insuffisance de leur nourriture, à l'humidité des cases, ils sont sujets à l'éléphantiasis, aux ophtalmies, aux phthisies, aux affections de la peau, à toutes les infirmités de la nature humaine et, ce qui est plus grave, c'est que, malades comme nous, ils sont bien plus à plaindre.

— Cependant ils n'ont pas de médecins, observa malicieusement Mme de Lambescq.

— C'est très-vrai, madame, mais ils ont des sorciers qui, sous prétexte de chasser les esprits mauvais, les tourmentent, les persécutent de toutes les manières, les assourdissent de leurs cris, piétinent sur leur corps, les étouffent avec de la fumée, et les torturent diversement. Trouvez-vous cela préférable?

— Non assurément.

» Les malades dont on désespère souvent prématurément et ceux qui répandent quelque mauvaise odeur sont, ou déposés dans une méchante case, ou exposés en plein air et abandonnés. J'en ai rencontré, moi qui vous parle, et quand je m'en approchais, ému de pitié, savez-vous ce que me disaient leurs amis ou leurs parents : C'est inutile, il sent mauvais, ou bien, il va mourir.

— Mais, ces gens-là sont affreusement méchants! s'écria Louise.

— Ils sont égoïstes et ne veulent pas se fatiguer pour nourrir une bouche inutile.

» Il est rare, du reste, qu'un malade, demeuré dans sa case, y rende naturellement le dernier soupir. Quand il n'a plus sa connaissance, souvent même avant son agonie, on lui ferme la bouche et les narines pour l'étouffer; ou bien on le tiraille de tous les côtés, par les jambes et par les bras, parfois on l'enterre vivant pour s'en débarrasser; et plus d'une fois il arrive que ces malheureux souffrent tellement qu'eux-mêmes demandent qu'on les achève, ce que leurs amis font sans scrupule.

— En vérité, docteur, vous êtes un peintre peu flatteur de la vie sauvage.

— J'ai le défaut d'être réaliste, madame, et de ne dire les choses que comme elles sont; mais je comprends que ce genre de conversation n'est pas fait pour égayer une partie de campagne, et je suis tout prêt à en changer, d'autant plus que notre sérieux ne semble pas très-récréatif pour la pauvre reine, qui serait bien malheureuse si elle n'avait son miroir pour la distraire.

— Son miroir ne suffirait pas, regardez donc.

Le docteur se retourna et aperçut la belle Païmata qui, demeurée quelques pas en arrière, rallumait, au feu du fabricant d'hameçons, sa courte pipe de terre du plus beau noir, qu'elle venait de bourrer avec son pouce, aussi consciencieusement qu'aurait pu le faire le plus intrépide fumeur du *Magenta*.

— Ah! s'écria M. Goblet, voici encore une de ces habitudes funestes qui sont pour les Canaques la source de bien des maladies.

— Décidément, docteur, vous êtes injuste, et je me verrai, moi, qui ne fume pas, forcée de prendre parti pour les Canaques contre vous qui fumez.

— J'use, madame, mais je n'abuse pas, tandis que les Néo-Calédoniens n'apportent de mesure à rien. Personne moins qu'eux, car ils ont la poitrine très-irritable, ne devrait faire usage de la pipe. Eh bien! c'est tout le contraire, ils ne la quittent pas; leur tabac renferme plus de nicotine que le nôtre, parce qu'il n'a subi presque aucune fermentation; il est dur comme de la corne, nécessitant par conséquent une aspiration continuelle pour brûler. Eh bien! c'est cette drogue nauséabonde, assez forte pour faire tourner la tête à un matelot, qu'hommes, femmes et enfants fument du matin au soir dans des pipes longues comme le doigt, de manière à ce que la fumée âcre et brûlante produise sur les lèvres et sur la langue des excoriations d'abord et ensuite d'incurables ulcères.

— Allons, docteur, allons, je vois que rien ne pourra vous réconcilier avec notre colonie.

— Je préfère, en effet, de beaucoup retourner en France, quoique à vrai dire.....

— Ah ! voici notre catéchiste qui vient à nous, interrompit vivement Mme de Lambescq, qui vit bien que le docteur allait encore se fourvoyer; il ne nous réste plus qu'à avertir Matinoé et à adresser nos adieux à notre gracieuse souveraine, qui a tout l'air de nous trouver parfaitement ennuyeux et ne demanderait pas mieux que d'être débarrassée de nous.

— En vérité, je ne saurais la blâmer trop sévèrement, madame, car je partage, je vous l'avoue, ses sentiments.

Dans l'impossibilité de se faire comprendre autrement que par des signes et ne pouvant plus ni manger ni danser, la jeune reine commençait à trouver la visite des étrangers un peu longue; aussi quand elle s'aperçut des préparatifs de départ, son visage reprit-il une expression riante, et ce fut avec la pantomime la plus expressive de regrets qu'elle était loin d'éprouver, que Païmata prit congé de ses hôtes sous le figuier banian, où leurs guides avaient amené les montures.

CHAPITRE VIII

La Mission

—

Mousquetaire ne fut pas heureux dans cette seconde partie de sa promenade, le seul animal qu'il découvrit n'étant qu'un affreux jécko, à tête plate, sorte de salamandre aussi dégoûtante que hideuse, qui se tient blottie entre les racines des niaoulis ou plaquée contre les vieux arbres, avec l'écorce rugueuse desquels se confond sa peau flasque et ridée.

Le docteur possédait un nombre suffisant de spécimens de cette famille de sauriens, aussi ne daigna-t-il pas même jeter un coup d'œil sur la trouvaille du chien qui, offensé de ce peu d'attention, constituant presque, de la part d'un chasseur, un manque d'égards, continua sa route sans plus s'occuper de chasse, la tête basse et emboîtant le pas derrière le docteur, avec la même indifférence que s'il n'eût eu dans ce monde, si plein de déceptions, d'autre but, désormais, que de compter les clous de la chaussure de M. Goblet.

Avouons du reste, que dans toute la société des touristes régnait le plus morne silence.

Outre que le soleil tapait sur la coloquinte, expression empruntée au vocabulaire de Timothée, qui jamais ne sera de l'Académie française, la nature se montrait sous ses aspects les plus désolés; le paysage était, en dépit de la lumière qui l'inondait, terne et plombé, et le sol ferrugineux tellement brûlant que M. Goblet, partisan malheureux des chaussures à semelles minces, semblait, en marchant, exécuter la danse des œufs.

Ajoutez à cela que le Canaque Matinoé rivalisait de mauvaise humeur avec Mousquetaire et ne répondait que par des monosyllabes ou plutôt des grognements confus aux questions du docteur.

Rien n'est capricieux comme un sauvage, et Matinoé, qui se piquait d'être le premier partout et en tout, se sentait horriblement vexé que la commandante eût confié la direction de la caravane au Frère Gabriel, ce Néo-Calédonien que l'ex-grand-chef méprisait comme un apostat, ayant abandonné les mœurs et la religion de ses ancêtres pour embrasser le culte des *Oui-Oui* et revêtir leur disgracieux costume.

A tout cela il n'y aurait eu qu'un demi-mal, si le jeune catéchiste eût été plus causeur; mais, s'il parlait aisément le français, il ne le parlait pas volontiers et paraissait infiniment plus occupé du long chapelet, qu'il égrenait en marchant, que des questions à lui adressées par les divers membres de la caravane.

Enfin on arriva au bord du plateau où, sans dire autre chose que ces mots : par ici, le guide entra dans un petit sentier descendant rapidement à travers une superbe forêt de caouris ou pins colonnaires.

L'effet produit par la fraîcheur du bois, dans l'ombre duquel hommes et animaux se plongèrent avec délices comme dans un bain, fut de délier subitement toutes les langues.

Germaine, la première, en exprima sa joie, en relevant sa tête alourdie par le sommeil et en secouant gaiement les flots soyeux de sa chevelure; Mousquetaire fit claquer ses oreilles et s'étira les pattes, en ayant l'air de se demander de quel côté du sentier il allait porter ses investigations; Matinoé, se repliant sur ses jarrets d'acier, fit un bond prodigieux pour saisir une énorme araignée, immobile dans sa toile, au-dessus de sa tête; et le docteur, fermant l'ombrelle dont il avait eu soin de se pourvoir, arma les deux coups de son fusil en se penchant en avant, pour chercher à distinguer dans les branches un couple de perruches jaunes et rouges, en train de causer bruyamment de leurs affaires.

— La mission n'est-elle pas sur le plateau? demanda Mme de Lambescq, étonnée de la direction que leur faisait prendre le caté-chiste.

— Non, madame; nous sommes bien en ce moment sur les terres qui lui appartiennent, mais la maison est tout au bas du rocher.

— Près de l'endroit où nous avons débarqué, alors?

— Très-peu éloignée, en effet.

— Du côté du campement des condamnés?

— De l'autre côté au contraire.

— Vraiment, fit Louise, avec un triste sourire; si ce n'était le bonheur de vous avoir pour nous protéger et nous conduire, je crois que je ne serais jamais arrivée à retrouver ni mon mari, ni le Père Louis; je n'ai pas de chance et je m'éloigne sans cesse du lieu où je suis le plus pressée d'arriver.

— La ligne droite est souvent le chemin le plus long, répondit la commandante; et qui sait si tous ces tours et ces détours ne vous ont pas été plus utiles que si vous aviez débarqué directement à la presqu'île Ducos.

— Parbleu, s'écria le docteur, vous y aurez toujours gagné une teinture de botanique et de zoologie, sans compter les progrès faits en géographie, science qui ne s'acquiert qu'en voyageant beaucoup.

— Sans compter aussi, reprit la femme du commandant, un ex-cellent et très-pittoresque dîner chez Gondou, l'amitié de Mlle Aïka, un superbe cagou qui vous rappellera les hauts faits cynégétiques et le pantalon crotté de M. Goblet, un pilou-pilou, la vue des trésors de Mme Païmata et surtout le succulent repas, qu'un certain soir, le docteur, ici présent, voulut bien nous préparer de.....

— Oh! madame, c'est y mettre de la cruauté! s'écria le savant; et je n'aurais pas soupçonné votre âme de conserver tant de fiel contre le plus dévoué de vos serviteurs, à propos d'une racine légèrement carbonisée... Bon! voilà qui n'arrive qu'à moi.

— Mais au contraire, cela s'en va au lieu d'arriver, riposta la jeune femme, riant aux éclats de la stupéfaction douloureuse avec laquelle le docteur regardait s'envoler à tire d'ailes, à travers les arbres, deux beaux pigeons gris de fer, que Mousquetaire venait de faire partir sous ses pieds.

— Positivement, c'est trop fort, s'écria M. Goblet; c'est juste au moment où vous me criblez de vos épigrammes, que l'une de ces colombes, car j'en aurais bien au moins tué une, m'échappe, et que, comme le dit La Fontaine :

> Le souper du croquant avec elle s'envole,
> Point de pigeon pour une obole.

— Vous estimez ma conversation une obole, docteur. Ah! bien vrai, vous n'êtes pas complimenteur.

En ce moment, un troisième pigeon s'envola d'une touffe de buissons.

Ce fut un éclat de rire général.

Si Matinoé eût eu à la main son casse-tête et qu'il se fût trouvé au centre de sa farouche tribu des Pointilis, il n'est pas certain qu'il n'eût brisé le crâne de cette *oui-oui* odieuse, dont les plaisanteries troublaient à ce point la chasse; mais dans les circonstances présentes, force lui fut de se contenir et de borner sa vengeance à un coup d'œil furieux, qu'il lança à l'étrangère.

Quant à Mousquetaire, ce fut sur le chasseur qu'il concentra son mépris mêlé d'indignation

Le docteur comprit au regard du quadrupède qu'il avait à se réhabiliter par quelque superbe coup d'adresse et, quittant le sentier, il entra bravement dans le fourré, bien décidé à n'en sortir que mort ou victorieux.

Le gibier y abondait assez pour que son serment n'eût rien de bien téméraire.

Seulement il fallait voir, chose peu facile quand il s'agit de démêler une forme vivante dans le noir et épais feuillage des gigantesques kaoris.

Le bois résonnait cependant du caquetage des perroquets, et les jolies perruches à tête rouge s'ébattaient par centaines au-dessus de la tête du naturaliste.

A quoi bon, le malheureux avait beau essuyer les verres de ses lunettes, il n'apercevait rien.

Ah! si Matinoé avait eu un fusil, lui qui voyait tout avec ses yeux de sauvage, il ne serait pas revenu bredouille.

Malheureusement pour les espérances du pot-au-feu, M. Goblet était jaloux comme un chasseur et maladroit comme un savant.

Le Canaque qui, pour se consoler et se distraire, s'occupait à gober consciencieusement toutes les larves, toutes les chenilles, toutes les araignées qu'il rencontrait sur son passage, ne put pas y tenir plus longtemps, et montra à son ex-sauveur un superbe perroquet qui, d'une patte se cramponnant à une branche morte, sur laquelle il se détachait comme une tache de pourpre, de l'autre se grattait la tête, et tout occupé des soins de sa toilette, ne prêtait aucune attention au voisinage du Nemrod des âges modernes.

Cette cible était si visible, si fort à portée, que Mme de Lambescq, voyant les soins infinis avec lesquels le docteur visait, arrêta son cheval pour mieux voir tomber le gibier.

Germaine ouvrait les yeux en se bouchant les oreilles; Matinoé et Mousquetaire se repliaient pour sauter à la fois sur cette proie opime.

Enfin le savant allait être vengé; de la queue du perroquet il ferait un éventail à la belle railleuse et la forcerait à se parer du trophée de son adresse.

Le corps de l'oiseau se confondait avec le point de mire. M. Goblet pressa la gâchette de son arme, le chien tomba sur la cheminée avec un bruit sec, et au milieu de la stupéfaction générale, le perroquet déployant comme un drapeau ses grandes ailes bicolores, troua le dôme épais du feuillage et disparut en jetant un cri moqueur au-dessus de la voûte verte de la forêt.

Presque au même instant un jet de flamme s'épanouit en éventail, une détonation inattendue effraya tous les oiseaux qui s'envolèrent comme un nuage, le chapeau de liége du chasseur sauta en l'air, tandis que lui-même allait tomber à la renverse au beau milieu d'une touffe de plantes épineuses.

— Ah! mon Dieu, il est mort, s'écrièrent les deux femmes avec effroi, et, légère comme un oiseau, Mme de Lambescq sauta à bas de son cheval.

M. Goblet n'était ni mort ni blessé, mais pâle comme un linge et presque évanoui d'émotion.

Frère Gabriel et Matinoé, oubliant leur antipathie mutuelle, le relevèrent, il essaya de sourire, mais à la vue de son chapeau que Mousquetaire rapportait entre ses dents, et dont le coup de feu avait enlevé la moitié des ailes et noirci le devant, il porta avec effroi la main à son front ne pouvant croire qu'en partant la charge ne l'eût pas atteint.

L'accident était si inattendu et avait failli être si grave, que personne n'était tenté de rire ou de plaisanter.

Mme de Lambescq, toute troublée, cherchait, sans le trouver, un flacon d'arnica dans son sac où elle n'avait jamais songé à le mettre, et Louise recommandait avec autant d'à-propos une infusion de vulnéraire.

Peu à peu cependant toutes les émotions se calmèrent et l'accident finit par s'expliquer de la manière la plus simple.

Dans un mouvement d'impatience, causé par le désappointement du chasseur, qui n'avait qu'oublié de mettre une cartouche dans le canon droit de son fusil, M. Goblet, en frappant imprudemment la terre avec la crosse de son arme, avait fait partir le coup du côté gauche, dont le chien était resté armé.

Par un bonheur providentiel, le canon se trouvant dans une direction perpendiculaire, la charge n'avait atteint que les bords du chapeau, et en lui enlevant la moitié de ses ailes l'avait transformé en casquette.

Mais, quoique complétement rassuré sur les suites d'une maladresse qui aurait dû lui coûter la vie, le docteur ne se sentait plus envie de chasser davantage, et, au grand bonheur de Matinoé, il lui confia son fusil après l'avoir chargé avec plus de soin que précédemment, et, laissant son suppléant s'enfoncer dans le bois en compagnie de Mousquetaire, il se rapprocha de la caravane, bien décidé à ne plus quitter le sentier jusqu'à la Mission.

Au reste, la promenade en ce moment était délicieuse sous cette grande voûte de feuillage, supportée par des milliers de colonnes, enguirlandées de lianes formant des festons de fleurs et de verdure.

Bientôt la décoration devint encore plus gracieuse en changeant de caractère ; les kaoris s'arrêtaient pour faire place aux pandanus, dont les larges feuilles en éventail, balancées par la brise, produisaient, en laissant passer des faisceaux de rayons, des effets alternatifs d'ombre et de lumière, que le pinceau du plus grand paysagiste et la palette la plus fougueuse, eussent été impuissants à rendre.

A chaque pas en avant, la forêt s'éclairait de plus en plus, et, à travers l'entrecolonnement des troncs de palmiers, on apercevait de longues stries d'argent ou d'émeraude, étincelant dans le lointain.

Cette manière de deviner la mer plutôt que de la voir, a quelque chose d'inattendu et de charmant, qui ne ressemble en rien à l'effet produit par une vaste étendue d'eau, dont rien ne cache à la vue l'imposante et calme majesté.

Sans songer, la petite caravane arriva à la lisière du bois où commençaient les cultures de la Mission.

De la vie sauvage on entrait à plein-pied dans la vie civilisée. La France ne possède pas de ferme modèle mieux tenue que le domaine dirigé par les missionnaires de l'Assomption, de terres plus productives et plus savamment assolées.

Un secrétaire perpétuel de société d'agriculture et le savant directeur de la *Gazette des Campagnes* en seraient restés émerveillés. Personne, il faut bien le dire, ne s'entend à la vie agricole comme les ordres religieux.

Leurs preuves en cette matière ne sont plus à faire, les moines, il faut bien le reconnaître, à moins de s'obstiner à prendre place dans les rangs des ignorants ou des menteurs, ont défriché plus d'un tiers de l'Europe et l'ont dotée de plantes utiles importées par eux de toutes les parties du monde.

En arrivant à la lisière de cette pente gazonnée, descendant par de molles ondulations jusqu'à la plaine, vraie mosaïque régulière formée par des cultures dont la verdure présentait les tons les plus différents, et que bordait une longue ligne de palétuviers s'avançant dans la mer en se soutenant au-dessus de l'eau par leurs racines enchevêtrées, la petite caravane s'arrêta muette de surprise.

Là, point de rochers décharnés, de terres nues, plombées ou ocreuses, l'habile aménagement des ruisseaux descendant de la montagne avait tout transformé.

Le gazon fin et serré comme un velours de soie suivant tous les mouvements de terrain, rappelait ces admirables pelouses dont une pluie fine entretient en Irlande cette éternelle fraîcheur qui a fait donner à l'ancienne Calédonie le surnom d'Emeraude des mers.

Des bouquets d'arbres contrastant par la variété du feuillage et la diversité du port, faisait de cette prairie naturelle un parc charmant, animé par le bêlement des troupeaux, moutons à la toison fine d'une blancheur de neige, bœufs aux poils luisants et aux cornes polies comme l'ivoire, chevaux errant en liberté et jetant au vent leurs joyeux hennissements. Ici, comme un escalier de cristal, s'abaissaient vers la plaine des bassins recouverts des larges feuilles de tarots immergées dans une eau qui, toujours renouvelée, retombait d'un réservoir dans l'autre pour aller former, au pied de la montagne, un ruisseau dont la chute habilement utilisée, mettait en mouvement la grande roue d'un moulin pittoresquement enfoui sous une avalanche de lierre et d'églantiers.

Là, autour des touffes de cytises calédoniens à longues grappes fleuries, bourdonnaient, suspendues en l'air comme un nuage d'or, une multitude d'abeilles, dont à quelques pas plus loin on voyait les ruches alignées, phalanstère de travailleurs infatigables, réunion qui serait une république modèle, si cette république n'était, n'en déplaise aux poètes, un royaume gouverné par une reine dont aucune chambre ne tempère le pouvoir.

Des groupes de travailleurs animaient ce charmant panorama, tous, jusqu'aux enfants, étaient vêtus d'une manière décente. Parmi eux, les uns s'occupaient à arracher des herbes, à émonder les arbres ou à diriger dans la plaine leurs attelages de quatre et six bœufs ; les autres s'empressaient autour des bâtiments de la Mission, de l'école ou de la scirie mécanique, dont la roue mêlait son tic-tac à celui du moulin.

Partout régnait l'ordre, l'activité, le travail.

— C'est là sans doute la Mission ? demanda Mme de Lambescq au catéchiste.

— La voici, répondit-il, en montrant une case rectangulaire à murailles blanches dont une grande croix surmontait le toit de paille. Ceci est l'église de Notre-Dame-de-l'Assomption. A gauche, sur le même monticule, au pied duquel se trouve le village, vous voyez la résidence de nos Pères et de l'autre côté la maison des Révérendes Sœurs, spécialement chargées des écoles et de l'hôpital.

Le docteur s'était arrêté et, appuyé sur la canne de son filet brisé par l'impétueux Mousquetaire, examinait en observateur cette petite terre promise si différente de tous les établissements créés à grands frais par le gouvernement.

— Ce cachet d'ordre et de régularité que les missionnaires impriment à tout ce qu'ils dirigent est vraiment admirable, s'écria-t-il, dites-moi, je vous prie, madame, si jamais vous avez vu domaine se présenter aussi agréablement à l'œil ; c'est autrement bien qu'à l'île de Nou.

— C'est que l'amour de la règle remplace ici la crainte des gendarmes, reprit la commandante, et quelque patriote que je sois, je reconnais que la croix plantée sur une église vaudra toujours mieux que le drapeau arboré sur un fort.

— Et vous avez bien raison, madame, car si l'un représente la force qui fait de grandes choses, l'autre est le symbole de la charité qui enfante des miracles.

On s'était mis à redescendre la pente en suivant les sinuosités d'une longue allée bordée de pandanus alternant avec des arbres de différentes essences, quand, au tintement d'une cloche, un groupe de trois ou quatre canaques, occupés à réparer la martelière d'un des bassins supérieurs destinés à la culture des taros, quitta le travail pour se diriger vers la Mission.

— Si c'est au Père Louis que vous désirez parler, le voici, fit le catéchiste en montrant un des travailleurs qui, agenouillé sur les bords du bassin, les bras nus jusqu'au coude, se lavait les mains avant de reprendre ses vêtements.

— Où est-il? demanda Louise, je ne vois que des ouvriers.

— Oh ! fit le catéchiste, nos Pères travaillent comme les autres, pour donner l'exemple, puis pour se reposer vont faire l'école

— Moi, je ne vois que des Canaques.

— Tenez, le voici qui met sa robe.

En effet, un jeune homme, dont de loin on pouvait remarquer le visage blanc et sans barbe, s'occupait à revêtir l'habit que le frère Gabriel appelait robe, mais qui n'était autre que la soutane du missionnaire.

— Dieu soit loué, s'écria l'ouvrière en faisant un signe de croix, ce bon abbé Louis, le voici enfin retrouvé.

Et prenant Germaine par la main, elle s'avança au-devant de celui que la Providence avait envoyé dans ces terres lointaines, pour être le protecteur de la faiblesse et de l'innocence.

Il l'accueillit avec une bienveillance grave et douce, bénit l'enfant qui voulait lui baiser la main, s'enquit de leur voyage, demanda des nouvelles de Vincent qu'il savait à la presqu'île Ducos, et comme Louise lui témoignait le regret que son mari ne fût pas interné à l'île des Pins, lui annonça la meilleure nouvelle qu'il pût lui donner, son départ prochain de lui, Père Louis, pour la grande terre, où il était appelé à une autre résidence.

— Laquelle? demanda la femme du déporté.

— Celle de la Conception, près Nouméa, lui répondit-il, je ne puis pas être plus près de vous; nous tâcherons d'y faire employer votre mari, mais nous reparlerons de tout cela; avec qui êtes-vous ici?

— Avec madame de Lambescq, la femme du commandant du *Magenta*, ma protectrice, qui m'a comblée d'attentions et je pourrais dire de bienfaits, un ange, mon Père! oui, un ange de Dieu.

— C'est son mari qui est avec elle?

— C'est monsieur Goblet, le docteur du bord, un bien brave homme aussi.

— Ils viennent sans doute visiter la Mission; je vais les saluer.

Et se rapprochant du groupe des touristes, le missionnaire, avec sa vieille soutane, sa chaussure grossière et son chapeau roussi par le soleil, salua la commandante d'abord, puis le docteur, avec une aisance si pleine de noblesse et de distinction, qu'il était facile de reconnaître qu'avant de se faire terrassier et maçon dans une île perdue et parmi des sauvages rudes et grossiers, le serviteur de Dieu avait été ce que l'on appelle un homme du meilleur monde.

Toute simple qu'elle fût, Mme de Lambescq était femme et par conséquent aimait à briller au moins par l'esprit et par les manières, elle redevint subitement ce qu'elle était, femme d'une distinction suprême, et, tout en restant dans les bornes non-seulement d'une convenance mais d'une gravité parfaite, la conversation prit aussitôt ce caractère de politesse exquise qui ne se rencontre plus que dans les rares salons restés salons.

Le docteur, revenu de la première impression produite par son accident, n'était pas d'humeur à laisser la conversation s'égarer sur le terrain de la politique et des considérations générales, fussent-elles de l'ordre le plus élevé; il se faisait gloire d'être un homme pratique, très-pratique, ne voulant que du précis et du positif; aussi se jeta-t-il brusquement en travers de la causerie pour faire mille questions sur l'état du domaine, sa mise en culture, ses produits, le régime auquel il était soumis, en un mot, le récit par le menu de tout ce qui pouvait regarder ce bel établissement.

— En fait de botanique et de minéralogie, d'agriculture et d'industrie, répondit l'abbé Louis, je suis trop ignorant pour me permettre de vouloir vous satisfaire, mais je vous promets de vous mettre en rapport avec un de nos Pères, qui contentera, je n'en doute pas, votre curiosité. Quant à ce qui regarde l'histoire de notre petite colonie, il est facile de vous satisfaire.

— Facile, facile, interrompit M. Goblet, peut-être pas autant que vous le supposez; je suis amoureux des chiffres et je voudrais connaître la date précise de l'arrivée des premiers missionnaires dans l'île des Pins.

— Notre prise de possession remonte au 15 août 1848, monsieur; vous voyez que je suis précis, fit le missionnaire, en riant; nous venions d'être chassés par les cannibales de la grande terre, et ce fut le Père Garnier qui, à cette époque, avec les débris de notre chrétienté échappés au massacre, vint aborder le premier à ce petit port que vous voyez s'ouvrir en face de vous, dans la ceinture des palétuviers.

» Les naturels de l'île, beaucoup moins féroces que leurs voisins de la Nouvelle-Calédonie, obéissaient alors à un chef puissant, nommé Djenny qui, plus tard, fut père de la bonne Païmata, la jeune reine que vous venez de visiter. Seule descendante directe de ce Djenny, elle dut à la protection de Mgr d'Amata, notre évêque, de lui succéder sur le trône, en dépit de la loi qui exclut les femmes de l'héritage de la puissance souveraine.

» Ce Djenny était brave et généreux, il reçut avec une grande bienveillance les étrangers arrivant dans son royaume et leur accorda une quantité de terres fertiles, mais alors incultes et marécageuses, que l'agriculture a transformées complétément ainsi que vous pouvez vous en apercevoir.

» Ainsi accueillis, les fugitifs débarquèrent ce qu'ils avaient pu sauver du naufrage général de leur fortune, dressèrent à la hâte quelques huttes provisoires au pied du monticule sur lequel s'élève, aujourd'hui, notre chère église dédiée à Notre-Dame-de-l'Assomption, et commencèrent à s'installer du mieux qu'il leur fut possible.

» Quelques années s'étaient écoulées et la colonie ne faisait que bien peu de progrès, lorsque Mgr d'Amata, absent déjà depuis trois années, revint d'Europe, le 7 septembre 1850, avec tout un approvisionnement de grains, d'outils aratoires et de semences destinés à mettre les terres en culture.

» Ces secours inespérés, après avoir été longtemps attendus et rendus plus efficaces encore par l'aide qu'apportaient de nouveaux onvriers, partis de France avec Monseigneur, réveillèrent l'ardeur des premiers colons.

» Chacun se remit avec courage à l'œuvre commencée et, cette fois, elle marcha à pas de géant.

» Un des Pères traça, au pied du monticule, le jardin, aujourd'hui en plein rapport, où furent semées. avec un soin tout particulier, les graines d'Europe, et dans lequel le P. Lagniet cultiva, le premier, ces choux, alors inconnus, qui depuis ont fait la fortune de l'île et sont en ce moment l'objet d'une active exportation pour Nouméa.

» Notre église fut agrandie; le palais épiscopal, car telle que vous la voyez, cette case qui, aujourd'hui, sert de magasin pour les instruments aratoires, a été dans son temps, le palais d'un saint évêque ayant pour diocèse un monde aux limites flottantes, fut construit tout auprès. Chaque spécialité prit son essor, et la petite colonie, arrosée par la sueur des trois infatigables missionnaires, à la fois prédicateurs et ouvriers, prêtres et laboureurs, médecins, bergers et pêcheurs, continua à croître si bien, sous l'œil de Dieu; qu'elle devint peu à peu ce qu'elle est aujourd'hui, un petit monde béni vivant dans une paix profonde, où tout n'est pas parfait assurément, car les hommes seront toujours des hommes, mais où la crainte de Dieu remplace la crainte du gendarme; où l'on vit dans le travail, le calme, la régularité, c'est-à-dire au milieu de tout ce qui constitue le vrai bonheur.

— Vraiment, c'est à donner envie de nous faire tous missionnaires, s'écria M. Goblet. Pouvoir s'occuper des sciences naturelles, avoir sous la main un vaste jardin d'acclimatation, à ses pieds la mer, ses rochers et ses lagons, à trois pas la montagne, les forêts vierges et un volcan; mais, c'est l'idéal, monsieur l'abbé, car je suppose qu'avec le nombre d'ouvriers que vous avez à votre disposition vous ne devez travailler la terre, le fer ou le bois qu'à la façon des grands seigneurs, avec une bêche, une hache ou un ciseau d'or; et que vous profitez de vos loisirs pour étudier la nature.

— La nature est assurément fort belle et fort attachante, mais elle est faite pour les hommes et ne doit, par conséquent, passer que fort après eux dans les préoccupations d'un missionnaire.

— Je ne dis pas, mais puisque vous avez tant de calme.

— Le calme et la règle sont des moyens d'assurer le travail, mais non pas de satisfaire la paresse; ici, personne n'est écrasé par la fatigue, mais personne non plus ne demeure oisif. Chacun a sa tâche ou plutôt ses tâches, car le repos consiste surtout dans la variété des occupations.

» De la sacristie, où il vient de déposer, après la messe de quatre heures du matin, ses ornements sacerdotaux, le P. Garnier, par exemple, se rend à la scierie, met bas sa soutane et, jusqu'à neuf heures, pousse, frappe, tourne, fend les blocs de bois, comme les Canaques ses compagnons, et avec plus d'ardeur, puisque c'est à lui à leur donner l'exemple; à neuf heures, il déjeune et passe une heure en méditation; à dix heures et demie, il retourne à la scierie; à trois heures, il prend son surplis et va faire, en langue canaque, le catéchisme aux enfants; à.....

— Pardon, mon Révérend, vous me prouvez que le P. Garnier est fort occupé, mais les autres?

— Nos Pères sont trois seulement, et tous sont aussi occupés les uns que les autres; il n'y a que moi qui, n'ayant pas de fonctions spéciales dans la maison, où je ne me trouve que par occasion et pour peu de temps, aurais comparativement fort peu à faire, si je n'étais dans la nécessité d'employer mon temps à étudier la langue canaque pour pouvoir comprendre les peuplades de l'intérieur et être compris d'elles.

— Pardon, si je vous interromps, mon Père, fit Mlle de Lambesq, mais je croyais que vous étiez venu en Calédonie pour être surtout missionnaire de ces malheureux égarés, nos compatriotes, dont beaucoup, assurément, n'en savent pas plus que les sauvages sur les vérités de la foi.

11.

L'abbé Louis poussa un profond soupir.

— J'étais, en effet, venu pour cette belle œuvre, madame, dit-il et c'était avec une joie véritable que j'avais abordé à cette île où j'espérais, avec la grâce de Dieu, faire quelque bien. Hélas! l'heure n'est pas encore venue, et tout semble conspirer pour la retarder.

» Vous ne sauriez croire à quel point tout est organisé de la manière la plus déplorable au camp des déportés, je veux dire à cette colonie administrative établie dans cinq villages, échelonnés de l'autre côté du Voo, sur la partie la plus fertile, aujourd'hui la plus inculte du rivage.

» Le gouvernement s'était flatté, en réunissant, sur ces terres qui ne demandent qu'à recevoir quelques grains pour produire de plantureuses moissons, les condamnés à la déportation simple, de former le noyau d'une colonie industrieuse et agricole. Les Canaques, dépossédés, ont été refoulés dans la montagne, des cases commodes et parfaitement placées attendaient, portes ouvertes dans leurs jardinets et fenêtres regardant la mer, non pas les prisonniers, mais les propriétaires arrivant de France; la concorde, la paix, le travail allaient habiter ensemble, sous ces toits de chaume. La philosophie, remplaçant la religion, tisserait, à la nouvelle colonie, des jours tissés d'or et de soie.

» Tout cela était un songe creux, un de ces rêves de cerveaux malades, auxquels la réalité donne un cruel démenti.

» Les colons arrivèrent, pires que lorsqu'ils étaient partis, aigris par leur défaite, plus corrompus par la vie commune. Dans l'intérieur des navires, où ils étaient entassés, il s'était fait comme une nouvelle fermentation de tant de crimes et de vices.

» Beaucoup qui, s'ils eussent été isolés de cette masse putride, auraient pu revenir au bien, se trouvaient atteints d'une gangrène incurable. Peut-être était-il temps encore de tirer le bon d'avec le mauvais grain : c'était l'affaire du missionnaire; mais les violents intimidèrent les faibles, l'intolérance du mal s'opposa à la liberté pour le bien. Les prêtres reçurent l'ordre de ne pas pénétrer dans la république des libres-penseurs et, sous prétexte d'assurer la liberté de conscience, l'autorité fit trop souvent cause commune avec les scélérats qui prétendaient empêcher par la force leurs camarades de se repentir et de s'éclairer.

» Devant cette opposition systématique, force nous a été de nous retirer; les gendarmes nous remplacent, mais de loin, formant comme un cordon de sûreté autour du campement, où ils ne pénètrent que deux par deux, armés jusqu'aux dents, faisant une promenade silencieuse, sans avoir l'air d'entendre les injures atroces dont ils sont poursuivis, et se gardant bien de lever les yeux dans la crainte de voir la hideuse loque rouge, le drapeau de la Commune, arboré comme un défi dans chaque village.

— Comment! frappés par la loi pour avoir combattu pour cet infâme drapeau, ils oseraient l'arborer ici sous l'œil de leurs gardiens? fit la commandante.

— Cela paraît incroyable, en effet, madame, et pourtant cela est, reprit l'abbé Louis. En tolérant une semblable licence, les représentants du gouvernement de la France croient faire de la politique et ils se trompent; un jour viendra où les évadés de la colonie, car avec de l'argent toute évasion est non-seulement possible, mais facile, prouveront aux philanthropes chargés de les surveiller que la faiblesse de ces derniers n'a fait qu'envenimer la haine des communeux et exciter leur audace.

En causant ainsi, on était arrivé au bas du monticule, lorsque Germaine demanda à sa mère quel était le bourdonnement étrange qui s'échappait de l'intérieur de l'église comme d'une ruche un jour de printemps.

— La prière qui suit la classe d'instruction religieuse et précède immédiatement la récréation, répondit l'abbé Louis; tenez, voici le petit Canaque chargé de sonner les exercices qui monte au clocher.

— Où donc est le clocher, maman? demanda la fille de l'ouvrière.

Le missionnaire se prit à sourire.

— Il ne ressemble, dit-il, ni aux tours de Notre-Dame, ni au clocher de l'église de Mareuil, et consiste en trois mâts surmontés d'un bonnet de paille en guise de dôme; c'est là-dessous qu'est la cloche sur laquelle notre réglementaire va frapper les coups d'usage en remuant le battant avec la main. On ne saurait être plus primitif, et cependant, vous pouvez vous en apercevoir, les premiers défricheurs de cette vigne du Seigneur n'ont pas ménagé leurs soins et leurs peines.

En ce moment même la cloche tinta et l'essaim des enfants canaques, les jeunes filles d'un côté, sous la surveillance d'une religieuse européenne portant le costume des Basiliennes, les jeunes garçons de l'autre, tous vêtus de pagnes blanches, sortirent sans confusion et, se formant sur deux colonnes, attendirent que le missionnaire en surplis qui présidait la réunion donnât, en frappant dans ses mains, le signal de la dispersion, qui eut lieu aussitôt avec force cris et gambades.

— Oh! voyez, maman, ils s'amusent comme à l'école de Versailles, s'écria Germaine qui, volontiers, se fût mêlée aux jeux de cette petite foule bruyante, qui tourbillonnait sous les bananiers.

— Quand tu seras de retour sur la grande terre, tu trouveras des petites camarades comme celles-ci, répondit sa mère.

— Voici le Père Garnier, dont je vous parlais, dit l'abbé Louis à M. Goblet.

Le missionnaire arrivait en ce moment; la présentation faite, il conduisit le docteur à son jardin pour lui montrer ses pépinières; la collection des bananiers y était complète; à côté de l'*hypoxis*, le savant jardinier montra à M. Goblet le *dolichon tuberosus*, le *dracophyllum verticillatum*, qui a de grands rapports avec le *draconnier*, le *chou caraïbe*, l'*arum esculentum*, l'*acrostichum australe*; la *ca-*

suarina equisetifolia, l'*amomum zinziber* et une variété de fougères du genre *mytristheca* absolument inconnu au savant botaniste.

La partie du jardin réservée aux espèces importées d'Europe et
d'Afrique intéressa vivement aussi M. Goblet, mais ce qui l'étonna
d'une manière toute particulière, ce fut de voir derrière les Canaques occupés à bêcher la terre, cinq ou six cagous, mâles et fe-
melles, parfaitement domestiqués, et qui, suivant les travailleurs,
purgeaient avec dextérité le sol de toutes les larves ramenées à la
surface des sillons.

C'était là la réalisation du rêve du docteur, qui s'informa minu-
tieusement des soins à donner à ces oiseaux pour pouvoir les transporter.

À son grand étonnement, le Père Garnier lui apprit que trois
ou quatre couples de ces utiles oiseaux étaient déjà arrivées
en France et en Belgique, où les avaient apportées des missionnaires, fidèles en cela aux traditions de leurs devanciers auxquels
l'Europe doit les pêchers, le cacao, diverses plantes et beaucoup
d'animaux domestiques.

Pendant que les deux naturalistes s'oubliaient à examiner avec
un soin minutieux les plantations, la scierie, le moulin à huile, le
cabinet d'histoire naturelle, la fabrique de poterie fine, alimentée
par une argile grise et d'excellente qualité découverte par le Père
Garnier, l'abbé Louis et les autres membres de la mission conduisaient Mme de Lambescq à leur église, à leurs écoles, à l'ouvroir
où de jeunes Canaques s'occupent, sous la direction d'une sœur-
maîtresse, à confectionner des vêtements.

Une collation sur l'herbe, où, avec les fruits les plus exquis,
furent servis sous la voûte verte d'un figuier banian des pâtisseries,
œuvres de la sœur Saint-Basile, et des plats de laitage, couronna
cette journée sans qu'il fût besoin de se hâter pour le retour.

La mer étant admirablement calme, il fut convenu, en effet,
que les chevaux seraient renvoyés par la voie de terre sous la con-

duite de Matinoé et des Canaques, tandis que la société retournerait en pirogue double à Voo, où le Père Louis se rendrait, par la même voie, pour présenter ses respects au commandant du *Magenta*.

On appelle double pirogue, deux canots maintenus à distance au moyen de poutres sur lesquelles on établit une plate-forme, au centre de laquelle se dresse un mât portant une voile triangulaire en nattes.

Si le vent souffle, la voile s'oriente à droite ou à gauche; si au contraire il n'y a pas de brise, les rameurs pagayent en cadence, accompagnant le mouvement de leurs rames d'une sorte de psalmodie monotone d'une grande douceur.

Il était neuf heures du soir quand l'embarcation arriva à Voo, la baleinière ramenant le commandant du *Magenta* et l'état-major du camp des déportés y arrivait en même temps.

M. de Lambescq était fort mécontent de sa visite, la vue du drapeau rouge flottant sur les paillates, la grossièreté préméditée des insurgés, leur paresse, leur mauvais vouloir, leur irréligion affectée ne pouvaient que lui déplaire, et il en revenait tout désillusionné.

L'accueil qu'il fit au missionnaire se ressentit de cette disposition, mieux que jamais il comprenait que la religion seule a assez de puissance pour rendre des déportés gouvernables et les ramener à des sentiments d'ordre et de devoir.

Longtemps ils se promenèrent seuls au bord de la mer. En se quittant ils se serrèrent affectueusement la main, mais personne ne sut ce qu'ils s'étaient dit.

Seulement le lendemain matin, quand la baleinière reprit la route de Nouméa, le commandant laissa échapper ces mots : On parle des Anglais et des Hollandais comme colonisateurs; auprès des missionnaires ce sont des enfants ; il est bien fâcheux qu'on ne s'en rapporte pas assez à ces bons Pères.

CHAPITRE IX

Les Martyrs de la transportation en Nouvelle-Calédonie

Que de larmes, feintes ou vraies, ont déjà coulé au récit des tortures infligées aux sublimes vaincus de la Commune, à ces hommes qui furent à la fois les apôtres et les martyrs de cette *titanesque irradiation de l'idée, étoile polaire de la liberté;* que de pages émues payées vingt-cinq centimes la ligne et écrites à l'angle d'une table de café borgne; que de tableaux ruisselants d'horreur, sombres comme la nuit ou flamboyants des lueurs sinistres de l'incendie ont été inspirés par les iniques condamnations prononcées par les sanguinaires conseils de guerre contre les grands citoyens dont l'austère vertu ne recula pas, dans l'accomplissement du devoir, devant l'assassinat des otages et l'embrasement de Paris !

Si terrible que soit la description de l'enfer du Dante, ce rêve effrayant d'un puissant génie, elle pâlit devant la peinture réelle de cette épouvantable prison, noirs rochers habités par la faim et la fièvre, marais pestilentiels sur lesquels plane la mort, île de désolation, perdue dans les déserts de l'océan, séjour de toutes les douleurs, dans lequel d'innocentes victimes traînent la plus misérable existence, sous la surveillance et le bâton des bourreaux de la réaction déguisés en gardes-chiourmes.

Cet enfer s'appelle la Nouvelle-Calédonie, et l'enfer de cet enfer c'est la fameuse enceinte fortifiée qui a nom la presqu'île Ducos.

Pour ne pas se séparer de ses chers amis, Beslier, Moubernard, Gargamelle, Mourot, Pointu, Verdure et autres héros des barricades, Vincent avait demandé et obtenu d'être, lui aussi, détenu dans l'enceinte fortifiée.

Ceci n'étant qu'une aggravation de supplice, les tortureurs s'étaient frotté les mains à la pensée d'une addition de supplice, et la victime généreuse s'était vue transporter sur cette presqu'île maudite, en compagnie des autres Compagnons du Désespoir.

Que nos lecteurs fortifient leurs nerfs et raffermissent leur courage, le moment est venu de pénétrer dans ce pandemonium de douleur, de s'initier aux tortures iniques réservées aux condamnés de Versailles, de franchir, à la suite de deux officiers, d'une femme et d'un enfant, la lugubre enceinte fortifiée, qui isole du reste de la grande île cette terre de désolation, distante, comme on le sait, de 15 ou 16 kilomètres de la ville de Nouméa et séparée d'elle par l'anse d'Uoré.

De ces quatre personnes trois sont déjà connues : le docteur, Louise et sa fille.

M. Goblet ne faisait pas ce jour-là une promenade de simple curieux ; le gouverneur l'avait chargé de la mission délicate d'aller inspecter l'organisation du service médical à Numbo, aussi avait-il été forcé de renoncer, en cette occasion, au vêtement de fantaisie qu'il semblait affectionner d'une manière particulière, pour revêtir le costume officiel de son grade.

Quant au second personnage en grande tenue, il n'était que l'aspirant Gaspard.

L'embarcation, montée par huit vigoureux rameurs, filait rapidement sur une mer de cristal, si resserrée en certains endroits entre les pointes de la presqu'île, dont la forme générale est celle d'une feuille de chêne, profondément découpée, et le rivage boisé de la grande terre, qu'un nageur d'une habileté médiocre aurait pu la traverser facilement.

Le paysage était ravissant; le soleil levant, dorant la cime des montagnes boisées, au pied desquelles se rattache la presqu'île, faisait étinceler dans son cadre de verdure le miroir d'argent formé par la baie, à la surface de laquelle bondissaient bonites à la robe de pourpre et dorades cuirassées d'or, folâtrant, chassant les insectes dans l'air et péchant les petits poissons qui fourmillent sur les bas-fonds, ouatés d'un tapis d'émeraude par les algues et les fucus.

Du côté de la grande terre, sur une avancée du rivage, couvert en cet endroit de cocotiers au tronc flexible, couronnés de leurs pittoresques parasols, se montraient les cases d'un village de pêcheurs indigènes, et à mi-colline, assis sur un mamelon, une sorte de blokaus blanc, dont un drapeau tricolore surmontait le toit couvert en tuiles rouges, se détachant vigoureusement sur le fond creux des rochers.

Arrivé en face du village, le canot gouverna droit sur le rivage et vint accoster à une sorte de petit débarcadère provisoire, établi pour l'approvisionnement du poste destiné à surveiller l'entrée de la presqu'île Ducos, et à fournir les sentinelles nécessaires pour la garde d'une longue mais peu haute palissade en pieux, coupant dans toute sa largeur l'étranglement de l'isthme.

Assurément il eût été difficile de deviner l'usage de cette barrière illusoire, si la vue d'un factionnaire qui, appuyé sur le canon de son fusil, semblait réfléchir, plongé dans une triste rêverie aux longueurs indéfinies des minutes composant les deux heures réglementaires, et plus encore des écriteaux fixés de distance en distance aux poteaux de la palissade et portant, écrits en gros caractères, ces mots :

BARRIÈRE MILITAIRE. — DÉFENSE DE PASSER.

n'eussent forcé les promeneurs à en conclure, en dépit de toute

autre probabilité, qu'ils se trouvaient en présence de cette redouta-
ble muraille, destinée à isoler les martyrs du reste du monde, et
constituant cette formidable ENCEINTE FORTIFIÉE, dont le titre
pompeux, habilement exploité, a fourni et fournira encore de si
beaux mouvements d'éloquence aux écrivains ou aux orateurs de la
nuance écarlate.

Les quatre voyageurs avaient mis pied à terre et, accompagnés d'un
matelot servant d'ordonnance, suivaient un petit sentier établi le
long de cette clôture illusoire, quand Germaine, apercevant, à quelques pas, de l'autre côté, un superbe papillon posé sur une fleur,
traversa, le plus innocemment du monde, la palissade si peu serrée
que, comme l'enfant le disait plus tard à sa mère, il y avait partout
des portes ouvertes.

— On ne passe pas! cria le soldat de garde, d'une voix d'autant
plus farouche que peu s'en fallait qu'il n'eût été surpris par ses
chefs, assis sur l'herbe et goûtant paisiblement comme le Tytyre des
églogues les douceurs du repos, sous la voûte verte d'un magnifique
figuier.

Louise n'eut que le temps de ressaisir, par un pan de sa robe, la
téméraire enfant qui, d'un pas, venait de franchir toute l'épaisseur
des lignes de fortification.

Sans s'émouvoir de cette injonction accompagnée d'une démons-
tration belliqueuse, car la sentinelle faisait craquer la batterie de son
arme, le docteur continuait à avancer.

— Halte! fit la sentinelle, qui appela le sergent.

Un militaire ne connaît que la consigne; les deux marins s'arrê-
tèrent.

Le factionnaire, présentant la baïonnette, roulait autour de lui des
yeux effarés.

— Sergent! cria-t-il une seconde fois.

Vrai, le poste jouait de malheur, la ronde-major avait eu lieu,
la garde-montante n'arrivait qu'à dix heures, et le sergent, qui se

croyait à l'abri de toute visite, s'était éloigné d'une centaine de pas de la case servant de corps-de-garde, pour chercher des nids d'oiseaux dans les broussailles.

Il fallut qu'un soldat courut l'avertir; le pauvre diable revint tout essoufflé, pâle, se croyant perdu, mais M. Goblet était de bonne composition, il eut l'air de croire que tout s'était passé régulièrement et présenta sa permission.

Le factionnaire porta les armes et ils passèrent.

— Voilà des prisonniers bien surveillés, fit, en riant, le docteur; heureusement que la mer forme une barrière plus sérieuse, car autrement la cage serait vide demain.

— Il y a des navires pour la franchir, répondit l'aspirant; il est vrai que ces navires ont des capitaines.

— Et vous en concluez?

— Qu'ils ne voudraient pas favoriser une évasion.

— Pourquoi?

— Des Français n'oseraient pas; des Américains ne s'en soucieraient pas; des Anglais demanderaient trop de guinées.

— A trois ou quatre on pourrait s'entendre, une caisse démocratique fournirait les fonds.

— Pour cela il faudrait que Rochefort fût ici; il a gagné assez d'argent avec sa *Lanterne* pour pouvoir fréter un navire.

— Le pauvre garçon est trop malade pour supporter de semblables fatigues; le voyage le tuerait infailliblement.

— Vous croyez, mon cher?

— Mais c'est certain; je viens de lire, à Nouméa, dans un des derniers numéros d'un journal apporté d'Europe, que M. Thiers l'a fait examiner par plusieurs docteurs, et que ces messieurs ont été unanimes à reconnaître qu'atteint d'un anévrisme très-avancé, le prisonnier ne pourrait pas, sous peine de mort, passer un jour à bord d'un navire.

— Vous avez lu cela dans *le Rappel?* fit M. Goblet, en souriant.

— Non, vraiment; mais dans un journal très-sérieux; le journal de la présidence.

— Le rapport est-il officiel ou officieux?

— Vous doutez de tout.

— Mais non; mon cher; mais non; je ne doute pas le moins du monde de beaucoup de choses; et je doute si peu que je suis convaincu que, non-seulement l'auteur de *la Lanterne* pourrait sans inconvénient pour sa gracieuse santé venir de France ici; mais qu'il ne ferait aucune difficulté de retourner bientôt après d'ici en France.

— Ce sont des suppositions, et dans tous les cas si cela était possible; ce serait fort heureux pour les autres transportés.

— Vraiment?

— Riche et généreux comme il est, il frétait un navire à lui seul.

— C'est-à-dire pour lui seul, mon cher ami; lui et ses pareils sont les types les plus accomplis de l'égoïsme cupide; Harpagon eût été un prodigue à côté de ces millionnaires de l'idée. Avez-vous jamais entendu parler de la générosité de Victor Hugo, de Raspail ou du comte Rochefort de Luçay. Ce sont des pompes aspirantes que ces gens-là; mais refoulantes jamais; leur bourse ne s'ouvre que pour prendre; et là pièce d'or, d'argent ou de cuivre tombée entre leurs doigts, y reste prise comme dans un étau. Louis XIV disait : L'Etat, c'est moi. Vos grands républicains ne disent pas : Nos dupes; c'est moi, mais ils pensent que leur moi c'est tout. Et s'ils trouvent bon que tout le monde paie pour eux; ils trouvent encore meilleur de ne payer pour personne.

Sans appartenir à ce que l'on est convenu d'appeler opinion avancée; l'aspirant était du nombre de ces jeunes gens dont l'âme; trop loyale pour croire à la bassesse et à l'égoïsme; se laissent séduire par des phrases pompeuses, dont ils ne soupçonnent pas encore le vide. Ne voulant pas, sans preuves; commencer à mépriser un homme dont il avait admiré le courage comme pamphlétaire, quoiqu'il fût loin de partager ses opinions politiques ou religieuses, il changea de conversation et se mit à parler du lieu choisi par le gouvernement pour l'internement des condamnés à la déportation dans une enceinte fortifiée.

Là, et il l'avouait franchement, toutes ses idées étaient renversées par ce qu'il voyait.

Cet enfer si affreux, dans lequel la tyrannie victorieuse plongeait ses victimes, ressemblait bien plutôt à ces parcs anglais, dont les riches insulaires aiment à entourer leurs demeures princières.

Moins fertile que d'autres parties de la grande terre, la presqu'île est loin, en effet, de présenter cet aspect de désolation, dont parlent les attendrisseurs démocrates; répétition en abrégé de la Nouvelle-Calédonie, à laquelle elle forme appendice, cette longue langue de terre est traversée, dans toute sa longueur, par une chaîne de montagnes ou plutôt de collines, doucement ondulées, qui, de droite et de gauche, projettent jusqu'à la mer des ramifications disposées comme les nervures d'une feuille irrégulièrement découpées, et enferment des vallées presque sans profondeur, allant s'épanouir sur le rivage, comme pour y recevoir plus à l'aise la brise vivifiante des alizés qui, nulle part au monde, n'est plus fraîche, ni plus douce, ni plus pure.

Les promeneurs, car il est difficile d'appeler voyage une course dans un parc, si grand qu'on le suppose, suivaient un large sentier tracé sur la crête de la montagne.

— C'est singulier, remarqua tout-à-coup l'aspirant, aussi loin que ma vue s'étend, je n'aperçois ni habitations, ni condamnés, ni gardiens, ni indigènes, rien qui prouve que cette presqu'île soit peuplée, et j'en suis à me demander si réellement elle n'est pas déserte.

— Est-ce sérieusement que vous parlez, monsieur Gaspard ? demanda Louise qui, depuis un moment, faisait les mêmes réflexions.

— Ma foi, je commence à le croire.

— Ne craignez rien, Louise, bien que la palissade soit assez mal gardée, je vous affirme que le personnel des déportés n'a pas déménagé en masse, et si vous ne les voyez pas en ce moment, c'est que nous ne sommes pas encore arrivés à la vallée qu'ils habitent, et d'où ils ne sortent guère pour se promener, encore moins pour travailler.

— Cette vallée est-elle encore fort éloignée, monsieur?

— Notre embarcation a presque passé devant; ne vous souvenez-vous pas de cette anse au fond de laquelle on apercevait des bâtiments blancs, alignés sur le rivage?

— Presque en face de Nouméa?

— Là même.

— L'anse de Numbo, reprit l'aspirant?

— Parfaitement.

— Nous aurions pu y débarquer directement.

— C'est vrai, mais nous n'aurions pas eu l'occasion de visiter la presqu'île et de nous donner une idée de son ensemble; trouveriez-vous la promenade trop longue, Louise?

— Pour moi, non, monsieur; mais, fit-elle, en hésitant, Germaine a les jambes bien courtes.

— Qu'à cela ne tienne, arrêtons-nous un peu pour la laisser se reposer. Vous avez, je crois, son déjeûner dans votre panier?

— Oui, monsieur.

— Eh bien! faites-lui prendre son repas, sous ce bouquet d'acacias jaunes en fleurs; rien ne nous presse, et je profiterai de cette halte pour gravir ce rocher de marbre, du haut duquel l'œil doit embrasser toute la contrée.

— Il paraît même qu'on en a fait un observatoire permanent, ajouta l'aspirant, en montrant à son compagnon une petite cabane en écorce de naoulis, perchée sur le rocher, et devant laquelle, les pieds pendants dans le vide, était assis un homme revêtu d'un uniforme vert foncé.

— C'est un douanier qui surveille la baie pour empêcher la contrebande, reprit le docteur, en commençant à escalader le rocher.

La tentative n'avait rien de bien ardu : en quelques minutes les deux officiers en eurent atteint le sommet.

Il était plat et nu comme une table de pierre, sauf dans l'un des angles, formant un creux rempli d'une terre argileuse émaillée de paillettes jaunes, dont l'éclat attira tout d'abord l'attention du jeune marin.

— Oh ! voyez donc, s'écria-t-il, on dirait un tas de poudre d'or.

— Tout ce qui luit n'est pas or, répondit le docteur en souriant, et ce que vous prenez pour un métal précieux n'est en réalité que du mica ou verre naturel, auquel la finesse plus ou moins grande de ses paillettes donne des teintes différentes, mais toujours métalliques.

Le terrain de la presqu'île abonde en cette substance, en marbres, en grès, en poudingues, mais en réalité, avec son apparence de richesse, est beaucoup moins propre à la culture que celui des îles des Pins ou de Nou.

A la vue des officiers, le douanier s'était levé, en faisant le salut militaire.

M. Goblet lui demanda s'il avait vu passer l'embarcation ?

— Oui, major ; il n'y a qu'un instant, elle a disparu derrière cette pointe, dont nous allons la voir ressortir, à moins qu'elle ne s'enfonce dans l'anse de Numbo.

— C'est bon, fit le docteur ; mais, dites-moi, par où faut-il passer pour arriver à la vallée ?

— Suivez ce sentier, reprit le surveillant, en montrant celui au bord duquel Louise était assise auprès de sa fille, il vous y conduira directement.

— Est-ce loin ?

— Dans dix minutes vous y serez.

Le docteur consulta sa montre :

— Nous avons du temps de reste, dit-il.

Et il se mit à herboriser, cueillant çà et là quelques spécimens de scœvola montana, de cleradendron et de guetardia qui, après tout, n'avaient rien de bien nouveau pour lui.

Pendant qu'il se livrait à cette occupation, l'aspirant avait tiré son portefeuille et, sur une feuille de papier à lettre destinée, soit à quelque membre de sa famille, soit à un journal illustré, prenait un croquis aussi pittoresque qu'exact de l'île de Nou, de son pénitencier, des navires qui animaient la baie, au fond de laquelle il indiquait, en quelques coups de crayon, la ville de Nouméa, encadrée dans les montagnes, la loge des maçons et le sémaphore, points les plus en vue du haut du rocher et aussi de la vallée de Numbo.

Il allait terminer son dessin, quand quelqu'un dit, auprès de lui :

— Vous oubliez une montagne, monsieur.

Cette voix inconnue le fit retourner.

Celui qui lui faisait cette observation était un homme d'une quarantaine d'années, pâle, avec des yeux bleus, profonds et rêveurs, et une physionomie triste, à laquelle un sourire amer donnait une étrange expression.

L'inconnu portait une cravate de laine, négligemment nouée sur une chemise de couleur, une vareuse de toile grise, une ceinture de flanelle bleue et un large chapeau de paille.

— Est-ce que vous dessinez aussi, monsieur? demanda le jeune homme, surpris de cette apparition.

— Je crayonne quelquefois, pour me distraire, et j'ai pris si souvent ce point de vue que j'en sais par cœur toutes les lignes.

— Vous venez donc habituellement ici?

— Tous les jours, à peu près; je suis tellement seul, ajouta-t-il, avec l'accent d'un profond chagrin

— Vous n'avez pas de famille, pas d'amis, pas de parents?

— J'avais tout cela, j'ai tout perdu, et bien par ma faute... Ah ! monsieur, ne faites jamais de politique, la politique c'est pire que la mort bleue[1] des Anglais; adieu, monsieur, et pardonnez-moi mon observation déplacée.

Gaspard voulait le retenir, mais il s'éloigna, redescendit le rocher et s'enfonça dans le fourré.

— Connaissez-vous cet homme? demanda l'aspirant au douanier.

— Chaque fois que je suis de garde, je le vois ici, dessinant des heures entières. On l'appelle le solitaire ; je ne sais pas son nom, mais, à la colonie, on m'a dit que c'était un homme de bonne famille, un peintre distingué, un artiste véritable, qui a eu le malheur de quitter son atelier pour les clubs. Il était un des chefs là-bas, et c'est le 2me conseil de guerre qui l'a envoyé ici.

— Comment, cet homme-là est un condamné?

— Sans doute, mon lieutenant, et un double condamné, puisqu'après avoir été transporté, par ordre du gouvernement, il a été de plus mis en quarantaine par les autres déportés qui l'ont, comme ils disent, excommunié, c'est-à-dire, chassé de leur société, en sorte qu'à présent, il vit aussi seul qu'une bête sauvage.

— Qu'a-t-il donc encore fait, mon Dieu?

— Oh! tout simplement, il a refusé d'entrer dans la ligue des Compagnons du Désespoir, une vraie bande de brigands, organisée par un certain Beslier et, sous prétexte qu'il était libre, a voulu se mettre en rapport avec le jésuite de la mission.

— Eh bien! qu'y a-t-il là?

— Il y a que c'est défendu par les réglements secrets des dépor-

[1] Les Anglais appellent *Mort Bleue*, le Gin, liqueur brûlante et corrosive, plus funeste encore que l'absinthe pour les malheureux qui s'y adonnent.

11.

12

tés, qui s'opposent à ce qu'aucun d'eux fasse acte d'une religion quelconque.

— Décidément, M. Goblet a raison, pensa le marin, la liberté n'a pas d'ennemis plus acharnés que ses prétendus amis.

Son croquis terminé, l'aspirant en fit un second pour passer le temps accordé par le docteur au déjeûner de Germaine; mais celle-ci avait, elle aussi, terminé son repas, et le naturaliste ne paraissait pas s'apercevoir qu'il n'y avait plus que lui qui se fît attendre.

Ah! bien oui la journée y aurait bien passé tout entière sans qu'il y songeât.

Cependant, il avait pris contre lui-même toutes sortes de précautions; son uniforme d'abord, puis pas de boîte à botanique, pas de pinces, pas de marteau minéralogique, pas d'épingles, pas de filet à insectes; il était si résolu à triompher de sa passion; mais il avait eu le tort de trouver un ingénieux prétexte pour s'arrêter.

C'était pour l'enfant, oh! uniquement pour l'enfant; puis, une fois arrêté, il avait cueilli une fleur, il n'y a pas de mal à cueillir une fleur, il n'y en a pas davantage à la comparer à ses voisines : c'est ce qu'il avait fait, une pierre singulière s'était rencontrée sous son pied, grosse comme une noix tout au plus; une pierre appartient à celui qui la trouve, M. Goblet la mit dans sa poche, elle ne s'y ennuya pas longtemps seule, un, deux, trois, quatre autres cailloux vinrent lui tenir compagnie, et se mirent à tirer tant et si bien le pan de la tunique que, pour se débarrasser de leur importunité, le docteur ne trouva rien de mieux que de suspendre son vêtement à la branche d'un niaouli.

Cinq minutes après, il avait absolument oublié son inspection et, à deux genoux, sur un rocher, s'efforçait, faute de marteau, à en faire sauter un angle avec une grosse pierre dure.

— Ne pensez-vous pas, monsieur le docteur, qu'il serait temps de continuer notre route? demanda l'aspirant.

— Ou je me trompe bien ou je suis tombé sur une veine de

quartz aurifère, répondit le savant; la Nouvelle-Calédonie n'est pas seulement le pays du fer; voyez-vous, mon cher Gaspard, on a trouvé de riches filons d'or à la vallée du Diahot.

— Le soleil est déjà haut.

— Sans doute, sans doute; laissez-le se promener s'il en a envie. Ce serait fameux de découvrir ici......

— Certainement, major; mais vous savez, le commandant de Numbo vous attend pour l'inspection.

— Quelle inspection?

— Celle de l'hôpital.

— Encore une minute.

— Je suis à vos ordres; mais.....

— Dans un pays si sain, je ne comprends pas qu'il y ait des hôpitaux. Cette diable de pierre ne vaut rien; vous n'auriez pas un marteau sur vous?

— J'en porte rarement, docteur.

— C'est juste; peste soit de la pierre! Ah! voici mon affaire.

Il se remit à travailler avec une telle ardeur, qu'il finit par enlever un fragment suffisant pour le convaincre qu'il se trompait.

— Allons, partons, fit-il, en rejetant, d'un air désappointé, la pierre sans valeur, qui lui avait coûté une partie de la peau de ses doigts.

— Voulez-vous que je vous conduise, major? demanda le surveillant.

— Volontiers, mais jusqu'à l'entrée de la vallée seulement.

— Comme il vous conviendra, mon lieutenant.

Ils redescendirent le mamelon et prirent une route sinueuse, qui les conduisit dans une superbe forêt, coupée de larges avenues dont quelques-unes avaient été ouvertes évidemment dans le but de découvrir un beau point de vue.

L'intention était si bien marquée que l'aspirant ne put s'empêcher de s'écrier :

— Mais, c'est un parc, que cette forêt vierge.

— Oui, mon lieutenant, répondit gravement leur guide; MM. de la transportation l'appellent leur bois de Boulogne.

— Un bois de Boulogne qui leur est interdit.

— Au contraire, ils s'y promènent ou y dorment tout le jour.

— Il doit être difficile de les y surveiller?

— Personne n'y songe.

— Alors, comment se fait-il qu'ils ne s'échappent pas tous? demanda timidement Louise.

— Oh! pour une bonne raison, ma petite dame, fit le douanier; la première, c'est qu'en quittant Numbo, ils ne pourraient pas quitter pour cela la Nouvelle-Calédonie, et que, par le fait de leur évasion, ils perdraient leur droit à la paresse; c'est-à-dire, à la nourriture fournie par le gouvernement à chaque transporté qui répond à l'appel.

— Ah! permettez, interrompit M. Goblet, qui avait en poche des notes fournies par l'administration pour son inspection:

« En vertu de la loi sur la déportation (22 avril et 8 juin 1850, et du décret de Versailles, du 31 mai 1872), l'État n'est tenu à subvenir à l'entretien des condamnés qu'autant que, par leurs propres ressources ou par leur industrie, ils ne peuvent pas faire face à cette dépense. »

— Et voilà pourquoi aussi aucun d'eux ne travaille, riposta l'employé, la loi dont vous parlez les laissant libres de faire, à ce point de vue, ce qui leur plaît.

— C'est une lacune, en effet, fit le docteur, en toussant légèrement, pour dissimuler l'attrapé que lui causait cette observation, à laquelle il n'avait pas plus songé que les législateurs de Versailles.

On continuait à avancer dans la forêt pleine d'ombre et de fraîcheur, vraie forêt vierge, en dépit de ses allées, au-delà desquelles la hache n'a pas pénétré et qui présente, dans toute son étendue, le plus ravissant fouillis de fleurs, de verdure, de lianes se suspendant aux grands arbres, d'entrelacements de branches, de clairières mystérieuses que puisse rêver l'imagination d'un peintre.

Arrivé au bout d'une de ces allées, et par conséquent sur la lisière du bois, le douanier étendit la main, en disant :

— Voici Numbo !

— Quel charmant enfer !

— Autrefois, on eût appelé cela un paradis terrestre.

— C'est une petite gorge sans profondeur, agréablement accidentée par le prolongement d'un léger contrefort qui, la partageant, dans toute sa longueur, en deux parties à peu près égales, descend, avec elle, doucement, vers la mer, avec ces ondulations et ces mouvements naturels de terrain qu'un jardinier paysagiste s'efforce de reproduire dans le parc d'un millionnaire amoureux de la nature.

Car, quoique en puisse dire *le Rappel*, journal des proscrits, c'est un parc véritable et délicieux que cette vallée tapissée de gazon, encadrée de forêts, ombragée de grands bouquets d'arbres ou semée de massifs d'arbrisseaux en fleurs, bombant comme des camées attachés à cet éternel velours, de couleur émeraude

Des chemins, entretenus avec soin, serpentent sur la croupe de la montagne, dont les contreforts forment la limite extérieure du camp, ou plutôt du centre des cinq groupes de baraques roses, coiffées de chaume, mises par l'administration au service des condamnés qui y demeurent, dix par dix, dans chaque *paillote*, à moins qu'ils ne préfèrent se construire, à leur guise, une demeure particulière, chaumière, cottage, villa ou château, que chacun est libre d'élever là où il lui convient le mieux.

Ce centre est demeuré, nominalement du moins, le quartier général, et c'est là que primitivement se faisait chaque jour l'appel nominal suivi de la distribution des vivres ; les condamnés n'ayant que, pendant le jour seulement, la permission de parcourir la partie ouest de la vallée. Mais les réglements ont en France et dans ses colonies le sort des constitutions, ils ne sont votés que pour être inobservés, et c'est ce qui, après quinze jours, est arrivé au décret rendu par le gouverneur, le 19 août 1872.

Ce décret n'a point été rapporté, on le retrouverait quelque part dans ces oubliettes administratives qu'on appelle *Recueil des Arrêtés;* ce qu'il y a de certain, c'est que personne ne s'en soucie et que les martyrs de la liberté, les vaincus de la Commune, les victimes de la réaction, non-seulement circulent librement, de nuit comme de jour, dans la partie primitivement interdite, mais que c'est là que presque tous se sont construit des chalets, d'où ils ne descendent au quartier-général que le dimanche, bien moins pour y répondre à l'appel que pour y recevoir gratuitement la ration de vivres hebdomadaires, grâce à laquelle ils n'ont pas à s'inquiéter autrement de ce pain quotidien que tant d'honnêtes gens ne gagnent en France qu'à la sueur de leur front.

Jusque-là les promeneurs n'avaient rencontré que l'expulsé; les citoyens transportés se promènent peu dans la forêt, ils sont peu épris des charmes du paysage, et si parfois ils pénètrent dans l'épaisseur du bois, c'est moins pour y rêver que pour y dormir au frais, quand les fumées de la boisson troublent leur cerveau et font vaciller leurs jambes.

En général, ils préfèrent tuer le temps, en jouant au bouchon autour de la cantine, dont la puissante attraction retient tous ces oisifs dans son voisinage.

Seule l'aristocratie démocratique, car Numbo a son aristocratie, pleine de morgue et de dédain, se tient à l'écart de ce troupeau de brutes, bon tout au plus à se faire tuer sur des barricades et à servir de marchepied aux chefs qui les méprisent.

Cette tourbe oisive voguait à travers la vallée, divisée par groupes, les uns étendus sur l'herbe, dormant ou fumant, les autres discutant bruyamment les questions à l'ordre du jour.

Leur figure faubourienne et sinistre n'avait rien perdu de son expression cynique et bestiale à la fois. On eût dit les abords d'un club ou la place de l'Hôtel-de-Ville à l'heureuse époque où le peuple souverain était maître de Paris.

C'était la même crânerie grossière, la même tenue débraillée, la même casquette aplatie sur le crâne, cette même populace abjecte et paresseuse, étalant ses vices au grand jour et se glorifiant de ses honteuses passions.

Quelle colonie prospère peut devenir un semblable assemblage et que la mère-patrie peut bien compter sur les travailleurs de l'avenir qu'elle a envoyés dans la Nouvelle-Calédonie!

— Ce n'est pas une colonie, avait dit M. de Lambescq, en revenant de sa visite au camp d'Uro, dans l'île des Pins, c'est un exutoire pour la France.

Qu'aurait-il pensé de la presqu'île Ducos? c'était bien pire encore.

M. Goblet n'avait pas fait vingt pas au-delà de la lisière du camp, qu'il put se faire une idée des progrès de la régénération produite par le travail sur ces natures ardentes, généreuses même, mais égarées par la souffrance que leur imposent les injustes rigueurs d'une civilisation égoïste (style des journaux radicaux).

Cinq ou six communeux disputaient sur le bord du chemin; en apercevant des uniformes d'officiers, ils s'interrompirent pour regarder d'un œil haineux ces sbires de la tyrannie, affectèrent de ne pas répondre à leur salut, et quand les promeneurs les eurent dépassés, grognèrent assez haut pour être entendus, des injures telles que celles-ci :

Capitulards, hommes de Sédan, traîneurs de sabre, décrotteurs de Trochu et autres aménités.

L'un d'eux, plus insolent encore, employa même une expression tellement ignoble, à l'adresse du docteur, que celui-ci se retournant et distinguant à sa pose l'homme qui venait de l'insulter, s'avança droit sur lui et, le prenant au collet, le secoua rudement.

L'insulteur avait la tête de plus que l'officier, des épaules carrées, des bras énormes, mais, comme tous ses pareils, il était encore plus poltron que fort; il balbutia des excuses, s'humilia honteusement, et cela sans qu'aucun de ses compagnons osât prendre son parti.

Le docteur aurait pu le conduire en prison; il se contenta d'avoir donné une leçon à ce misérable et continua sa route.

Cinquante pas plus loin, il aurait fallu recommencer, M. Goblet comprit qu'il y a des circonstances où l'on a tort d'avoir raison et feignit de ne pas entendre.

Cela ne faisait l'affaire ni du matelot, ni surtout de l'aspirant qui, volontiers, eussent dégaîné, mais le docteur commandait et il fallut obéir.

Un homme d'un certain âge, vêtu d'une longue houppelande marron et qui, la tête couverte d'un chapeau à larges bords, lisait un journal manuscrit, publié à Numbo même, et auquel ses rédacteurs ont donné le nom pittoresque de *Cancrelas*, journal de la transportation, avait remarqué, lui aussi, les étrangers, et l'accueil qui leur était fait; quand ils passèrent, il se leva, salua avec une sorte d'aisance et, s'avançant vers M. Goblet :

— Vraiment, monsieur, lui dit-il, je suis honteux de la grossièreté de tous ces gens, et si vous me permettez, je me joindrai à vous pendant votre promenade; j'ai quelque influence ici et je serai heureux de l'employer pour vous être utile.

Le docteur commençait, non pas à s'inquiéter, mais à s'ennuyer sérieusement de toutes ces insolences, il accepta la proposition faite par le philosophe : un déclassé qui, autrefois, avait été célèbre orateur d'un club, et, sans lui demander qui il était, se mit tacitement sous sa protection.

— Vous devez avoir, monsieur, une triste opinion de nous, dit le nouveau guide, en regardant le major par-dessus ses lunettes, d'un air mielleux et faux à la fois, mais permettez-moi de vous dire que vous êtes, du premier coup, tombé en plein au milieu d'un rassemblement de véritables sauvages, et cela un jour exceptionnellement mauvais; celui de la paie des coquins qui, après avoir travaillé comme terrassiers pendant toute la semaine, ne songent qu'à boire à la cantine leur pécule jusqu'au dernier centime et se trouvent en ce moment dans un état d'exaltation qui ne tardera pas à dégénérer en rixes sanglantes, dans lesquelles ces misérables brutes vont jusqu'à se déchirer à pleines dents.

— Vous êtes sévère pour les transportés, monsieur, interrompit M. Goblet.

— Non, monsieur, je suis vrai et je me suis toujours piqué de l'être. Ces malheureux manquent de toute culture intellectuelle et morale; ils appartiennent à l'écume de la population de Montmartre ou de Belleville. En les galvanisant il est possible d'en faire des lions; ils ont été admirables soldats sur les barricades, je puis le dire puisque je les commandais; mais après le combat, ils sont retombés dans leur boue, et c'est en vain que nous, les apôtres de l'idée républicaine, de cette idée destinée à transformer, un jour ou l'autre, la face de la société, essayons de les élever à notre niveau. Ils sont trop incultes, et permettez-moi de vous donner le conseil de ne pas essayer d'entrer en conversation avec eux, car il ne pourrait qu'en résulter des désagréments pour vous.

— Je m'en suis déjà aperçu, et cependant Dieu sait si aucun de nous songeait à les provoquer.

— J'en suis bien persuadé, monsieur, mais votre uniforme fait sur eux l'effet du rouge sur les taureaux; l'armée nous a peu ménagés, monsieur, et les conseils de guerre.....

— Avec cela que les insurgés nous ont bien ménagés nous, s'écria l'aspirant.

— Nous ne sommes pas ici pour entrer dans de semblables discussions, reprit le docteur, et je désire que la conversation change de sujet.

— Je ne demande pas mieux, reprit le déporté, car franchement, je suis fatigué de politique et, comme vous le voyez, je me suis réfugié dans les bras de la philosophie, qui seule peut conduire les hommes au bonheur.

— Pour ma part, je préférerais m'adresser à la religion, reprit le docteur.

— La religion, fit le philosophe, avec un profond soupir de pitié, n'en parlons plus, elle a pu faire son temps et rendre quelques services, mais à présent, c'est un vieux jouet d'enfant qu'il ne faut pas songer à laisser entre les mains d'un peuple adulte pour lequel il ne serait plus qu'une plaisanterie ou un affront.

» Heureusement que sur ce point au moins nous avons tous le bonheur d'être unanimes; plus de Dieu, plus de religion et si parmi nous il s'est trouvé dans les commencements quelques esprits étroits et rétrogrades qui, par pusillanimité, auraient consenti à écouter les paroles de n'importe quel ministre d'une religion quelconque, nous avons bientôt su nous débarrasser de ces fanatiques imbéciles, les condamner à l'isolement et au mépris, proclamer notre irrévocable résolution d'écarter ces plaisants sinistres de notre tombe comme du berceau de nos enfants et réclamer hautement la plus grande, la plus importante des libertés, la liberté de conscience.

Cette déclaration d'impiété et d'athéisme faite par cet homme qui prétendait à la sagesse, et dont la barbe et les cheveux grisonnants prouvaient qu'il avait passé l'âge de l'emportement irréfléchi glaça Louise d'effroi.

— Mon Dieu! se disait-elle, si celui-ci qui a reçu une éducation bien au-dessus de celle de ses compagnons, qui les méprise comme des sauvages et des ignorants, qui semble jouir parmi eux d'une certaine considération parle avec une telle haine de Dieu, de la religion et de ses ministres, que doivent donc être, penser et dire les autres, que doit être devenu mon pauvre mari pour demander à être interné dans une aussi abominable société?

Le docteur, lui aussi, était indigné, mais il se contint et, refouiant la colère qui commençait à lui monter au cerveau, il répliqua, d'une voix qu'il s'efforçait de rendre parfaitement calme :

— Dans la colonie de Numbo, vous n'avez alors, monsieur, ni église ni prêtre?

— Une église, proprement dite, nous n'en avons pas encore, répondit le déporté, avec un rire amer, mais cela viendra bientôt; vous voyez ce bâtiment en construction, là-bas, sur cette éminence, à côté d'une tente? c'est une prison ; après la prison viendra sans doute l'église, cela se tient : couvent et prison, prêtres et gendarmes, forteresses et défenseurs de l'ordre moral. C'est à faire hausser les épaules de pitié.

— Je vois bien la prison, mais je ne vois ni le couvent, ni l'église, et il me semble que vous êtes un peu prompt à vous emporter.

— Oh! ne plaisantez pas. Si absurde que cela doive paraître à tout homme sensé, nous sommes obligés de tolérer ici, parmi nous, monsieur, sur le dernier coin de terre qu'il nous soit permis d'habiter, un jésuite, un vrai jésuite, de ceux qu'on appelle maristes. Nous avons, bien entendu, établi, autour de ce drôle, un cordon sanitaire, et nul autre que son marmiton et son sacristain n'a le droit de lui adresser la parole ou même de lui répondre; nous le traitons comme autrefois on traitait les lépreux ; mais, je vous le demande, qui aurait cru qu'un gouvernement quelconque osât aggraver le supplice de la déportation par celui du voisinage d'un jésuite !

— En effet, cela me paraît dépasser toutes les bornes de la tyrannie, s'écria M. Goblet, qui finit par regarder son interlocuteur comme un véritable fou, atteint de ce genre d'aliénation mentale qu'on pourrait appeler la haine du prêtre jusqu'à l'absurde ou la prêtrophobie; mais il y a quelque chose qui me confond bien davantage, c'est que deux exceptions soient faites en faveur du marmiton et du sacristain du jésuite; il y a donc parmi les transportés des hommes qui consentent à remplir ces fonctions?

— Certainement, monsieur, elles sont même fort briguées, et moi qui vous parle, j'aurais fort désiré obtenir la place de sacristain.

— Vous, sacristain? fit M. Goblet, en s'arrêtant stupéfait.

— Sacristain, oui, monsieur. C'est une position des plus honorables ici, très-peu de travail et, ce que vous ignorez probablement, c'est que ces fonctions sont très-bien rétribuées : 1 fr. par jour et 46 centilitres de vin; ma foi, pour ce prix, on peut bien se résoudre à une demi-heure de corvée. Moi qui vous parle (c'était son expression favorite), je me ferais suisse, bedeau, sacristain jusqu'au bout des ongles et donneur d'eau bénite à la porte d'une église. Savoir tirer tout le parti possible de n'importe quelle position, toute la philosophie est là, monsieur.

— Alors, je plains fort les philosophes, car je ne crois pas que l'on puisse rencontrer de doctrine plus dégradante que celle dont le premier résultat a été probablement de vous plonger dans le désordre et le dernier de vous conduire ici avec vos complices, répondit le docteur, dont l'indignation commençait à déborder.

Le déporté ne s'attendait pas à cette rude bourrade; il lui était arrivé de rencontrer pas mal de jeunes militaires qui affichaient, en religion, des idées d'indépendance qu'ils croyaient de bon air, et il avait connu un chirurgien de marine, qui se faisait gloire de ne croire à rien; il en avait conclu que tous les docteurs devaient être de parfaits incrédules, ennemis nés des jésuites, et en tâchant de se rendre utile et agréable à la fois aux promeneurs, il avait bien moins pour but de rendre service à des marins, qu'il détestait à l'égal du missionnaire et des gendarmes, que de capter leurs bonnes grâces pour faire ensuite appuyer par eux une demande qu'il avait à présenter au commandant-gouverneur de la presqu'île.

A la réponse plus que brusque du docteur, il comprit, un peu tard, qu'il avait fait fausse route; mais il pensa qu'il était encore temps de revenir sur ses pas, et sans avoir l'air de s'offenser de ce

que les paroles de M. Goblet pouvaient renfermer de personnelle-
ment blessant, il se prit à sourire de son sourire faux, et comme
si la conversation eût continué le plus naturellement du monde, il
poursuivit, en montrant la cantine :

— S'il y a quelques bons métiers dans Numbo, voici bien certainement le plus lucratif.

— Dans l'île de la Philosophie, cela ne m'étonne pas, fit le docteur, d'un ton ironique.

Comme s'il ne comprenait pas l'allusion, le condamné continua :

— Oui, c'est un métier d'or, et le cantinier actuel a déjà réalisé
une superbe fortune.

Comme à Uro [1], dans l'île des Pins, reprit l'aspirant, j'y étais, il
y a quelques jours, et l'on m'a affirmé qu'un certain Pilu, cantinier
du camp, encaissait chaque mois un bénéfice net de 10,000 fr., c'est-
à-dire le tiers de ce que l'administration y verse en salaire.

— En attendant, voici une douzaine de malheureux qui s'assom-
ment à coups de bouteille, interrompit M. Goblet, avec dégoût.

— Les jours de paie, c'est toujours ainsi, reprit leur guide, mais
si vous permettez, je vais vous conduire par ce sentier jusqu'au
bord de la mer, et de là je vous ramènerai, par l'avenue, au grand
hôpital; j'ai encore bien des choses à vous montrer.

— Allons, dit le docteur.

[1] On pourrait croire que toutes ces conversations sont purement imaginaires, cependant si incroyables qu'elles soient, elles sont la peinture exacte
des sentiments des déportés, et de la vie qu'ils mènent dans l'enceinte fortifiée.

CHAPITRE X

Les ouvriers de la transportation

La baie de Numbo se creuse dans la presqu'île Ducos, à peu près à moitié de sa longueur, une échancrure régulière, profonde, tapissée de coraux et de mousse sans cesse baignés par une eau profonde, limpide comme le cristal, dans laquelle se jouent des myriades de poissons aux formes les plus bizarres, revêtus de cuirasses aux couleurs étincelantes.

Assis sur le bord des rochers, plusieurs transportés, plus sages que leurs compagnons, s'occupaient à y pêcher à la ligne, et l'abondance du butin entassé dans des paniers de joncs tressés, que les Canaques excellent à fabriquer, aurait pu prouver aux plus incrédules que ces misérables esclaves jouissent de beaucoup plus de loisirs qu'on ne pense et savent en profiter pour améliorer singulièrement leur régime ordinaire.

Louise se souvenait de la passion de Vincent pour la pêche à la ligne et des longues après-midi des dimanches qu'elle avait passées, assise sur les bords gazonnés de la Marne, à le voir immobile et silencieux, suivre d'un œil attentif les moindres oscillations du bouchon entraîné par le courant.

Il lui aurait paru tout naturel de le rencontrer en cet endroit, puisque ce jour-là les ateliers semblaient déserts, et qu'avec ses goûts il devait être bien plus agréable pour lui de se livrer à son occupation favorite, que d'aller dépenser son argent à la cantine, ou se mêler aux disputes, voire même aux rixes que l'ivresse ne peut pas manquer d'exciter entre des gens grossiers, blasés sur toute espèce de plaisirs autres que ceux de la bouteille.

A la manière dont elle examinait tout autour d'elle, cherchant à reconnaître chaque pêcheur, M. Goblet s'aperçut facilement de sa préoccupation.

— Qui cherchez-vous? lui demanda-t-il.

— Je pensais, répondit-elle, que mon mari pourrait être ici.

— Votre mari, fit le guide étonné ; comment se nomme-t-il ?

— Vincent.

— Est-ce un employé ou un transporté ?

— Un transporté, condamné à la déportation simple.

— Mais qui a demandé à ce que sa résidence fût fixée à Numbo, reprit le communeux.

— C'est cela même ; le connaîtriez-vous ?

— Parfaitement ; c'est un de mes meilleurs amis.

— Oh! vraiment! Alors, vous savez probablement où je pourrai le rencontrer ?

— Certainement; mais pas ici.

— Aurait-il quitté Numbo? continua-t-elle, avec anxiété.

— Non, vraiment, et il n'y songe pas. Souvent il vient ici, se promener avec moi, au bord de la mer; aujourd'hui, il est à l'hôpital.

— Ah! mon Dieu, serait-il sérieusement malade ?

— Pas le moins du monde; seulement, il a eu la chance d'obtenir une place d'infirmier, ce qui lui donne droit à la haute paie et à un quart de vin, sans qu'il ait pour cela fort à faire, car le climat est excellent, et s'il est retenu aujourd'hui à son poste, c'est que, paraît-il, le gouverneur a fait annoncer une inspection à laquelle tous les employés, depuis le médecin jusqu'au dernier employé, doivent assister.

— L'hôpital est-il éloigné?

— Nous y serons dans un quart d'heure tout au plus; vous voyez cette avenue? elle conduit tout auprès.

L'avenue dont parlait le déporté est une large et belle allée plantée de pandanus, alternant avec des platanes trop jeunes encore pour fournir beaucoup d'ombre, mais qui, dans quelques années, formeront une promenade magnifique, coupant à peu près en deux parties égales le cantonnement de Numbo par une large bande de verdure pleine de fraîcheur.

— Comment nommez-vous cette avenue? demanda le docteur à son guide.

— Je ne sais quel nom lui a imposé le gouvernement, répondit le vieux déporté, sans doute allée Thiers, ou cours du Président, car la flatterie prodigue ces appellations qui nous sont odieuses. Nous, qui n'avons rien à voir à ces grotesques prétentions des Versaillais et de ce soi-disant président d'une république dont le seul titre à notre affection est de s'être souillée du sang le plus pur des vrais républicains, nous lui donnons le nom d'AVENUE DU 18 MARS. Ce nom, vous le comprenez, ne doit pas être mentionné dans les rapports officiels envoyés au petit vieillard asthmatique, qui s'intitule notre vainqueur! Mais, qu'il fasse ce qu'il voudra, l'avenue du 18 Mars durera plus longtemps que la monarchie autocratique du petit Adolphe, et qui sait si un jour prochain, quand on aura jeté par terre ce vaniteux fétiche, l'ex-président ne viendra pas promener ses loisirs dans notre île, pendant que ceux qu'il y a envoyés mourir loin de leur patrie, viendront s'installer dans ce palais de la rue Saint-Georges, que le faux républicain a su faire construire aux frais de la nation; qui sait si.....

— Pardon, si je vous interromps, monsieur, fit le docteur, mais je désire que la conversation ne se continue pas sur ce ton; nous ne sommes pas ici pour faire de la politique, et le moment est mal choisi pour soulever des questions sur lesquelles il nous serait impossible de nous entendre.

Le condamné avait intérêt à ménager le docteur, il ne répondit pas, se contentant de faire sauter les cailloux avec le bout de sa canne, comme si les paroles de l'étranger ne s'adressaient pas à lui et entra dans l'avenue.

Pendant quelques instants la promenade se poursuivit silencieuse, mais bientôt de nouveaux sujets d'observation vinrent piquer la curiosité du médecin.

Le premier objet qui frappa son attention fut un atelier de cordonniers qui, assis devant une grande paliate, située presque vers le milieu de la longue allée, cousaient ou taillaient des chaussures en cuir jaune, en chantant quelques-unes de ces chansons, dont les échos des barrières de Paris répètent si souvent les refrains grivois.

A la vue des étrangers, les ouvriers cessèrent à la fois de tirer l'alène et de chanter, pour regarder avec une curiosité tant soit peu moqueuse, mais sans grossièreté, les visiteurs, que quelques-uns d'entre eux, sans doute parce que M. Goblet était accompagné de l'un des leurs, daignèrent saluer.

Le docteur n'était pas habitué à tant de politesse; il répondit gracieusement au salut et s'approcha pour examiner, moins l'ouvrage que les travailleurs.

Presque tous étaient Parisiens ou du moins étaient établis à Paris à l'époque de la Commune, à laquelle la corporation de Saint-Crépin, en dépit de ses habitudes essentiellement sédentaires, se trouva mêlée d'une manière particulière et fournit un si grand nombre d'orateurs et de soldats.

Corps essentiellement progressif, aucun métier ne s'était montré plus avancé en républicanisme, et c'était de son sein qu'étaient sortis les Gaillard père et fils qui, de l'échoppe du savetier, avaient passé aux plus hauts grades et quitté le tablier de cuir pour revêtir les brillants costumes de colonels du génie, directeurs des barricades.

Tous, du reste, paraissaient parfaitement satisfaits de leur sort, et au fait, de quoi auraient-ils eu à se plaindre? point de patente à payer, de concurrence à craindre, de logement à se procurer, de vêtements à acheter. Là, tout était assuré, et si peu que l'on voulût travailler pendant un ou deux jours, le reste de la semaine il restait assez d'argent pour aller boire et s'amuser.

Cela n'empêchait pas que ces mêmes ouvriers ne fissent de la politique à leur manière, politique des plus avancées on peut croire, et dont le fameux journal *Cancrelas* était le principal organe.

Volontiers le chef de l'atelier parisien eût exposé ses belles théories au docteur, mais celui-ci eut le soin de maintenir la conversation sur le terrain pratique, et termina sa visite en demandant comment il se faisait que les ouvriers cordonniers fussent si assidus au travail pendant que les terrassiers, les fondeurs et autres célébraient le lundi avec une si touchante unanimité.

Cette question excita un sourire de mépris du communeux.

— Ces gens-là et les ouvriers de la cordonnerie font deux, dit-il, d'un ton suffisant, et c'est précisément parce que les terrassiers et autres déportés de la lie du peuple chôment le lundi que les cordonniers travaillent afin de n'avoir pas à se compromettre avec ce que nous appelons nos *frères sauvages.* Certes, il faut respecter la grande loi de l'égalité et de la fraternité, et un jour viendra certainement où l'instruction passera son niveau sur toutes les classes, mais pour le moment, l'abîme qui nous sépare est trop profond pour que nous puissions songer à le combler.

Cette prétention des cordonniers à l'aristocratie aurait pu prêter à la plaisanterie, si le docteur n'eût pas craint de renouveler les discussions politiques et, sans faire aucune remarque, il se contenta de demander s'il n'y avait pas d'autres ateliers.

— Les ateliers sont ce qui manque le moins, reprit le déporté, de ce ton à la fois caustique et goguenard qui paraissait lui être habituel; nous avons des terrassiers, des maçons, des agriculteurs, des forgerons même, car je crois que nous possédons ici autant d'industries que de partis.

— Ah! en effet, j'ai entendu parler de l'usine du citoyen Assi, s'écria l'aspirant de marine.

— Fameuse usine et fameux directeur! repartit le déporté qui, évidemment, ne professait pas plus d'estime que d'amitié pour ce héros de la Commune. Ce drôle qui n'a jamais été bon qu'à organiser les grèves, c'est-à-dire, la désorganisation, s'est mis dans la tête de se faire ici chef d'atelier et d'exiger que ses ouvriers se livrassent à un travail assidu pour sa plus grande gloire. Vraiment il n'aurait plus manqué que cela, mais les camarades lui ont prouvé qu'ils ne le prenaient pas plus au sérieux qu'il ne le mérite. Ils se sont mis en grève et ils ont bien fait; lui, alors, s'est adressé à l'autorité pour les faire punir, et nous a donné en cela la mesure de sa moralité, aussi pour lui témoigner l'indignation que nous inspirait sa conduite, l'avons-nous mis en quarantaine.

— En cela, il n'a eu que ce qu'il mérite, reprit le docteur; mais, où donc est son usine?

— Vous avez passé devant sans vous en douter et sans que j'aie pensé à vous la montrer, oubli dont je suis d'autant plus fâché qu'à la fois vous eussiez vu la misérable baraque intitulée si pompeusement usine et son fameux directeur, juste au commencement de l'avenue, la première paillote à gauche.

— N'était-ce pas une cabane couverte en chaume, devant laquelle, la tête sur le coude, se tenait un détenu d'un certain âge, au visage pâle et d'une physionomie très-hautaine?

— C'est bien cela, et l'homme n'était autre que le citoyen Assi. Ce monsieur, le déporté appuya sur cette expression, se souvient d'avoir été quelque chose, et il est triste de n'être plus rien. Ma foi, cela se comprend; mais, vous, vous comprenez aussi que nous ne sommes pas faits pour servir de marchepied à son ambition.

— J'aurais été curieux de le voir, observa M. Goblet; il y a de véritables maladies morales, dont ceux qui en sont atteints ne sont pas des sujets moins intéressants pour la médecine que les malades atteints d'infirmités physiques.

— Et certes vous auriez été bien reçu, repartit le déporté, reçu à bras ouverts.

— Je ne suppose pas que ce soit à cause de notre conformité d'opinions.

— Les opinions d'Assi, quelles sont-elles? Personne, assurément, ne pourrait le dire. Cet homme n'aime que lui ; prodigieusement orgueilleux, il recherche passionnément tout ce qui peut le distinguer du vulgaire. Il était à la tête de la Commune, parce qu'il ne pouvait pas se créer une autre position. Dans le fond, ce n'est qu'une nullité vaniteuse, comme les Cluseret, les Bergeret, les Gaillard, les Verdure, les Vermorel, les Rochefort et tous ces hypocrites, dont le seul but est de faire du peuple le marchepied de leur ambition.

— Vous avez une triste opinion de vos chefs.

— J'en ai l'idée qu'ils méritent ; ils nous ont trompés, et si jamais la République triomphe, tous ces exploiteurs seront pendus par les nouvelles couches sociales.

Le docteur ne répondit pas, mais lui et Louise ne purent pas s'empêcher de penser que ce n'était pas à Numbo qu'il fallait venir pour trouver la réalisation de cette fameuse devise : Liberté, égalité, fraternité, que la République inscrit à profusion sur tous les murs, mais que les républicains vainqueurs ou vaincus, bannissent avec tant de soin de leur cœur.

Tout en causant, les promeneurs continuaient à remonter l'avenue qui, en cet endroit, traversait un champ d'un hectare, à peu près défriché, c'était tout le travail agricole exécuté jusque-là par un millier de détenus.

Sauf un carré, semé en radis, dans cette portion du défrichement, tout le reste attendait d'être ensemencé.

13.

— Voici le jardin potager de l'hôpital, fit le cicérone, en haussant les épaules; le gouvernement a voulu lésiner avec nous, et voici quel est le résultat de son avarice. Nous nous repentons même d'en avoir tant fait.

— Vraiment, les autorités n'ont pas voulu faire d'avances?

— Allons donc, elles se sont montrées ridicules. Figurez-vous qu'il était convenu que le jardin aurait deux hectares. Le terrain est excellent, facile à travailler, c'est vrai, aussi ne nous étions-nous pas montrés difficiles. Quelques-uns d'entre nous, désireux de s'occuper, firent un devis des plus raisonnables et présentèrent un projet par lequel nous nous engagions à créer, à la sueur de notre front, le jardin demandé, à condition que le gouvernement nous fournirait les outils, les charrues, les bœufs et verserait entre nos mains la modique somme de 104,000 fr.

— Vous dites?

— Cent quatre mille francs, monsieur.

— Mais, c'est énorme; à 500 fr. par hectare, je me charge de faire défricher et mettre en culture, n'importe quel terrain en France.

— Oh! assurément, il n'y a pas un colon qui ne le fît, en effet, pour 1,000 fr.; mais, nous ne sommes pas des colons, monsieur, de vulgaires terrassiers, nous sommes des ouvriers parisiens, voici ce qu'il ne faut pas perdre de vue. Nous avons droit au travail, mais nous prétendons fixer nous-mêmes notre salaire, et ce salaire, vous le comprenez, doit être en rapport, non pas avec l'ouvrage accompli par nos bras, mais à notre position et au degré de notre intelligence.

— En sorte que le gouvernement n'a pas été de cet avis et qu'il a lésiné, comme vous dites.

— De la manière la plus honteuse. Il a fait entreprendre le travail, tant à la journée qu'à la tâche. Voici le résultat obtenu; il en a déjà coûté plus de 30,000 fr. au trésor, et le premier hectare n'est pas encore préparé pour recevoir les semences. Ajoutez en outre que depuis six mois nous avons un agent salarié qui touche 3,500 francs pour surveiller les cultures. Son travail n'est pas exorbitant, vous comprenez, mais il émarge avec une régularité exemplaire, en sorte que jusqu'ici, chaque radis, recueilli dans ce jardin, revient de 20 à 25 fr. au gouvernement. Pour peu que cela continue, vous sentez ce que coûtera la colonie-modèle inventée par les Versaillais.

— A ce compte, il vaudrait infiniment mieux confier le défrichement à des agriculteurs venus du dehors, ou au besoin à des Canaques mêmes, que l'on dirigerait dans leur exploitation, remarqua l'aspirant; ce serait infiniment moins coûteux.

— Ou bien, et l'on y gagnerait encore davantage, faire cadeau du sol cultivable à des missionnaires qui, comme à la Conception, y construiraient une église et feraient de cette vallée une ferme-modèle, comme celles qu'ils ont déjà créées, sans ressources aucunes et sans subvention de la part du gouvernement, à l'île des Pins ou au Pont-des-Français.

— Parbleu, voilà qui est bien trouvé, s'écria le déporté, que le seul mot de prêtre ou de religion avait le secret d'exaspérer; nous ne demanderions pas mieux que de laisser ce vieux morceau de fer rouillé aux jésuites ou autres moines, et de les y expédier même de toutes les parties du monde pour y importer, avec la superstition et l'intolérance, leur amour du travail et leurs industries. Ce sont des animaux malfaisants qui ont le talent de s'établir partout, de s'y implanter, de défricher les terrains les plus infertiles, d'y asservir les populations, de dompter, par leur ruse, les sauvages les plus féroces. Ces gens-là sont la plaie de l'humanité, une lèpre qui prend partout et sur tout. Je les ai vus à l'œuvre dans une forêt inhabitée et dans des landes empoisonnées par des exhalaisons marécageuses, en France, dans un territoire qu'on appelle les Dombes. Quand je sus qu'ils y avaient été envoyés, j'eus la simplicité de m'en réjouir, pensant que ceux-là du moins mourraient de là fièvre comme tous ceux qui avaient essayé de s'établir en cet endroit. Eh bien! savez-vous ce qui est arrivé?

— Ils ont fondé une ferme-modèle, fit le docteur.

— Tout juste, monsieur, et deux années après, ayant eu, moi qui vous parle, l'occasion de visiter le pays, je les retrouvai parfaitement installés dans de grands bâtiments, qu'ils avaient construits de leurs mains, autour d'une superbe église. La forêt était devenue un parc où ils se promenaient en méditant, des prairies remplaçaient les bruyères, les blés jaunissaient là où jusqu'alors il n'y avait eu que des ajoncs; les eaux aménagées, au lieu de croupir dans des mares, formaient des étangs, ou se déversaient en ruisseaux faisant tourner des scieries, et fertilisant de vastes jardins où mûrissent les plus beaux fruits de la contrée.

— Cela ne m'étonne pas, j'ai vu la même chose à Sénanque, à Staouelli, à la Grande-Chartreuse, partout où ces pionniers, aussi habiles que courageux, se sont établis, remarqua le docteur, et je ne comprends pas trop que vous et les vôtres, qui prêchez sans cesse la fraternité et ne rêvez que les associations ouvrières, puissiez vous scandaliser de la réussite obtenue par une réunion de frères, dont l'association, rendue productive par le zèle et la charité, sont le seul et le plus parfait modèle du rêve républicain.

— Parce que ces gens-là ne sont que d'odieux hypocrites, qu'ils font reculer les progrès de l'humanité, monsieur, repartit vivement le déporté, que leur prétendue fraternité sert de voile au despotisme le plus outrageant pour l'humanité, et enfin qu'ils enracinent dans les esprits la religion et le respect à l'autorité, odieuses superstitions que tout citoyen digne de ce nom doit haïr et combattre de toute sa puissance.

— Assez comme cela, monsieur, interrompit M. Goblet; s'il était besoin de justification à la condamnation qui vous a frappés si justement, vous et vos pareils, vos paroles suffiraient et au-delà pour prouver que la société, dont vous êtes les ennemis, a bien fait de vous rejeter de son sein. Quelques-uns d'entre vous peuvent n'être que de dangereux rêveurs, mais la plupart sont des scélérats qui se sont souillés des crimes les plus abominables. Votre prétendue philanthropie ne cache qu'un égoïsme profond et obstiné. Vainqueurs, vous vous dévoriez à Paris ; vaincus, vous vous déchirez à Numbo, sur la grande Terre et à l'île des Pins. Vous prêchiez l'égalité et il suffit d'une conversation d'une demi-heure pour découvrir chez vous l'esprit de caste le plus puéril en même temps que le plus obstiné. Vous haïssez ceux qui ont été vos chefs, vous méprisez ceux que vous nommiez vos soldats ; vous réclamez le travail comme un droit et vous organisez la ligue de la paresse ; vous faites sonner bien haut les mots de progrès ou de tolérance et vous chassez comme un paria quiconque a le courage d'écouter la voix de sa conscience ; vous professez un mépris profond pour les prêtres qui, mus par une admirable charité, ont tout quitté pour se dévouer à l'instruction des classes ignorantes ou perverties, et vous ne rougissez pas de briguer les fonctions de sacristain ou de bedeau, parce que ces fonctions rapportent 1 fr. 50 et 46 centilitres de vin. Je vous plains de votre ignominie dont vous ne paraissez pas même vous apercevoir, mais je ne puis consentir à pactiser avec des sentiments aussi vils. Bonsoir, monsieur ; je ne sais pas votre nom, le plus grand honneur que je puisse vous faire, est de ne pas vous le demander.

Après la bourrade ou plutôt le coup de boutoir du docteur, fatigué des théories absurdes et des opinions malsaines du déporté, il semblait que celui-ci eût pu se tenir pour dit que sa conversation et sa société commençaient à devenir désagréables aux promeneurs, dont il s'était constitué le guide ; mais, comme en offrant ses services son but était loin d'être désintéressé, il se contenta de courber la tête comme un matelot qui, attaché à la planche sur laquelle il s'efforce de gagner le rivage, s'y cramponne plus fortement à chaque fois qu'une nouvelle vague menace de l'arracher à son dernier espoir.

Dans le cours de sa vie singulièrement agitée, ce philosophe de l'égoïsme et de l'incrédulité avait vu bien d'autres orages; comme Victor Hugo, son poète favori, il ne croyait qu'à la fatalité, et s'il se drapait dans ce qu'il appelait son martyre, pour bien se poser parmi ses compagnons de transportation, il savait aussi se débarrasser de ses convictions et de son héroïsme républicain, quand il croyait ce changement à vue nécessaire pour l'exécution de ses projets.

Au lieu donc de se retirer, il abaissa si subitement de ton, qu'il était évident que, volontiers, il aurait affecté les dehors de la piété la plus tendre, s'il ne s'était déjà trop gravement compromis pour pouvoir revenir sur ses pas.

Personne ne remarqua avec plus de dégoût l'avilissement de cet homme que Louise, qui l'écoutait et l'observait en silence, devinant dans son cœur de femme les funestes influences de ce misérable sur son mari.

Elle ne se rappelait plus son nom, elle aurait même été fort empêchée de dire où elle avait rencontré l'homme; mais si vague que fût son souvenir, elle était certaine de l'avoir vu quelque part en compagnie de Vincent, soit dans les rues de Paris, pendant l'émeute, soit dans les prisons de Versailles, soit au Conseil de guerre.

Lui-même connaissait évidemment Vincent puisqu'il avait pu donner des renseignements précis sur sa position, son emploi, ses occupations; mais, qui était-il? Sans doute il ne tenait pas à révéler son nom, celui de quelque communard fameux, probablement à en juger, du moins, par la manière méprisante dont il parlait des anciens chefs. On sentait dans les jugements sévères qu'il portait sur eux moins l'indignation d'une âme honnête, révoltée par leurs crimes, que l'amertume d'un rival, dont l'ambition n'avait pas été assouvie.

L'ouvrière aurait fort désiré savoir à quoi s'en tenir sur ses soupçons, malheureusement le docteur, qui seul aurait pu adresser une
question au déporté, paraissait se soucier très-peu de son individua-
lité, et l'on arriva tout auprès de l'hôpital sans qu'aucun indice
certain n'eût pu la mettre sur la voie.

C'est au fond de la vallée de Numbo, sur le replis le moins élevé
de la montagne, qu'a été construit ce bâtiment, admirablement ap-
proprié, par son architecture et par sa position, à la destination qui
lui a été assignée.

Percé de nombreuses fenêtres, qui s'ouvrent sur un charmant panorama, ce petit édifice, dont les salles ne renferment pas plus de
15 à 20 lits, presque toujours inoccupés par suite de la salubrité
exceptionnelle du climat, est comme baigné dans un air pur et vivi-
fiant, toujours imprégné des émanations salines de la mer et des
âcres senteurs des pins, dont un épais rideau couvre en arrière les
flancs de la montagne en le protégeant contre les vents du nord.

Un Anglais, amateur de villégiature ne saurait trouver pour sa
villa un site plus ravissant; des fenêtres, la vue, d'un côté, s'étend
sur une mer sans bornes, moirée d'azur et d'argent, dont les longues vagues, déferlant sur la lointaine couronne de récifs qui entourent la Nouvelle-Calédonie, font entendre cette harmonie gran-
diose, qui ne se tait ni jour ni nuit; de l'autre, elle glisse, en
passant sur l'île de Nou, habitée par les forçats, et va se reposer sur
les montagnes accidentées de la grande île, dont les pitons rougeâtres émergent d'un océan de sombre verdure, prenant à chaque instant du jour une physionomie différente, selon qu'ils sont diversement éclairés.

Du côté de la forêt, le paysage plus limité n'est pas moins sédui-
sant : ici la noire colonnade de sapins aux troncs lisses, au feuillage bleuâtre; là un fouillis d'essences diverses, pandanus aux larges feuilles en éventail, cactus difformes, hérissés de longues épines,
mais couverts de fleurs éblouissantes, lianes opulentes, festonnant

les longs rameaux desséchés de quelque vieux géant destiné à s'a-
bîmer bientôt sous le poids de sa parure d'emprunt.

L'œil s'égare dans les clairières profondes avec une indicible
émotion, on se sent transporté dans un monde nouveau. Pour peu
que la lumière aille s'affaiblissant sous ces arches de feuillages, l'i-
magination ne tarde pas à les peupler d'animaux fantastiques, gam-
badant sous la ramée ou rampant sous les hautes herbes, sans cesse
agitées par la brise, et l'on comprend que du chevet où repose sa
tête, le malade, à travers le demi-sommeil de la convalescence,
puisse évoquer devant lui une de ces scènes de chasse, auxquelles
Gabriel Ferry, le grand peintre de la nature vierge, aime à donner
pour cadre les pampas de l'Amérique ou les forêts inexplorées du
Mexique.

En ce moment, cependant, l'heure était peu favorable à ces poétiques illusions, il ne s'agissait ni de tigre à la robe rayée de noir et
de jaune, ni de hardi cavalier à l'éclatant puncho, ni de trappeur
armé de sa carabine, dont la balle ne s'égare jamais. C'était le jour
de la visite du médecin, et plus de 50 déportés, réunis devant la
porte, attendaient sa venue.

— Voici des gaillards qui, s'ils sont malades, n'en ont certes pas
l'air, fit M. Goblet, en se tournant vers l'aspirant.

— On dirait plutôt une bande de fainéants et d'ivrognes, répondit celui-ci.

— Et l'on ne se tromperait pas beaucoup, murmura le déporté, de
manière à n'être pas entendu des prétendus malades.

— Alors, que viennent-ils faire ici?

— Chercher de l'eau-de-vie camphrée; nous avons mis la médecine Raspail en honneur ici.

— Sans doute pour rendre honneur à ce grand praticien de la
Commune, repartit le docteur, et pour s'en frotter après s'être battu
à coups de poing.

— Pas précisément, monsieur, ces braves gens n'emploient l'eau-
de-vie camphrée qu'à l'intérieur.

— A l'intérieur? Mais, il y a de quoi les brûler vifs.

— Oh! non, leurs gosiers sont doublés de ferblanc, et comme il est défendu de vendre de l'alcool à la cantine, faute de mieux, ils viennent se procurer ici un petit verre de leur liqueur favorite.

— Au fait, observa l'aspirant, qui avait fait un voyage à Saint-Pétersbourg, j'ai souvent entendu dire en Russie que les allumeurs de reverbères ne se font pas faute de boire l'alcool mêlé à l'essence de thérébentine dont, faute de gaz, on se sert là-bas pour éclairer les rues, et.....

Un double coup de cloche interrompit le marin et une clef grinça dans la serrure au moment où le docteur allait sonner à la porte.

D'ordinaire, c'était à ce moment une bousculade générale; les buveurs d'eau-de-vie camphrée, craignant sans doute d'être privés de leur ration si, en présence des officiers étrangers, ils ne se conduisaient pas convenablement, se rangèrent avec un certain ordre, pour laisser le passage libre, et portèrent la main à leur casquette.

La crainte du Seigneur est le commencement de la sagesse.

Les deux marins entrèrent, suivis de leur guide, qui ne les quittait pas d'une semelle.

A la porte de la salle, le médecin de semaine les attendait; depuis la veille, il avait été prévenu de l'inspection; deux infirmiers, choisis parmi les déportés, se tenaient près de lui.

Vincent ne s'y trouvait pas.

Cette fois, Louise éprouva un serrement de cœur inexprimable; il était donc dit que nulle part elle ne le rencontrerait.

Le soupir qu'elle poussa émut le bon docteur.

— N'avez-vous pas d'autre aide? demanda-t-il à son inférieur, après avoir répondu à son salut.

— Pardon, major, j'en ai un troisième, occupé en ce moment à préparer un médicament pour un fiévreux; il est de service pour la journée.

— Un condamné aussi ?

— Oui, major.

— Et vous le nommez ?

— Vincent.

— C'est bien ; faites-le remplacer ; j'aurai besoin de lui aujourd'hui, et demain il reprendra son tour.

— A vos ordres, major. Vitu, allez le remplacer, et dites-lui de venir sur-le-champ.

L'instant d'après, d'une sorte de cabinet placé au bout de la salle, sortit un homme, jeune encore, assez proprement vêtu et portant le tablier d'infirmier.

D'abord, il n'aperçut pas la femme, qui se tenait en arrière des deux officiers, et il s'avançait sans trop savoir ce qu'on lui voulait, quand M. Goblet, se retournant vers Louise, lui dit :

— Est-ce votre mari ?

La pauvre femme tenait Germaine entre ses bras ; elle était pâle et elle tremblait comme une feuille.

Elle ne répondit pas ; mais, faisant quelques pas, elle s'écria :

— Vincent ! mon cher Vincent !

Le cœur n'était pas mort chez lui ; à ce cri, il s'élança, les mains en avant, pour embrasser sa femme et sa fille.

Pendant qu'ils se serraient dans les bras l'un de l'autre, son regard tomba sur le guide, qui l'examinait d'un air railleur.

Il n'en fallut pas plus pour arrêter son élan ; sa physionomie prit une expression embarrassée, on eût dit qu'il ressentait de la honte de son premier mouvement.

— Vous pouvez sortir avec votre femme et votre fille, et causer avec elles ; ce soir, à cinq heures, vous vous retrouverez ici, j'aurai à vous parler, reprit M. Goblet, sans se douter de ce qui venait de se passer. Maintenant, docteur, je suis à vous ; commençons notre inspection. Avez-vous beaucoup de malades ?

— Trois seulement, major ; un fiévreux en convalescence, une rougeole bénigne, et un pauvre diable qui s'est cassé le col du fémur en tombant, il y a trois jours, du haut d'un rocher, au bord de la mer.

— Nous allons les voir; êtes-vous satisfait de votre personnel? et particulièrement de l'aide que je viens de faire remplacer?

— Dois-je répondre devant ces personnes? fit le médecin, en désignant le second aide et le guide.

— C'est juste; éloignez votre aide. Vous, mon ami, vous pouvez vous retirer, je n'ai plus besoin de vos services.

— J'en aurais un à vous demander, major.

— Pas à présent; retrouvez-vous ici à cinq heures, ce soir, avec les autres.

— Merci, monsieur, fit le déporté, en sortant.

— Je vous demande pardon, major, de l'observation que je me suis permise; mais ce Vincent, sur lequel vous me demandiez des notes, est un ami du condamné que vous avez amené avec vous, et qui n'aurait pas manqué de lui rapporter ma réponse.

— Vous connaissez cet homme?

— Parfaitement; c'est un des plus mauvais d'entre les déportés, un individu doué de beaucoup d'intelligence et d'encore plus de méchanceté, un hypocrite qui fait le plus grand mal dans le camp, où il a acquis, je ne sais comment, beaucoup d'influence, et qui finira par perdre ce pauvre Vincent, bon dans le fond, mais faible, vaniteux et se laissant mener par le bout du nez.

— Et vous appelez ce meneur?

— Paul Beslier, condamné à perpétuité à la déportation dans une enceinte fortifiée.

— Ce monstre qui, avec Maubernard.....

— Précisément, major.

— Alors, je ne m'étonne plus de certaines théories que..... Enfin, n'importe, faisons notre besogne; voilà sans doute votre fiévreux?

Pendant qu'ils s'occupaient de leur inspection, au dehors, Vincent
et Louise, réunis après une année de séparation, se trouvaient en
face l'un de l'autre, dans cette disposition d'esprit qui n'est ni joie
complète, ni encore moins attrape, mais une sorte d'étonnement
tout à la fois joyeux et embarrassé, où l'on parle de rien, faute de pouvoir
parler de tout, où les mots manquent aux lèvres, où les sentiments
trop pressés semblent hésiter dans le cœur, moments charmants
qu'on appelle bonheur du retour, mais auxquels il faut un moment
pour s'habituer et qui demandent, pour produire leur effet, un certain apaisement de toutes ces émotions tumultueuses.

En pareil cas, la solitude est le premier besoin de ceux qui se re-
trouvent après une longue absence, les témoins sont gênants et im-
portuns, les indifférents sont de trop mêlés à l'effusion de sentiments égoïstes à force d'être intimes; le bruit, le mouvement même
troublent et gênent, et volontiers, instinctivement, chacun serait
porté, dans de pareilles circonstances, à répéter avec le poète :

Je hais le vulgaire profane et je l'éloigne.

Pour Louise et pour Vincent, cette nécessité de la solitude était
plus impérieuse encore; ils avaient tant à se dire, et déjà le regard
de l'odieux Beslier avait jeté un si grand trouble dans le cœur du
déporté, qu'aussitôt sorti de l'hôpital, il avait pris sa femme par la
main, sa fille dans ses bras et s'était, pour ainsi dire, enfui avec
elles vers le bois pour y cacher son trésor à tous les yeux et s'y
abandonner, seul dans le silence profond de la forêt vierge, aux
émotions inconnues qui agitaient son âme, oppressaient sa poitrine
et faisaient jaillir des larmes de ses yeux.

Là, un moment ils avaient marché en silence, mettant entre eux
et le monde extérieur toute une barrière de lianes fleuries, jusqu'à
ce qu'ils fussent arrivés à une petite clairière, citadelle de verdure
ombragée par un large banian impénétrable au soleil, au pied du-

quel ils s'étaient arrêtés, les pieds dans la mousse profonde, invisibles au reste du monde, ne voyant, ne voulant voir qu'eux-mêmes.

Alors seulement Vincent le condamné s'était senti revenu le Vincent d'autrefois, le Vincent du bois de Versailles ou des fraîches prairies de Marenil, son cœur de père s'était réveillé en lui et, dévorant sa fille de caresses, il avait fait asseoir sur le tapis émeraude sa Louise auprès de lui, et elle, charmée de son bonheur, le regardait sans oser parler, toute baignée de larmes, pendant que, rayonnant de joie, il embrassait sa Germaine et passait sa main amaigrie dans les boucles soyeuses de la chevelure de l'enfant qui, à demi-effrayée, se laissait faire sans résister, mais examinait le déporté avec ses grands yeux noirs de gazelle effarouchée.

Pour la première fois, Louise n'était pas jalouse de l'affection de sa fille; en ce moment, elle aurait voulu qu'elle l'oubliât pour son père et, de sa plus douce voix, elle lui répétait :

—Embrasse-le bien fort, ma chérie, c'est papa que nous sommes venues chercher, papa qui t'aime tant.

— Comme elle est belle, comme elle a grandi, murmurait Vincent, en la contemplant avec orgueil.

Puis, reportant son regard sur sa femme :

— Toi, disait-il, avec émotion, tu as bien souffert, ton visage en porte la trace; il ne fallait pas venir.

— Crois-tu donc que rien que ce moment où nous nous retrouvons ne vaut pas et au-delà notre long voyage, d'ailleurs, nous l'avons fait dans des conditions exceptionnelles; Germaine était faible et maladive quand nous sommes parties, aujourd'hui, elle a le teint hâlé d'un petit loup de mer, et tu vois si elle est forte. Quant à moi, qu'importe, je te retrouve, c'est tout pour moi; mais toi, ton voyage a été bien pénible ?

— Ne parlons pas de cela en ce moment, répondit le condamné, ce qui est passé est passé, aujourd'hui, je n'ai pas à me plaindre, et s'il m'était possible d'être encore heureux, rien ne s'opposerait à ce que je le fusse.

— Nous le serons ensemble, mon ami, c'est pour cela que nous sommes venues; j'ai ici de bons protecteurs, et avec leur aide et la paix d'une bonne conscience.....

— Il y a donc déjà quelque temps que tu es débarquée ici? interrompit le déporté, à qui ce mot de conscience avait fait froncer le sourcil. J'en avais reçu l'avis par Mulasse, qui t'a vue, paraît-il, avec la petite, aux premiers jours de votre arrivée.

— Quel est ce Mulasse, mon ami?

— Oh! rien, un forçat détenu à l'île de Nou, et que j'avais rencontré là-bas.

— Vous communiquez donc facilement?

— Facilement ou difficilement, peu importe, reprit Vincent, que cette question contrariait évidemment, les renseignements n'en étaient pas moins exacts, paraît-il.

— Parfaitement exacts; voici près de quinze jours que nous sommes ici.

— Tu as pris, en effet, le temps de te reposer, fit-il, brusquement.

Elle le regarda avec un étonnement douloureux, et des larmes brillèrent entre ses paupières.

Il eut honte de sa brutalité.

— Je plaisantais, fit-il.

Louise essaya de sourire.

— Depuis le premier jour de mon débarquement, je me suis mis à ta recherche, dit-elle. J'ai visité l'île de Nou, je me suis informé à l'administration, on m'a répondu dans les bureaux que tu te trouvais à l'île des Pins, j'y suis allée avec Germaine; là, j'ai appris que tu étais interné dans la presqu'île et j'ai profité de la première occasion pour y venir; je ne pouvais pas supposer que ce fût là ta résidence.

— En effet, je n'ai obtenu d'y résider que sur ma sollicitation pressante, parce que j'y avais quelques amis avec lesquels j'avais fait le voyage de France; mais c'est égal, il faut que l'administration soit un beau modèle de désordre pour que l'on ne sache pas, dans les bureaux, retrouver le cantonnement de chaque transporté.

— Comptes-tu continuer à demeurer encore ici? demanda l'ouvrière, avec une certaine hésitation.

— Pourquoi pas? On est aussi bien, ou, si tu aimes mieux, aussi mal ici qu'ailleurs, et de plus, les déportés qui habitent cette partie de l'île sont de beaucoup les plus intelligents.

— Dans la Grande-Terre nous pourrions nous établir beaucoup plus commodément; j'y trouverais du travail qu'ici il me sera impossible de me procurer et, grâce à nos protections, je pourrais te faire admettre dans un des établissements agricoles qui se trouvent aux environs de Nouméa. Le travail y est peu pénible et t'intéresserait certainement.

— Comme si cela servait à quelque chose de travailler.

L'ouvrière ne releva pas cette exclamation.

— Dans un an ou deux, continua-t-elle, peut-être avant, nous obtiendrions une concession, et alors, nous serions chez nous, nous aurions notre jardin, notre champ, nous deviendrions de paisibles propriétaires, et.....

— Dans un an ou deux, nous ne serons plus ici depuis longtemps, j'espère, gronda Vincent, en prenant une physionomie farouche; je trouve que notre martyre a déjà duré assez longtemps, et je préfère la mort à l'esclavage des vaincus.

Louise poussa un soupir, en ouvrant ses bras à Germaine qui s'y réfugia, épouvantée de l'accent de son père. Au premier moment, la bonne nature de Vincent l'avait emporté, mais peu à peu les mauvaises passions inspirées par de funestes compagnons reprenaient le dessus, et l'honnête ouvrier d'autrefois disparaissait derrière le communeux vindicatif et violent.

— Mon Dieu! comme ils me l'ont gâté! pensa la pauvre femme ; cependant il n'est pas perdu encore, son premier accueil me l'a prouvé; la lutte sera longue, peut-être, mais, j'en ai la confiance, mon amour l'emportera sur les mauvais conseils de ses ennemis et, Dieu aidant, j'arracherai mon Vincent des mains de ces scélérats.

» La première chose à faire est de l'emmener d'ici; une fois sur la GrandeTerre, le Père Louis deviendra mon auxiliaire et mon conseiller.

— Veux-tu que nous commencions par déjeûner ensemble, mon ami, fit-elle, pour donner un autre cours à ses idées, qu'elle ne voulait pas attaquer de front ; il y a si longtemps que cela ne nous est arrivé?

— Tu as donc apporté de quoi manger?

— Par précaution, j'ai pris avec moi quelques provisions à la case et une bouteille de vin à ton intention.

— C'est une bonne idée, dit Vincent, passant de la mauvaise humeur à une joie d'enfant, avec cette mobilité de caractère qui faisait le fond de sa nature; nous serons beaucoup mieux sur l'herbe que dans l'intérieur de ma paliate, où la cuisine n'a rien de raffiné, et où tu aurais rencontré une compagnie qui, probablement, n'aurait pas été de ton goût.

— Avec toi seul et notre Germaine, je serai toujours bien partout, fit Louise, en tirant de son panier une serviette, qu'elle étendit sur la mousse, et sur laquelle elle disposa ce qu'elle avait apporté.

— S'il y a quelque chose à faire chauffer, je m'en charge, s'écria Vincent, je vous apprendrai comment on se procure du feu rien qu'avec deux morceaux de bois, à la manière canaque.

— Ce sera pour une autre fois, répliqua Louise, en riant; pour aujourd'hui, nous nous contenterons d'un déjeûner froid.

Germaine, rassurée par la bonne humeur de ses parents, trottait à droite et à gauche, pour cueillir des fleurs, dont elle voulait embellir la table.

Tout-à-coup elle se rapprocha de sa mère, tout épouvantée.

— Qu'as-tu, ma chérie? lui demanda celle-ci.

— Le méchant monsieur, répondit-elle, en montrant le sentier.

Vincent se pinça les lèvres et reprit son air rogue. Louise baissa la tête pour cacher sa vive contrariété ; il fallait renoncer au plaisir projeté. Le trouble-fête qui venait se jeter à la traverse de cette réunion de famille, n'était autre que le philosophe Beslier, le mauvais génie du déporté.

CHAPITRE XI

Le mauvais génie

Le vieux coquin souriait malicieusement, la contrariété de Louise le divertissait et l'embarras peint sur le visage de Vincent lui causait un plaisir secret, car il témoignait hautement de l'ascendant exercé sur le déporté.

— Ah! ah! s'écria-t-il, d'un ton paternellement protecteur, je vous retrouve enfin, faisant l'école buissonnière, comme des écoliers auxquels leur maître a donné des vacances, et vous préparant un bon petit déjeûner sur l'herbe fleurie. Il semble que vous soyez revenu aux beaux jours de Mareuil, dont les maisons originales et les rues tortueuses rappellent si souvent à votre mari de lointains et riants souvenirs.

Et comme personne ne lui répondait :

— Voyons, continua-t-il, serait-ce indiscret à celui qui peut bien se vanter d'être pour quelque chose dans votre réunion, de réclamer une petite place à votre table de famille; un ami vaut bien un parent, hein! qu'en dis-tu, citoyen Vincent?

— Rien autre chose, sinon que je croyais que vous n'y teniez pas à la famille, répliqua maussadement celui-ci.

— Ah! ah! ah! voyez-vous, madame, on n'est jamais trahi que par les siens. C'est vrai, très-vrai que je n'adore pas la famille; je suis communiste pour cela comme pour le reste, ni Dieu, ni prêtre, ni famille et vive la liberté. Toutefois, je fais exception pour aujourd'hui, en votre faveur, à la rigueur de mes principes; franchement, si cela ne mérite pas une tranche de ce pâté, qui n'a rien de réactionnaire, et de ce vin, qui est aussi rouge que les opinions de votre serviteur, je veux être pendu.

Le mouvement de dégoût que cette profession cynique d'immoralité et d'athéisme provoqua chez l'ouvrière, ne lui échappa pas.

— Eh! bien vrai, belle dame, continua-t-il, en ricanant, à la manière dont vous haussez les épaules, je ne serais pas fort surpris que ma pendaison ne vous affligeât que très-médiocrement; serions-nous versaillaise et cléricale, par hasard?

— Je suis catholique, monsieur, et quant à la politique, je n'ai pas à m'en mêler, répliqua l'ouvrière, avec un sérieux tant soit peu hautain.

— Ta! ta! ta! Voyez-vous, parole d'honneur, il n'y a plus d'enfants, et je parie que mademoiselle a appris le Syllabus par cœur pour le réciter en société. Peste! ce n'est pas une plaisanterie, nous arrivons sans doute dans ce pays de sauvages pour évangéliser les misérables déportés, à commencer par toi, Vincent, car je vous le dénonce, madame, comme se regimbant un peu contre ces excellens Pères Jésuites, qui rôdent autour du camp, comme de grosses mouches noires autour d'un troupeau de taureaux.

— Parlez pour vous, monsieur, et ne vous inquiétez pas de mon mari qui est assez intelligent pour se passer des conseils du premier venu.

— Parfait! voici qui s'appelle parler carrément, et je ne m'étonne plus de vous voir arriver sous la protection des pompons versaillais et des goupillons de Loyola; je parie que vous êtes envoyée pour rétablir l'inquisition à la Nouvelle-Calédonie, et travailler par le fer et le feu à la conversion des malheureux pécheurs égarés comme nous. Déjà votre Vincent tient un plomb sous l'aile, je suis certain qu'il a déjà reçu un sermon à bout portant, et qu'avant huit jours il fera, pour notre plus grande édification, amende honorable, pieds nus et la corde au cou.

— Si nous parlions d'autre chose? s'écria Vincent, impatienté; nous sommes ici pour déjeûner et non pas pour politiquer. Pour ce qui est de mes opinions, elles sont assez connues, je crois, et ce n'est pas une tranche de jambon avec un verre de vin qui, d'un libre-penseur, peut faire un bigot ou un clérical.

Le repas commença en effet; il aurait dû être une douce réunion de famille pleine d'expansion, il fut triste, contraint, en un mot, entièrement gâté par la présence de cet intrus qui, en sortant de l'hôpital, s'était mis à la recherche de Vincent, et l'avait suivi à la piste comme un chien qui craint que son gibier ne lui échappe.

Organisateur de la société secrète appelée les Compagnons du Désespoir, Beslier craignait que l'influence de Louise ne parvînt à en faire sortir Vincent, sur lequel il comptait pour faire réussir son complot, précisément à l'aide de l'ouvrière qui, sans le savoir, deviendrait un instrument dans les mains du chef de la ligue.

Louise se flattait qu'au moins après le repas, dont Beslier était venu prendre sa part, avec une voracité si intempestive, elle pourrait enfin jouir du tête à tête avec son mari; mais le chef du complot avait prévu ce danger et, en achevant son dernier verre de vin, qu'il but, avec une politesse ironique, à la santé de la femme du déporté, il se tourna vers elle et lui dit:

— Je suppose, madame, puisque vous êtes venue nous visiter ici ou du moins y visiter votre mari, qui n'a pas voulu séparer son sort de celui de ses meilleurs amis, que vous serez bien aise d'assister à l'une de nos petites réunions. Précisément notre cher Vincent doit y prendre la parole sur un sujet qui nous intéresse tous, et nous seons fiers de donner dans notre club l'hospitalité à la généreuse compagne d'un citoyen dont les talents et les lumières sont si justement appréciés.

— Je crains de n'en avoir pas le temps, monsieur, je ne suis ici que pour une journée seulement, répondit Louise, en regardant Vincent d'un air suppliant. J'ai à parler de diverses choses et, à mon grand regret, je me vois obligé de remettre ma visite à plus tard; n'est-il pas vrai, mon ami?

— En effet, se hâta d'interrompre Vincent, nous avons à causer sur plusieurs sujets et peu de temps pour arranger nos affaires; or, il faut bien cependant décider quelque chose, continua-t-il, avec un certain embarras, tant il se sentait sous la domination de l'homme qui savait si bien flatter son amour-propre en le traitant de lumière du club, d'orateur hors ligne et lui prodiguer ces grossières flatteries, grâce auxquelles les renards de tous les pays ont toujours su faire tomber le fromage du bec des corbeaux vaniteux.

— Mais, il me semble, reprit doucereusement Beslier, que les arrangements sont faciles à prendre dans une famille aussi unie que la vôtre; l'Evangile, auquel madame semble attacher une telle confiance, ne dit-il pas, d'accord du reste avec le Code, dans le cas qui vous occupe, que la femme doit rester unie au mari et habiter là où il se trouve?

Cette citation inopportune troubla fort Vincent, qui ne voulait ni mécontenter Louise, ni éveiller les soupçons de son ami, et qui, du reste, se sentait partagé entre le désir de ne pas s'éloigner de son club, où il jouait, croyait-il, un personnage important, et celui d'aller vivre en famille, avec sa femme et sa fille, sur la Grande-Terre.

— Nous sommes fort embarrassés, répondit-il enfin, sans regarder ni Louise ni Beslier, moi je désirerais demeurer ici, et la preuve, c'est que j'ai demandé à y être interné en arrivant, mais d'un autre côté ma femme trouverait difficilement à y gagner sa vie, tandis que dans le voisinage de Nouméa.....

— Pardon, mon cher, ce n'est pas à Nouméa que vous pourriez aller vous fixer, mais tout au plus à l'île des Pins, répartit vivement le déporté, et je ne vois pas trop à quelle occupation lucrative pourrait se livrer madame dans cette île éloignée et dépourvue de tout.

La discussion était engagée; l'ouvrière, voyant que son mari flottait indécis, prit le parti de tenir tête à Beslier.

— Je vous demande pardon aussi, répondit-elle, à l'île des Pins, s'il y a l'inconvénient de la distance, il y a l'avantage de la mission; là il est très-facile à un ouvrier de se faire employer aux cultures et à une femme de s'occuper de la lingerie ou d'autres travaux, qui ne manquent jamais dans une ferme-modèle, sans compter que, dans la mission même, se trouve une maison d'éducation pour les enfants et que Germaine.....

— C'est-à-dire que vous voulez vous inféoder entièrement aux jésuites, s'écria le communeux, vivre sous leur règle, devenir leur vassale et leur esclave. Quant à cela, je n'ai rien à dire, chacun ses goûts dans ce monde, et je ne puis être que très-édifié en pensant à frère Vincent, devenu sacristain, donnant l'eau bénite et servant la messe......

— Dans tous les cas, c'est ce que vous auriez voulu faire vous-même ici, monsieur, et je ne vois pas trop quel droit vous auriez de rire de mon mari, remplissant des fonctions que vous-même avez briguées ici auprès du missionnaire attaché au campement de Numbo.

— Si je l'ai demandé, en effet, riposta le communeux, fort attrapé d'avoir été si bavard le matin, on sait bien que ce n'était que pour gagner de l'argent.

— Eh bien! pourquoi serait-il défendu à mon mari de vouloir s'en procurer aussi pour lui et pour sa famille; il est vrai, Dieu merci, qu'il aura un motif plus noble, et qu'en servant la messe, en supposant qu'il la servît, il ne mentirait pas à ses opinions et ne

cracherait pas comme vous sur ses convictions pour une misérable
pièce de vingt sous.

— Vous croyez donc Vincent catholique clérical, madame? ricana
le déporté, c'est une erreur dont je suis heureux de vous débarrasser; votre mari est aussi incrédule que moi, aussi libre-penseur,
et si vous n'en croyez pas mes paroles, vous n'avez qu'à l'inter-
roger.

— Mon mari n'est pas ici pour passer un examen et faire sa con-
fession devant vous, monsieur; ses opinions ne regardent que lui
seul et c'est à lui seul de décider ce qu'il préfère, ou d'écouter les
conseils d'un homme qui se vantait ce matin de fouler aux pieds
toutes ses convictions pour vingt sous, ou de suivre le cri de sa
conscience d'honnête homme et les inspirations d'une femme qui a
tout abandonné pour lui rapporter le bonheur que vous et les vôtres
lui avez fait perdre, et l'arracher des mains des gens qui se font
gloire du plus monstrueux égoïsme.

— Parfait, madame, parfait; vous avez dans la discussion une
aménité toute chrétienne et l'on reconnaît en vous la fervente dis-
ciple de nos persécuteurs en robes noires. Mais, puisque vous le
prenez sur ce ton, je vous préviens, moi, que votre mari est moins
libre de trahir son parti que vous ne le pensez, et la preuve, c'est
que je puis lui donner l'ordre de rester ici.

— Vous, un ordre à mon mari, s'écria l'ouvrière, en se redres-
sant frémissante. Depuis quand est-il votre esclave?

— Depuis qu'il s'est engagé par serment à obéir, non pas à mes
ordres à moi, mais à ceux de la société dont je suis le président.

Louise regarda son mari: il était pâle et semblait atterré.

— Est-ce vrai? demanda-t-elle.

— Oui, dit-il, en baissant la tête; je ne m'appartiens plus.

— Ah! fit-elle, fièrement. Il y a d'autres serments qui annulent
celui-ci; il y a d'abord le serment que tu as fait devant Dieu d'être

toujours à lui, et il y a aussi celui que tu as fait le jour de ton mariage d'appartenir à ta famille ; ceux-là valent mieux qu'une promesse irréfléchie, extorquée par des étrangers, pour se servir de toi comme d'un instrument et te briser sans pitié le jour où tu ne leur serais plus utile.

— C'est au contraire la dernière promesse qui annule les autres, riposta Beslier, blémissant de colère ; et puis, au fait, vous ne savez pas de quoi il s'agit.

— Il s'agit de la liberté de mon mari, et j'entends qu'il la conserve tout entière, fit Louise, sans s'étonner ou se laisser intimider.

— Essayez donc, continua le déporté, devenant menaçant.

— Essayer, dit-elle, avec mépris ; mais, je n'ai qu'un signe à faire, Vincent n'est ici que par tolérance ; que je dise un mot et ce soir il partira avec nous, sans que vous puissiez vous y opposer, vous et vos complices, entendez-vous, monsieur Beslier ? Je ne suis pas de celles qu'on intimide avec des mots.

— Louise, je t'en prie, interrompit Vincent, pas de coup de tête ; nous arrangerons entre nous ce qu'il convient de faire, et ce n'est pas le moment de disputer.

— Oui, nous arrangerons, mais à nous seuls.

L'énergie de cette femme, dont il avait pris l'habitude de faire obéir le mari et de le plier à toutes ses volontés, donna à penser à Beslier.

Le vieux déporté était du nombre de ces gens qui, facilement, deviennent insolents lorsqu'ils sont ou se croient les plus forts, mais qui, s'ils rencontrent de la résistance, s'empressent eux-mêmes de céder, et volontiers se font humbles et petits après avoir été orgueilleux.

Il comprit qu'il était dangereux pour lui d'entrer en lutte ouverte contre l'ouvrière et, reprenant subitement ses airs doucereux, il s'excusa de son emportement ridicule, assurant que tout ce qu'il venait de dire n'était que plaisanterie et que, quant à lui, il était tout prêt à délier Vincent d'un serment auquel l'arrivée de sa femme et de sa fille ôtait tout naturellement toute sa valeur.

Louise parut se payer de ces explications; mais voyant à présent clairement d'où venait le péril, elle résolut, après avoir pris conseil auprès de la commandante ainsi que du Père Louis, de soustraire son mari à la détestable influence de cet homme et de l'arracher aux conséquences fâcheuses d'un serment dont elle ne connaissait pas la teneur, mais sur les dangers duquel elle ne pouvait pas se faire illusion.

— Qu'elle parte seule aujourd'hui et que je tienne Vincent sous ma patte pendant quelques jours, se disait en même temps le vieux conspirateur, et nous verrons si je ne viendrai pas à bout de cette insolente, qui paiera cher ses menaces, quand viendra le moment. Ah! elle se rit de la puissance des Compagnons du Désespoir, nous lui apprendrons à en pleurer.

Vincent, lui, était inquiet et ne savait trop comment tout cela se terminerait. Il crut avoir trouvé moyen de faire une utile diversion en proposant une promenade dans le camp.

Ne pouvant se débarrasser de son hôte forcé, Louise ne demandait pas mieux que d'utiliser son temps d'une manière ou d'une autre. La serviette fut repliée, les assiettes rangées dans le fond du panier, et l'on partit en suivant la lisière du bois.

C'est généralement sur cette bordure que les aristocrates de la déportation se sont construit leurs villas ou leurs cottages.

En général ces petites constructions brillent surtout par la simplicité. Quelques branches empruntées aux arbres voisins, des murs tressés avec des rameaux flexibles, un toit de chaume ou de feuilles sèches, en font habituellement tous les frais. Ce sont de véritables cases faites sur un autre plan que celles des indigènes, mais assurément pas plus belles et surtout beaucoup moins solides.

L'ameublement répond à cette simplicité extérieure, il consiste en un lit de feuilles ou de gazon sec, dont le propriétaire, quand il ne dort pas, peut considérer tout à l'aise les étoiles à travers les poutrelles de son toit ou examiner le paysage par les nombreuses lézardes de son mur. Quelquefois le déporté, s'il est un sybarite, y joint une table boiteuse flanquée d'un escabeau.

En somme, cela suffit pour dormir, rêver ou manger, trois occupations entre lesquelles se partage la vie des déportés.

Quelques huttes affectent pourtant une forme particulière, celle par exemple du gourbi algérien; d'autres, mais ce sont des exceptions, ont de vraies murailles en pierres reliées par de la chaux faite avec des coquillages. Celles-ci sont le nec plus ultra de l'élégance et portent fièrement le nom de châteaux.

Vincent fit remarquer à sa femme le château de Pascal Grousset, un aristocrate des plus dédaigneux pour ses compagnons d'infortune, mais auquel ceux-ci, quoique le détestant, témoignaient cependant un profond respect, parce qu'ils le savaient ou le croyaient riche.

— Il ne reçoit guère, dit Beslier, que les frères May, que l'on appelait à l'Hôtel-de-Ville les deux frères siamois, l'un intendant-général, l'autre intendant divisionnaire de la Commune, deux pauvres esprits qu'il avait, continua le déporté, fallu révoquer à cause de leur peu de conscience, et qui, maintenant, donnent le plus mauvais exemple en travaillant de leurs mains un petit champ voisin de leur case.

— Peuh! fit Vincent, en haussant les épaules, le citoyen Grousset ne vaut pas mieux; en arrivant ici il s'était mis dans la tête d'étudier la médecine et de se faire recevoir docteur; mais il y a renoncé et maintenant il passe sa vie à lire et à méditer je ne sais quel projet, sans vouloir se mêler aux autres condamnés.

— Quand on est riche comme lui, grogna Beslier, on n'a pas besoin de s'associer avec ceux qui n'ont que peu, ces gaillards-là sont de purs égoïstes, et tu verras que si quelqu'un de nous parvient à s'évader, ce sera cet individu.

— Quel est donc ce condamné, si pâle qui, assis au pied d'un arbre, semble donner une leçon à un enfant? demanda Louise, touchée de cette preuve d'amour paternel et d'un noble sentiment si rare parmi les épaves de la Commune.

— Ah! belle canaille! grommela Beslier. Cet hypocrite bigot n'est autre que Régère, un franc imbécile qui s'est laissé entortiller par le jésuite et qui, non content de confier son fils au missionnaire pour le préparer à sa première communion, lui donne lui-même des leçons de catéchisme. Parole d'honneur, c'est à dégoûter du genre humain.

— Je trouve, au contraire, que cette sollicitude touchante est faite pour réconcilier avec lui, repartit l'ouvrière; la régénération des parents par leurs enfants est la plus belle récompense de l'amour paternel.

— Avis à l'entendeur, s'écria le déporté, en se tournant vers Vincent, qu'il salua avec une emphase grotesque.

— Je te dispense de faire des allusions qui me concernent, gronda celui-ci, en regardant sa femme.

— Je ne fais aucune allusion, mais seulement une réflexion.

— Garde-la pour toi, je ne suis pas d'humeur à servir de plastron.

Louise eut un soupir, mais ne répondit pas.

— Ici, voici la maison de Mourot, l'ex-secrétaire de Rochefort, continua Beslier, intérieurement charmé de l'effet produit par sa remarque sur Vincent. En voilà encore un qui a eu de la chance.

— En tout cas, ce n'est pas celle d'avoir une maison bien couverte, remarqua l'ouvrière; il doit y pleuvoir comme dehors, le toit est aux trois quarts effondré.

— Et Mourot ne s'en moque pas mal, il y a longtemps qu'il l'a quittée pour aller demeurer à l'anse Mbi, dans l'hôtel du commandant militaire dont il est devenu le secrétaire, comme Barrier, l'ancien organisateur des cavaliers de la République, a su se faire donner la place de comptable dans une forge, tandis que les plus capables, comme Vincent et moi, sans me flatter, se voient refuser le plus modeste emploi; c'est à faire hausser les épaules.

— Je croyais que vous trouviez honteux de travailler.

— Certainement, travailler pour travailler, serait une honte et une absurdité, mais faire le moins possible et être payé grassement, voici ce que j'appelle de la chance et que je préférerais pour moi que pour les autres.

— Je le crois sans peine et je suis même persuadée que si le gouvernement actuel voulait vous faire cadeau d'une bonne place, en France, avec de bons revenus, vous seriez un révolutionnaire moins ardent.

— Parbleu, s'écria Beslier, dans un accès de franchise cynique, voilà qui s'appelle deviner sans trop se donner de peine. Si j'avais eu 100,000 livres de rentes, mettons même 10,000, croyez-vous que j'aurais été assez naïf pour me fourrer dans la chaudière de la Commune, avec un ramassis de fainéants, d'ivrognes, de voleurs et de propres à rien? Ne les ayant pas, j'ai voulu les gagner et j'ai perdu la première partie; votre mari a fait comme moi, **mais** nous prendrons notre revanche, nous serons plus heureux et alors, quand nous aurons de quoi être honnêtes, nous le deviendrons pour conserver notre fortune.

— Ce qui veut dire, en d'autres termes, reprit Louise, indignée, que vos prétendues convictions ne sont autre chose que l'amour de l'argent et que, pour vous procurer de la fortune, après avoir brûlé Paris, au nom et pour la gloire de la Commune, vous seriez prêt à vous retourner contre vos propres complices, à les vendre et à combattre contre eux pour le plus abominable despote qui....

— Vraiment, citoyenne, il est dommage que vous n'ayez jamais pris la parole dans les clubs, ricana Beslier; vous avez des mouvements d'éloquence, le geste fait un peu défaut, mais.....

— Riez de votre ignominie, monsieur, riez tant qu'il vous plaira, mais laissez-moi au moins vous plaindre sincèrement de votre profonde dégradation.

— Il est vraiment fâcheux, reprit le chef des Compagnons du Désespoir, que nous ayons si peu de temps pour écouter vos sermons si pleins d'onction, madame; mais, ajouta-t-il, d'un ton qui, voulant être enjoué, dissimulait pourtant mal sa colère, malgré tout le désir que j'aurais de profiter de vos charitables discours, je vous serai très-obligé de vouloir bien y mettre un terme, car nous voici arrivés près des paliates, et il pourrait se faire que les malheureuses victimes de vos prêtres et de vos bons amis les Versaillais eussent moins de patience que moi.

— Sans compter, reprit Vincent, d'un ton bourru, que je commence à avoir assez de tous ces bavardages où les mots ne servent qu'à ne rien dire et à faire perdre un temps qui pourrait être beaucoup plus utilement employé.

Louise se tut, en poussant un profond soupir. Et, sans que personne songeât à rompre le silence, ils continuèrent à se rapprocher d'un groupe de maisons de paille, construites sur la lisière de la forêt et entourant une petite place gazonnée, au centre de laquelle les déportés avaient planté une bigue, au sommet de laquelle flottait un haillon rouge.

Une trentaine d'individus, à figures patibulaires, discutaient bruyamment dans ce préau et se préparaient, en s'échauffant outre mesure, au tournoi oratoire pour lequel se tenait la réunion.

En s'en rapprochant, l'ouvrière remarqua que tous ou presque tous portaient, sans doute comme signe de ralliement, une rosette de la même couleur que le drapeau.

A la vue de Beslier suivi de Vincent, un grognement de satisfaction se fit entendre et plusieurs membres de la réunion s'avancèrent vivement au devant de leur chef, qu'ils entourèrent, lui parlant à voix basse, tout en jetant des regards soupçonneux sur cette femme qui, avec un enfant, osait, sans être initiée, franchir des limites interdites à tous autres qu'à des Compagnons du Désespoir.

— Ah ça! fit Vincent, profitant de son isolement momentané, fais en sorte, Louise, de retenir ta langue, ici, quelque chose que tu entendes, tu me ferais avoir du désagrément, et peut-être toi-même t repentirais-tu d'avoir trop parlé.

— Qu'est-ce donc que ces gens-là, mon ami?

— Des conspirateurs pour rire, répondit-il à voix basse; il faut bien passer son temps d'une manière ou de l'autre, et.....

— Je m'étonne que le gouvernement tolère de semblables réunions.

— Je te dis, moi, que c'est pour rire, repartit vivement le déporté; le gouvernement n'y voit aucun mal, n'y met pas son nez et nous laisse faire, sachant bien que ce n'est qu'un jeu.

— Triste jeu, remarqua Louise.

— Triste ou gai, peu importe; nous ne resterons pas longtemps, et une fois seuls, nous causerons tant qu'il nous fera plaisir; seulement, je te le répète, ces gens-là prennent leur réunion au sérieux et ne vas pas mettre ton doigt entre le marteau et l'enclume.

— Pourquoi ont-ils des cocardes rouges?

— Pour se reconnaître, parbleu.

— Tous les déportés ne font donc pas partie de la société?

— Certes, non; nous ne sommes pas plus de quarante. On n'y admet que des gaillards intelligents et solides.

— Je crains que tu n'aies eu tort de te mettre là-dedans.

— Oh! encore des sermons. Je t'en prie, laisse-moi un moment en paix, plus tard, je répondrai à toutes tes questions; me comprends-tu? Si même, au lieu de demeurer ici, tu voulais aller m'attendre au dehors de l'enceinte, au bord du bois, où la petite s'amuserait, cela vaudrait encore mieux.

— Puisque je suis venue, je préfère rester, répliqua Louise, bien

décidée, puisque l'occasion s'en présentait, à se former une idée de
la réunion d'hommes à laquelle son mari, par cette triste manie de
vouloir jouer un rôle qui a perdu tant de cerveaux faibles, avait eu
le tort de se faire affilier.

Sans doute Vincent n'aurait pas accédé à son désir ou tout au
moins aurait résisté plus longtemps, si en ce moment le vieux déporté ne lui eût fait signe d'approcher.

— Asseyez-vous à l'ombre d'une paliate, fit Vincent, je vais revenir dans un instant : il faut que j'aille voir ce qu'on me veut.

— Dis donc aux camarades quelle est cette femme, dit Beslier.

— Ma femme avec ma fille, répondit l'ouvrier; elles arrivent
d'Europe pour demeurer avec moi, et il n'y a rien à en craindre.

— C'est possible, s'écria un ex-sergent de fédérés, mais nous
avons le droit de savoir où cette femme compte se fixer?

— Soit ici, soit sur la Grande-Terre.

— Ici, nous n'en voulons pas, vociféra le déporté, nous n'avons
pas besoin de deux paires d'yeux pour nous surveiller et de quatre
oreilles toujours aux écoutes afin de nous espionner.

— Prusquet a raison, s'écrièrent cinq ou six voix.

— Alors, nous irons nous établir sur la Grande-Terre, murmura
timidement l'ouvrier.

— Quoi? quoi? tu iras sur la Grande-Terre, toi? vivre en famille,
te goberger, faire ton aristocrate et planter là les Compagnons du
Désespoir? ricana le bandit, lui mettant le poing sous le nez. Tu
oublies un peu trop vite tes serments, l'ami et, au besoin, nous te
les rappellerons. Tu n'avais qu'à ne pas faire partie de notre réunion, rien ne t'y forçait; à présent, tu connais nos secrets et tu irais
les vendre. Ça ne se passera pas comme cela, entends-tu? Gredin!
tu n'as pas affaire, ici, à des moutons, entends-tu?

— Alors, décidez ce que vous voulez que je fasse.

— Que tu renvoies cette femme avec son enfant sur la Grande-
Terre ou même en Europe, si tu as de quoi lui payer le voyage,

mais que tu restes ici, entends-tu? La République avant la famille ; qu'en dis-tu, citoyen président?

— Je ne suis pas de ton avis, citoyen vice-président.

Il y eut dans le groupe une explosion de murmures.

— Serais-tu payé, toi aussi? demanda insolemment le fédéré.

Beslier haussa les épaules.

— Tes grands airs ne sont pas une réponse, aristocrate, rugit un garçon boucher, qui avait quitté l'étal et l'abattoir pour se faire nommer inspecteur à la Monnaie.

— A ta place, je ménagerais ma voix pour une meilleure occasion, citoyen, riposta Beslier, avec ce sourire sardonique, dont il avait l'habitude; crois-tu, par hasard, qu'il suffise de crier pour avoir raison, je vais te prouver le contraire.

— Prouve-le donc.

— C'est facile. En forçant Vincent à rompre toute relation avec sa femme, que prétends-tu faire?

— Eloigner les espions.

— Eh bien! tu éloignes, non pas un espion, mais un auxiliaire assuré, une femme qui nous appartient par son mari, qui est des nôtres, qui pour le sauver (il baissa la voix pour n'être pas entendu par Louise), travaillera activement pour nous, fera sans s'en douter et sans que personne songe à la soupçonner, toutes nos commissions, apportera nos lettres, nous tiendra au courant de tout ce qui se passe sur la Grande-Terre, nous fournira des renseignements précieux sur le mouvement des navires, réunira peu à peu dans sa maison, devenue notre arsenal clandestin, tous les objets dont nous pourrons avoir besoin pour favoriser notre fuite et, par amour pour son mari, nous servira tous avec une fidélité que rien ne pourra ébranler.

— C'est vrai, très-vrai, murmurèrent les Compagnons du Désespoir; il n'y a personne comme Beslier pour monter un coup.

— Tout ça, ce sont des frimes et je n'en crois pas un mot, gronda

le boucher, qui ne voulait pas avoir tort, et je maintiens mon avis,
je ne consentirai jamais......

— Allons! assez comme cela, s'écria-t-on de toutes parts; chacun
peut avoir son idée, mais c'est le suffrage universel qui commande
seul et c'est lui qui décidera.

— Une femme, je vous demande à quoi elle peut être utile?

— Elle a déjà apporté de France deux boussoles, dit tout bas
Vincent.

— Ça, c'est vrai, ajouta le déporté, j'en ai même vu une à la
chaîne de sa montre.

— Belle affaire, fit le boucher.

— Il en faut cependant; te chargerais-tu de nous en procurer?

— Il y en a sur tous les navires.

Beslier salua ironiquement.

— Citoyens, remerciez, dit-il, voici monsieur qui se charge de
s'emparer, à lui tout seul, du *Magenta* et de le mettre à votre disposition.

Cette fois, il y eut une telle explosion d'éclats de rire, que l'ex-
inspecteur de la Monnaie sortit du groupe et s'éloigna en maugréant.

On le laissa seul.

Les autres se serrèrent autour de leur président; les plus ardents
voulaient que, séance tenante, on conclût un arrangement avec la
femme du déporté.

Il fallut que Beslier modérât cette ardeur.

— Avant tout, dit-il, il importe qu'elle ne sache rien de ce que
nous attendons d'elle; c'est sans le savoir qu'elle doit nous servir,
elle ne nous en sera que plus utile, mais il ne faut pas éveiller ses
soupçons. Voici donc ce que je propose, nous allons tenir une
séance insignifiante, où il ne sera pas question de nos projets; après
un moment, Vincent, qui ne prendra pas la parole aujourd'hui, sor-
tira avec elle, sous prétexte de lui faire visiter le cantonnement. Si

elle lui parle de venir s'établir ici, il lui fera entendre que c'est impossible, que le mieux est d'aller se fixer sur la Grande-Terre, à Nouméa, assez près pour venir de temps en temps le voir et lui mener sa fille; si elle insiste pour qu'il la suive, il prétextera la nécessité de réfléchir pendant quelques jours. Nous emploierons ce temps à calculer ce qu'il conviendra le mieux de faire; nous prendrons nos résolutions à tête reposée et nous déciderons. Est-ce convenu ?

— C'est parfait.

— Alors, séparons-nous; notre conférence pourrait donner de l'ombrage à cette étrangère, et il ne faut pas qu'elle devine de quoi il est question.

— Si elle m'interroge, que dois-je répondre ? demanda Vincent.

— Que nous étions à discuter sur l'ordre des questions à traiter dans la réunion d'aujourd'hui, fit le vieux renard.

Puis il ajouta, à haute voix :

— Le programme est arrêté; citoyens, prenez vos places : la séance va commencer.

— Jusque-là, Louise n'avait pas remarqué la tribune, échafaudage plus que primitif, élevé au pied de la bigue et où, sur un banc, en arrière du tréteau destiné à l'orateur, prirent place le président et ses deux assesseurs.

C'était simple comme les mœurs républicaines, mais peu confortable, il y manquait, non-seulement le verre d'eau sucrée auquel un orateur patriote préférerait de beaucoup le verre d'absinthe, mais même la table sur laquelle on le pose, et que le garçon boucher, premier orateur inscrit, dut regretter vivement puisqu'elle le privait du plaisir de scander son discours de coups de poings formidables qui lui auraient rappelé sans doute avec bonheur sa première profession d'abatteur de bœufs.

Cependant il ne s'en élança pas moins avec une vigueur peu com-

mune et une ardeur doublée par le besoin de donner libre cours à
la mauvaise humeur que le peu de succès de son argumentation
avec Beslier avait amassée dans sa vaste poitrine.

Dès les premiers mots de son discours furibond, Louise put se
croire revenue aux plus mauvais jours de la Commune; l'ex-inspecteur ne se piquait ni de beau langage ni de galanterie, il lança un
coup d'œil furibond sur l'ouvrière, auprès de laquelle était allé
s'asseoir Vincent, et commença, par un exorde ex-abrupto, une
charge à fond contre la famille.

Selon lui, la famille était une institution usée jusqu'à la corde,
une vieille guenille dont il faut se débarrasser au plus vite, un sujet
de querelles et de jalousies, une source d'égoïsme; le mariage, vo-
ciférait-il, en battant l'air de ses bras, faute de pouvoir décharger
ses coups sur ses contradicteurs, c'est une ornière creusée par la
roue de la routine sur le chemin du progrès, l'entrave que l'on attache au bétail à un bout de chaîne pour l'empêcher de courir, le
licol avec lequel on traîne à l'équarrissoir ce vieux cheval fourbu
qu'on appelle la société.

» Avec la femme ayant un mari, la fraternité disparaît, la République, indivisible par sa nature, s'émiette en autant de fragments
qu'il y a de ménages. Que le mariage cesse d'asservir les vrais républicains, que cette institution clérico-monarchique disparaisse et
alors il n'y aura plus qu'une seule famille. La paix régnera dans le
monde, le dernier rempart de la tyrannie s'écroulera, la concorde
régnera entre tous les hommes devenus frères et le genre humain,
libre du bâillon qui serrait sa bouche, pourra enfin étancher sa soif à
l'abreuvoir sans fond de toutes les félicités!

Cette phrase était trop bien tournée pour ne pas soulever un tonnerre d'applaudissements; mais l'orateur, pour compléter son succès oratoire, ayant voulu citer l'exemple des mormons, en Amérique, s'embrouilla tellement dans ce qu'il ignorait complétement,
que les assez! assez! éclatèrent de tous côtés, et que quelqu'un, un
ennemi sans doute, provoqua des éclats de rire en criant:

— A l'abreuvoir l'orateur ! à l'abreuvoir, il s'étrangle !

— Quel est le clérical qui a commis ces paroles ? rugit le boucher, en se posant en boxeur et en retroussant ses manches.

— Je rappelle à l'ordre le citoyen interrupteur, vociféra Beslier, pour dominer le tumulte, et j'invite l'orateur à poser ses conclusions.

— Qu'il se montre, hurlait le boucher, et je lui poserai la main sur la figure.

— Viens-y donc, répondit une voix gouailleuse.

Et un ex-charpentier se dressa au milieu de l'assemblée.

La vue du colosse calma la colère de l'orateur qui, peu désireux d'en venir à des arguments à coups de poing contre un pareil rival, reprit, d'un ton plus modeste :

— Je disais donc que le mariage,.....

— Assez ! assez ! A la porte ! à l'abreuvoir ! Tu nous ennuies !

Un second orateur lui succéda à la tribune.

Celui-ci avait une petite voix flûtée et monotone. Il ne parla pas de la famille, mais s'occupa de la religion, plante malsaine, arbre de mort, qu'il faut extraire si l'on ne veut pas lui voir étouffer sous son ombre délétère la moisson de l'intelligence humaine.

« Plus de Dieu, plus de religion, s'écria-t-il, avec un feint enthousiasme. L'homme commence au berceau et finit à la tombe. Dieu, s'il y en a un, c'est la matière, et l'âme n'est qu'un agencement des molécules primordiales Qui a jamais remonté le fleuve de la vie ? Ceux-là sont des insensés qui s'imaginent qu'il pourrait bien y avoir quelque chose au-delà du flot qui nous emporte. Se procurer de l'or et jouir, voilà le but de l'existence pour le sage. Que cent mille hommes soient bien convaincus de cette idée, qu'ils s'en fassent les apôtres, que par tous les moyens ils la fassent pénétrer dans les masses et l'avenir est à nous. »

A la fin de cette brillante période, l'orateur s'arrêta un instant et passa la main dans ses blonds cheveux, moins pour reprendre ha-

11. 15.

leine que pour donner le temps à son auditoire de témoigner sa satisfaction.

— Quel est cet imbécile? demanda Louise à son mari. Ce doit être au moins un avocat, il parle comme on joue de la serinette.

— C'est un jeune professeur, très-savant, répondit naïvement Vincent. Le citoyen Mottu l'avait nommé directeur de l'école républicaine laïque, celle où l'on chantait la *Marseillaise* à la place de faire la prière. S'il n'était pas interné, il trouverait beaucoup de leçons à Nouméa et gagnerait une fortune.

— Comme empoisonneur d'enfants sans doute; triste métier.

— Tout le monde n'est pas clérical dans la colonie.

— J'en suis fâchée pour les colons, répondit Louise. Quant à moi, bien que Germaine ne fasse aucune attention à ces stupidités sacriléges, je ne veux pas qu'elle reste ici plus longtemps.

— Sortons, si tu le désires, fit vivement Vincent, ravi intérieurement de reconquérir sa liberté.

Le charme du langage du professeur était tel que personne ne prit garde à leur départ. Beslier seul s'en aperçut et ses petits yeux pétillèrent d'une joie satanique; on allait enfin pouvoir s'occuper de choses sérieuses.

— Citoyens, dit-il, profitant d'une nouvelle pose de l'orateur, j'ai une importante communication à vous faire au sujet de l'étrangère, qui tout à l'heure était parmi vous.

— Faites, faites, cria-t-on; nous écoutons.

CHAPITRE XII

Les tillits du vieux Gondou

Voyant son auditoire si bien disposé à l'écouter, le citoyen Bec-lier ne crut pas cependant devoir aborder de front la question qui le préoccupait et, en homme qui connaît son public, il voulut ache-ver de capter sa confiance par une petite flatterie à l'adresse des Compagnons du Désespoir.

Il toussa donc deux ou trois fois, puis, d'une voix émue :

— Citoyens, dit-il, ce n'est pas une communication pour laquelle je réclame votre attention, mais deux qui, l'une et l'autre me parais-sent intéresser vivement notre colonie, déjà si malheureusement éprouvée par la tyrannie et l'arbitraire.

— Parlez, parlez, répéta-t-on.

— Eh bien! citoyens, j'ai à vous dénoncer, avec douleur et indi-gnation, un fait qui, si vous ne vous joignez pas à moi pour me prêter un concours énergique, pourrait produire les plus déplorables effets.

» Par le dernier convoi, il est arrivé un déporté, indigne de ce nom, un déporté qui, dimanche dernier, hier par conséquent, est allé, sans y être contraint, entendre la messe du jésuite, et aurait, paraît-il, menacé un citoyen qui lui en faisait le reproche, d'aller se confesser.

Des murmures s'élevèrent dans l'auditoire; le président, après un moment d'interruption continua :

» Évidemment cet homme ne peut être qu'un faux républicain, un traître, probablement soldé par les Versaillais, ou bien un fou. Dans tous les cas, l'acte blâmable qu'il a commis ne peut pas être passé sous silence.

» C'est un attentat à la liberté de conscience, une insulte à la raison et à la libre-pensée, un défi porté aux victimes de l'odieux cléricalisme.

» Comme votre président, mon devoir est de protester de toutes mes forces, et de provoquer le renvoi immédiat d'un individu que s'il trouvait des imitateurs, ferait tourner les têtes faibles au capucin, et reculer de cinquante ans en arrière notre société, affranchie au prix de son sang, des préjugés et du fanatisme.

Les bravos éclatèrent; quelqu'un cria

— Il faut le mettre en quarantaine.

— Cela ne suffit pas, reprit le président avec force, et voici ce que je propose : écrire une pétition, la signer tous; et l'envoyer au gouverneur, pour le sommer d'expulser lui-même le coupable de notre colonie; qu'en dites-vous, citoyens?

— Oui, oui; vive le citoyen président! La pétition, une pétition générale! hurlèrent les Compagnons du Désespoir.

— Qui de vous veut se charger de la rédiger?

— Rédige-la, nous signerons, répondit le boucher, qui avait ses raisons pour ne pas ambitionner l'honneur de l'écrire.

— Je suis à vos ordres, citoyens; demain je vous la lirai et vous ferez vos observations.

— D'abord, il la faut raide, cria un ivrogne.

— C'est bien ainsi que je l'entends; ce sera moins une pétition qu'une sommation.

— Bravo! c'est cela. Vive Beslier!

— La seconde communication que j'ai à vous faire, a pour vous un intérêt encore plus grand et demande mûres réflexions; car il ne s'agit de rien moins que de combiner des mesures qui, si elles sont bien prises, peuvent assurer notre évasion, en nous donnant toutes les facilités possibles de nous procurer une barque et tout ce qui nous sera nécessaire pour passer en Australie, ainsi que nous avons décidé de le faire.

— Ecoutons, écoutons, firent les déportés.

Alors, avec tous les ménagements possibles, l'orateur développa ses idées, répondant d'avance aux objections, aplanissant toutes les difficultés et, sans avoir l'air de proposer aucune mesure, indiquant si clairement ce qu'il y avait à faire, que chacun des auditeurs pût se flatter d'avoir trouvé dans son cerveau tout ce que le rusé parleur voulait y faire entrer.

Ce fut en vain que l'ex-inspecteur de la Monnaie voulut combattre le discours de son adversaire, il demeura seul de son avis, et l'assemblée, à l'unanimité moins une voix, décida que le citoyen Vincent, tenu par son serment à obéir aux injonctions de ses compagnons, recevrait l'ordre d'obliger sa femme à aller s'établir sur la Grande-Terre, d'où elle pourrait venir le visiter souvent; mais que, pour le moment du moins, il continuerait à résider à Numbo, sans qu'il lui fût permis de demander à aller habiter, soit l'île des Pins, ainsi qu'il en aurait eu le droit, n'étant que simple transporté, soit un point quelconque de la Grande-Ile, permission qu'il aurait pu obtenir, grâce à de puissantes protections.

En un mot, Beslier se défiait de son auxiliaire et trouvait prudent de le garder comme otage.

Pendant qu'avait lieu cette délibération, Louise et son mari, enfin rendus à la liberté du tête-à-tête, redescendaient lentement la verdoyante colline, causant entre eux pendant que Germaine, avec l'insouciance heureuse de son âge, cueillait des fleurs et poursuivait des papillons.

— Pourquoi donc, si tu ne veux pas venir habiter hors de la presqu'île, ne me laisses-tu pas me fixer ici? disait Louise.

— Parce que tu aurais trop à y souffrir, chère amie, répondit Vincent, redevenu affectueux aussitôt qu'il s'était retrouvé seul avec sa femme; tu as pu voir de tes yeux et entendre de tes oreilles quels sont mes compagnons de captivité; tu aurais trop à souffrir.

— Je ne m'occuperai pas d'eux; nous vivrons l'un pour l'autre.

— Non, c'est impossible; et Germaine, qui ferait son éducation?

— Son père et sa mère ne sont-ils pas les meilleurs professeurs et ceux que le ciel lui a donnés.

— Cela ne suffirait pas; d'ailleurs, tout manque ici. Vous viendrez me voir souvent.

— Souvent, ne vaut pas toujours, mon ami.

Vincent poussa un profond soupir.

— Oh! c'est bien vrai, fit-il.

— Alors, tu me laisseras rester?

— Non, Louise, n'insiste pas; je le voudrais que je ne le pourrais pas. Oh! si tu savais combien c'est dur d'être enchaîné!

— Je ne le suis pas, moi; ils n'auront aucune autorité sur nous.

— Ils te rendraient la vie impossible; tu ne les connais pas encore. J'aimerais mieux te savoir en prison à Nouméa que libre à Numbo. On y parle toujours de liberté et c'est le règne de la tyrannie, on est plus heureux au bagne.

— Mais, alors, viens avec moi, nous.....

— Aller avec toi? Tu oublies donc que je ne puis pas même franchir les limites de cette vallée.

— Consens à venir seulement, et je me charge de t'en obtenir la permission, surtout à présent que Mme de Lambescq est à Nouméa et que le commandant.....

— N'en parlons pas. J'ai fait une sottise, le vin est tiré, il faut le boire.

— Ton serment ! mais, tu n'avais pas le droit de le prêter ce serment ; il ne vaut rien.

— Il ne vaut que trop ; il vaut un coup de poignard. Si je partais sans la permission de Beslier, avant huit jours je serais assassiné.

— Mais, c'est donc Satan en personne, que cet homme ? s'écria l'ouvrière, avec horreur.

— C'est le chef des Compagnons du Désespoir, murmura Vincent, d'une voix sombre.

— Nous aurions pu être si heureux, reprit Louise, en prenant la main de son mari ; je t'aurais trouvé une occupation en harmonie avec tes goûts, soit au jardin du gouvernement, soit à la Mission, où le Père Louis va venir s'établir prochainement.

— La Mission, le Père Louis, ne me parle plus de cela. Les prêtres ont toujours fait mon malheur et je les exècre, s'écria le transporté, avec violence.

— Tu es injuste, mon ami ; ils ne nous ont jamais fait que du bien.

— C'est possible, mais je les exècre, entends-tu ? je les maudis, je maudis la religion, je hais les riches, les exploiteurs, les cléricaux, et quand notre tour viendra.....

— Pourquoi dire toutes ces horreurs, Vincent ? interrompit Louise, avec sévérité ; tu ne les penses pas, et tes maîtres ignobles ne sont pas là pour t'applaudir.

— Je n'ai pas de maîtres, je suis libre au moins dans mes opinions, s'écria-t-il violemment.

La jeune femme sourit tristement ; puis elle ajouta :

— Non, tu n'es pas libre, mais tu le seras bientôt, car tu es bon, quoique tu veuilles paraître mauvais, et le jour où tu reviendras à Dieu n'est peut-être pas éloigné.

— Est-ce toi qui comptes me convertir ? ricana l'ouvrier.

— Je ne puis que prier Celui qui est plus puissant que toi et que moi.

— Qui cela? Dieu sans doute, Dieu qui n'existe pas.

— Celui qui, sur la route de Damas, renversa Saul le persécuteur, et de l'ennemi du nom chrétien, fit saint Paul l'apôtre et le martyr. Tu as beau nier sa puissance, tu la reconnais. Oui, tu crois en Dieu, Vincent, et c'est parce que tu y crois, parce que tu l'as abandonné, parce que tu sens son aiguillon que tu essaies de te tromper toi-même, mais il sera plus fort que toi et il te domptera, parce qu'en dépit des Beslier et des autres, ton cœur est resté bon, et que ce Dieu, mort pour toi sur la croix, t'aime encore alors que tu l'outrages.

Le libre-penseur ne s'attendait pas à tant d'énergie de la part de celle qu'il avait toujours connue douce et timide; il baissa la tête et ne répondit pas.

Il était près de cinq heures; Louise appela sa fille, et tous trois descendirent vers l'hôpital : le père et la mère soucieux, l'enfant gazouillant comme un oiseau qui essaie ses ailes.

Presque au même moment, M. Goblet, dont l'inspection était terminée, sortit avec l'aspirant qui l'accompagnait.

Germaine courut à lui pour lui offrir un papillon d'une espèce vulgaire, et dont ses doigts avaient décoloré les ailes en leur enlevant le brillant pollen qui les couvre.

— Merci, petite amie, fit le docteur en souriant; et pour qui les fleurs?

— Pour faire une belle couronne à notre bonne Mère, répondit-elle vivement.

— Et pourquoi cette couronne?

— Pour la remercier d'avoir conservé papa, reprit-elle; c'est maman qui me l'avait fait promettre dans ma prière.

— Très-bien, mon enfant. Vous entendez, Vincent, soyez digne de votre femme et de votre fille. J'ai du reste de bons rapports à votre sujet, et ils seraient excellents si vous ne subissiez trop l'influence de mauvais camarades; je sais qu'il est difficile de leur résister, mais je parlerai pour vous et nous parviendrons, j'espère, à vous en débarrasser. Ne désireriez-vous pas aller vous établir sur la Grande-Terre?

Le transporté baissa la tête.

— Pour vous, moins que pour un autre, cela ne serait difficile à obtenir; voulez-vous que j'en fasse la demande?

Vincent continuait à garder le silence.

— Eh bien! que répondez-vous

— Je ne suis pas mal ici, monsieur.

— Oui, je sais qu'à l'hôpital on a des égards pour vous; mais en dehors du cantonnement vous vivriez auprès de votre femme et de votre fille.

— Je préférerais avoir quelques jours pour réfléchir.

— Comme il vous plaira, mon ami; j'aurais voulu, pour vous et surtout pour votre estimable famille, faire quelque chose qui eût pu vous être agréable, et je suis fâché de vous voir refuser. Allons, il est temps de nous mettre en route pour l'anse Mbi; partons. Au revoir, mon cher collègue.

Les deux médecins se serrèrent la main; Vincent embrassa Louise et Germaine, non sans sentir son cœur se serrer, mais il dissimula son émotion en rentrant précipitamment dans l'hôpital, pendant que les visiteurs s'éloignaient.

Quant à Beslier, malgré son outrecuidance, il n'avait pas osé revenir pour demander au docteur de s'intéresser à lui.

En marchant derrière le bon médecin, Louise pleurait amèrement; la faiblesse de son mari, allant jusqu'à l'ingratitude, lui brisait le cœur.

M. Goblet n'eut pas de peine à deviner la cause de son chagrin:

— Ne vous affligez pas, dit-il tout-à-coup, en répondant à sa pensée, je vous promets, moi, que votre mari vous sera rendu; je sais la cause de son obstination à demeurer à Numbo; il a eu le tort d'entrer dans une société prétendue secrète, dont les membres se sont liés entre eux par des serments terribles , mais ils ont déjà été vendus par un des leurs, et l'autorité a l'œil sur eux sans en avoir l'air ; que Vincent le veuille ou ne le veuille pas, nous saurons bien le tirer de là.

— Oh ! maman, voyez donc la mer qui vient jusqu'ici, s'écria, en ce moment, Germaine qui, au sortir de la forêt vierge, s'arrêta stupéfaite sur les bords d'une ligne de rochers bizarrement découpés, à travers lesquels les flots bleus de la baie pénétraient profondément dans les terres et s'y encadraient de la manière la plus pittoresque entre des murailles cyclopéennes de granit, des pentes gazonnées et un cahos de gros blocs répandus sur le rivage.

Au centre de la nappe d'eau étendue à leurs pieds se distinguait, tranchant par sa couleur bleu foncé, sur la transparence cristalline de ce lac paisible, une large tache presque circulaire, et dont les bords étaient aussi nettement tranchés que s'ils eussent été taillés à l'emporte-pièce.

— Tenez ! fit le docteur, en montrant ce phénomène à l'aspirant, voici une preuve de plus de la formation ignée de la Nouvelle-Calédonie. Cette plaque ronde, dont le sombre azur indique la profondeur énorme, n'est et ne peut être que le cratère d'un volcan qui, dans une de ses irruptions, a brisé le bourrelet de laves refroidies, au fond duquel dormait le volcan.

» C'est par cette fente que les eaux, en se précipitant, ont rempli l'ardente fournaise après l'avoir éteinte. Qui sait maintenant où bouillonnent les flots de la lave incandescente ? peut-être sous nos pieds, peut-être à une distance considérable, au milieu même de la baie d'où, quelque jour, surgira quelque cône immense qui, à son tour, deviendra une nouvelle terre.

— Vous croyez donc, docteur, que, dans ce duel éternel de la croûte solide et des océans, l'avantage restera à la terre ?

— Je n'affirme rien ; mais, jusqu'à présent, c'est ce qui a eu lieu.

Voyez plutôt : le delta du Nil est une conquête faite sur la Méditerranée ; les immenses déserts salés de l'Asie centrale ne sont que le fond d'une mer, dont la mer Caspienne et la mer Morte ne sont plus que des lagons destinés à se dessécher par l'évaporation ; chaque montagne qui s'écroule sous l'action de l'atmosphère, peu à peu va combler les abîmes et élargir les rivages, et si les lois de la nature ne sont pas interrompues, un jour viendra où le monde ne sera qu'une plaine immense baignée par des mers de plus en plus rétrécies.

— En sorte que, suivant vous, l'eau finira par disparaître complétement?

— C'est bien possible, fit M. Goblet.

— Ce sera peu agréable pour les habitants de ce monde desséché.

— Ni vous, ni vos enfants ne verrez cela, mon ami, et par conséquent vous auriez tort de vous en troubler, reprit le docteur, avec un grand sérieux.

Et, reprenant sa marche, il continua à développer ses opinions scientifiques avec un si grand luxe de chiffres et de calculs, que l'aspirant ne put plus placer un mot jusqu'au moment, vivement désiré où, au fond de la baie, se montrèrent enfin les blanches maisons habitées par le gouverneur de l'île et tous ses auxiliaires.

La vue du canot amarré près du bord des magasins et des ateliers mirent enfin un terme à l'éloquence de M. Goblet.

L'anse Mbi ou Ngi, située presque à l'extrémité de la presqu'île, à l'endroit où elle est le plus étranglée, n'offre rien de bien particulier, et ce fut avec un véritable plaisir qu'aussitôt que fut terminée la conférence avec les chefs de ce poste important, Louise reprit place avec Germaine dans le canot.

Un instant après, grâce à une brise légère, la barque, ouvrant ses voiles, glissait doucement sur la grande rade, dépassait le rocher stérile appelé îlot de Knauri et, se rapprochant de l'île de Nou, dont elle laissait à droite le pénitencier, doublait la pointe Kungu pour aller aborder au quai de Nouméa, presque à la nuit tombante.

En face de l'hôtel du gouvernement stationnait une voiture dans laquelle se trouvait Mᵐᵉ de Lambescq, revenant de faire, avec son mari, une promenade au Pont-des-Français, et attendant le retour du canot; elle fit signe à Louise de monter près d'elle avec sa fille et donna ordre au cocher de les conduire à la villa Gondou, nom définitif adopté pour la case qu'elle avait louée.

Les chevaux partirent au grand trot, pendant que le commandant causait avec son lieutenant.

— Eh bien! votre mari, l'avez-vous enfin retrouvé, ma chère?

— Oui, madame, à Numbo, où il est employé à l'hôpital.

— Il a dû être bien heureux de vous revoir?

— Nous l'avons été beaucoup tous les deux.

— Et Germaine n'en a pas eu peur?

— Non, pas le moins du monde, il l'a couverte de caresses.

— Il est bien portant, j'espère?

— Un peu pâle et maigre; mais, en bonne santé, grâce à Dieu.

— Pendant votre absence, j'ai beaucoup parlé de vous avec M. de Lambescq et le gouverneur; ce dernier était assez mal disposé pour Vincent au commencement, mais nous lui avons expliqué pourquoi il est à Numbo. Je me suis fait votre avocate, je lui ai raconté votre voyage, vos recherches, toutes vos peines, je lui ai donné des renseignements complets sur votre compte, et j'ai si bien travaillé avec mon mari que nous avons gagné notre procès; avant quinze jours il aura la permission de passer sur la Grande-Terre et de se mettre au service du directeur du jardin d'acclimatation ou même de la Mission, si vous pouvez le faire réclamer par le Père Louis, ce qui ne sera pas difficile, je crois.

— Que Dieu vous récompense, madame; vous êtes trop bonne, s'écria l'ouvrière tout émue.

— J'avais peur de ne pas réussir, car une pareille permission n'est pas facile à obtenir, continua la commandante. Aussi me voyez-vous heureuse au possible d'avoir triomphé de toutes les difficultés. Vous vivrez ensemble et je ne doute pas que dans quelque temps on ne vous permette de vous fixer dans les environs de Nouméa pour y cultiver un terrain qui sera à vous; vous aurez votre case, votre jardin, votre enclos, des graines et des outils que le gouvernement fournit gratuitement aux colons; dans dix ans vous pouvez être à l'aise, avoir une jolie propriété, et qui sait, à cette époque, ajouta-t-elle, en riant, si Vincent ne sera pas un des notables du pays et membre du Conseil municipal.

La voiture s'était arrêtée devant la vérandah, sous laquelle les trois femmes descendirent.

Aïka, qui avait entendu le bruit des roues, accourut toute joyeuse au-devant d'elles, apportant un beau bouquet de mélolenca.

Germaine se suspendit au cou de sa bonne amie et, oubliant le sommeil qui commençait à la gagner, l'entraîna dans sa chambre pour y parer de fleurs, qu'elle rapportait de la presqu'île, la statuette de la bonne Mère.

Pendant qu'elles s'occupaient de tresser la couronne, Louise et Mme de Lambescq étaient entrées dans la chambre où, sur une table recouverte d'une nappe bien blanche, la jeune sauvagesse avait dressé le couvert à l'européenne, avec autant d'adresse que si elle eût déjà servi pendant plusieurs années à Paris.

— Je tenais, reprit la commandante, en se débarrassant de son chapeau et de son ombrelle, à emporter ma demande d'assaut aujourd'hui même, parce que mon mari doit partir demain ou après-demain au plus tard pour Balade, qui est, comme vous savez, à l'extrémité de l'île; c'est un voyage, un long voyage même, puisqu'il doit être exécuté par la baleinière à cause du trop grand tirant d'eau du *Magenta*. M. de Lambescq désire visiter les principaux établissements échelonnés le long de la côte; l'inspection durera bien une quinzaine de jours.

— Quinze jours! C'est bien long! soupira Louise.

— Aussi je ne vous propose pas de vous emmener avec nous, malgré le plaisir que j'aurais à vous avoir; vous aurez à vous occuper de choses plus importantes, à visiter le jardin d'acclimatation, à voir le Père Louis, à presser dans les bureaux l'expédition de l'autorisation dont j'ai fait la demande, à tout préparer. A notre retour, nous vous installerons, là où votre mari aura choisi sa résidence, et puis il faudra reprendre le chemin de la France.

— Comment, déjà, madame?

— Eh oui! ma pauvre amie; vous savez, pour nous, les jours sont comptés, *le Magenta* ne peut pas s'immobiliser dans la rade de Nouméa, il faut qu'il aille montrer bien loin d'ici le pavillon de la France, puis qu'il retourne à son port d'attache.

L'ouvrière se prit à pleurer.

Mme de Lambescq, elle aussi, était émue; elle aimait sincèrement Louise, car le bienfait attache, moins fortement, peut-être, celui qui le reçoit, que celui d'où il vient; mais, refoulant son émotion :

— Voyons, dit-elle, soyez raisonnable, ma bonne Louise; parce que nous partons, vous ne serez ni seule ni abandonnée; vous avez retrouvé votre mari, vous vivrez en famille, et auprès de vous vous aurez le P. Louis pour vous protéger, vous diriger, ramener Vincent dans la bonne voie. Je vous disais tout à l'heure que dans dix ans vous seriez à la tête d'une fortune que probablement vous n'auriez jamais gagnée en France, le temps efface bien des choses, et si la justice est sévère, elle n'est pas inexorable. Qui vous dit qu'à cette époque, vous ne retraverserez pas l'Océan, avec votre mari réhabilité, Germaine devenue une grande et belle jeune fille, épanouie comme une fleur sous ce climat excellent, pour revenir en France, à votre Mareuil, jouir d'une honorable aisance; peut-être ne m'aurez-vous pas oubliée, vous viendrez me voir là où je serai, et nous causerons d'un passé évanoui comme un mauvais rêve.

— Oh! non, madame, je ne vous aurai oubliée ni dans dix ans, ni dans un siècle, si Dieu prolongeait ma vie jusque-là, car vous êtes un ange, ma providence et celle de ma famille. Je prierai pour vous tous les jours de ma vie; mais, comment pourrais-je ne pas pleurer lorsque je me vois sur le point de vous perdre peut-être pour toujours, et quand je pense que vos dernières bontés demeureront sans fruit pour nous, car Vincent ne viendra pas ici.

— Il sera ici dans quinze jours au plus tard, j'en ai la promesse formelle de M. de la Gournerie, et je ne connais qu'une seule personne qui pût s'opposer à votre réunion.

— Qui cela, madame?

— Vincent lui-même, s'il refusait la grâce qui lui est accordée.

— Eh bien! madame, il ne viendra pas, car j'en suis certaine, il refusera.

— Pour cela, il faudrait qu'il fût fou.

— Il n'est pas fou; mais il s'est mis une chaîne au cou, et cette chaîne, il n'a plus la force de la rompre.

— Qui vous a dit cela?

— Lui, madame, lui. Il a eu le malheur de s'associer à des scélérats sans savoir ce qu'il faisait; il a prêté serment à leurs statuts, et.....

— Enfin, j'espère que nous allons dîner, fit M. de Lambescq, en paraissant sur le seuil de la porte avec M. Goblet; vous devez être affamé, docteur?

— En effet, mon commandant, mon estomac commence à me rappeler qu'il est temps que je m'occupe de lui. Madame, je suis bien votre serviteur.

— Bonjour, ou plutôt bonsoir, docteur. Louise, allumez les bougies et dites à Aïka de nous servir; votre inspection a-t-elle été agréable à Numbo, monsieur Goblet?

— La presqu'île est charmante, madame, mais sa population soulève le cœur; j'ai visité bien souvent les bagnes de Brest, de Rochefort et de Toulon, eh bien! je vous déclare que je n'y ai rien vu de pareil aux coquins réunis dans la jolie vallée de Numbo.

— Ce doit être le pendant de ce que j'ai vu au cantonnement d'Uro, dans l'île des Pins, dit le commandant.

— A l'île des Pins, vous n'avez que des transportés de deuxième catégorie; à Numbo, c'est la fleur du panier.

— C'est bien ce que nous disait M. de la Gournerie, ce matin, quand nous..... A propos, ma chère amie, avez-vous annoncé à votre protégée que nous avons obtenu, pour son mari, la permission de venir habiter la Grande-Terre?

— Nous en parlions quand vous êtes entré.

— Elle doit être contente?

— Louise craint qu'il ne veuille pas profiter de cette faveur.

— Allons donc!

—. Je suis témoin, en effet, qu'il a refusé d'en faire la demande, repartit M. Goblet.

— Ce n'est pas possible..

— Je vous l'affirme, commandant.

— Alors, il y a un mystère là-dessous.

— Le mystère est facile à pénétrer. Ce garçon, qui cependant paraît fort intelligent, est un véritable imbécile, une tête sans cervelle et sans volonté; pour se mettre en avant et bien se poser, il s'est fait recevoir dans une sorte de société d'intransigeants, dirigés par un certain Beslier qui est bien la plus grande canaille du cantonnement, et a sottement prêté serment entre les mains de ce scélérat, chef de la société soi-disant occulte des *Compagnons du Désespoir*.

— C'était ma foi bien la peine que la pauvre femme quittât son pays pour venir le rejoindre, s'écria le commandant.

— Chut! elle est là et pourrait vous entendre; elle est désolée, la malheureuse.

— Le gouverneur avait donc raison de dire que ce Vincent est un individu dangereux et un gredin.

— Non, mon commandant, il n'est ni ceci, ni cela; le médecin de l'hôpital et le commandant de l'anse Ngi m'en ont parlé tous les deux comme d'un homme ayant au contraire un bon cœur, beaucoup de douceur et un excellent caractère, mais vaniteux à l'excès et d'une faiblesse déplorable.

— Alors, raison de plus pour que je l'aide à se retirer de dessous la griffe de ces bandits; il n'est à Numbo que par tolérance, je vais demander son expulsion. S'il se refuse à revenir à Nouméa, on l'enverra à l'île des Pins.

La rentrée de Louise, apportant un bon potage à l'européenne, auquel succédèrent une matelote de poissons de la baie et un rôti de tourterelles qui, cuites à la canaque, furent servies enveloppées de feuilles comme des momies de leurs bandelettes, donna un autre cours à la conversation.

Ce ne fut qu'après le dîner de la salle à manger et de l'office que le commandant, qui venait de reconduire M. Goblet à quelques centaines de pas, fit appeler Louise sous la vérandah, pour causer avec elle de l'affaire de son mari et lui indiquer ce qu'elle avait à faire.

Il fut convenu que le surlendemain, jour du départ de la baleinière pour Balade, elle-même se mettrait en route pour la Mission, trajet que facilement elle pourrait faire à pied, avec Aïka pour guide, complaisance à laquelle ne se refuserait certes pas la jeune Néo-Calédonienne, non-seulement parce qu'elle était par nature très-sensible et aimait beaucoup les deux Françaises, mais parce qu'en ce moment surtout le vieux Gondou qui, avec son instinct rusé de sauvage, était parvenu à se concilier les bonnes grâces de M. de Lambescq et à obtenir qu'il s'occupât de sa restauration comme chef de la tribu des Magalaves, se serait fait hacher en morceaux pour son protecteur.

— Vous pourrez en parler à Aïka dès ce soir, dit Mme de Lambescq; le temps est délicieux et ce sera, pour elle et pour vous, une charmante promenade.

— Ce soir, ce sera peut-être impossible.

— Pourquoi?

— Aïka était très-pressée et doit être repartie, aussitôt après avoir couché Germaine, pour sa case où, avec son père, sa mère et la femme d'un pêcheur, elle s'occupe activement à natter un tillit.

— C'est donc une opération bien sérieuse?

— C'est au moins très-long, madame. Je lui en ai déjà vu tresser un, il y a quelques jours, et j'ai même essayé de lui aider, mais il m'a fallu y renoncer bien vite, car il paraît que je leur gâtais leur poil de roussette, et le vieux Gondou me regardait avec des yeux terribles qui semblaient dire : Si tu étais ma femme ou ma fille, tu n'en serais pas quitte à si bon marché.

— Allons! décidément, vous allez devenir Canaque, ma chère Louise; vous voilà déjà *fabricante* de tillits!

— Et habile, comme vous voyez, madame.

— Pour ma part, je ne comprends pas comment ils peuvent tresser ces poils qui sont très-courts, et en faire une corde.

— Voilà ce que je me disais aussi, madame; mais à présent, je suis revenue de mon étonnement. Ce n'est pas avec le poil qu'ils font la cordelette, c'est avec des fibres de palmier ou plutôt d'écorce de bananier. La cordelette finie, ils se contentent d'enrouler les poils autour, pincée par pincée; puis, quand ils ont trois de ces cordelettes, dont chacune a environ 30 mètres de longueur, ils les nattent ensemble, puis il n'y a plus qu'à les passer à la pierre ponce pour les bien feutrer, à les dégraisser, en les faisant bouillir dans de l'eau de mer avec des feuilles de morinda et à les teindre.

— En avez-vous vu teindre aussi? demanda la commandante.

— Non, madame. Gondou attend que toutes ses cordelettes soient finies pour les teindre d'un seul coup; je suis persuadée qu'il en fera en une fois plus de trois cents mètres.

— Mon Dieu, que veut-il donc faire de toutes ces ficelles?

— Des colliers et des jarretières, auxquels il suspendra des *ouat-chichis*, soit pour s'en parer, soit pour en faire des présents à son avénement; c'est Aïka qui m'a confié cela, car pour lui il se garde bien d'en parler.

— J'espère qu'il vous invitera aux fêtes du couronnement, s'écria Mme de Lambescq; tâchez seulement que ce jour-là, pour rendre le festin plus splendide, ce vieil anthropophage, que je soupçonne fort de n'être converti qu'à demi, ne vous emprunte pas Germaine pour en faire le plat d'honneur.

— Dieu du ciel, madame, ne dites pas cela, vous me donnez le frisson.

— Ni de lui ni des autres, vous n'avez plus rien à craindre, répondit Mme de Lambescq, les temps du cannibalisme sont passés pour ne plus revenir.

— C'est possible sur la côte, fit le commandant, mais je ne voudrais pas affirmer que dans le centre de l'île, au milieu des montagnes, ces tristes usages soient entièrement perdus.

— Enfin, quoi qu'il en soit, d'ici à la Mission, vous n'avez rien à redouter, reprit Mme de Lambescq, et, dès demain, occupez-vous à préparer votre petite expédition.

Comme il est facile de le supposer, l'ouvrière n'avait pas besoin d'être fortement excitée pour s'occuper avec ardeur d'une affaire qui lui tenait tant à cœur; aussi, le lendemain, dès que Germaine fut levée, se dirigea-t-elle, avec sa fille, à travers le jardin vers la case du Canaque.

La portière en était baissée, mais à travers les fentes on voyait sortir de la fumée et des voix d'hommes témoignaient qu'elle n'était pas vide.

— Maman, pourquoi ont-ils planté cette perche, avec ce grand cordon au milieu du chemin? demanda l'enfant, en montrant à sa mère un pieu nouvellement enfoncé en terre, et dont un tillit enroulé tout autour avait nécessairement sa signification.

— Aïka nous le dira, répondit Louise, en continuant à approcher.

Et, élevant la voix, elle appela la Calédonienne.

Aussitôt des grognements terribles éclatèrent à l'intérieur, une tête crépue, dont la bouche mâchait quelque chose d'un jaune éclatant, apparut sous la portière au ras du sol, roulant des yeux furibonds, et un grand bras noir, sortant de l'autre côté du rideau, secoua une javeline d'une manière si menaçante, que Germaine se mit à pousser des cris.

— C'est moi, la Française, répéta l'ouvrière, croyant à une méprise, moi et ma fille ; Aïka est-elle ici ?

Point de réponse, la tête continuait à menacer des yeux, la mâchoire à broyer avec fureur, et le bras à brandir la zagaie.

Louise commençait à être sérieusement embarrassée, voire même un peu effrayée.

Heureusement pour elle, sa voix avait été entendue par la vieille Canaque qui, de l'autre bout du jardin, où elle était blottie sous les branches d'un naoulis, répondit par un cri guttural et, se levant, fit, en glapissant à plusieurs fois le mot *tabou ! tabou !* signe aux étrangères de se retirer au plus tôt.

La Française se hâta d'obéir et entraîna sa fille. Tabou en langue canaque veut dire défendu ou sacré, l'ouvrière le savait et n'ignorait pas que violer un tabou c'est s'exposer à la mort, même de la part des indigènes les plus doux, car dans leur esprit celui qui méprise un tabou commet un sacrilége épouvantable, que punit aussitôt un coup de zagaie ou de tomawak.

Par bonheur le poteau n'avait pas été dépassé, et aussitôt que les femmes s'éloignèrent, tête et bras disparurent immédiatement, pendant qu'Aïka, qui était allée à la villa par un autre chemin pour avertir Louise de ne pas venir se promener de ce côté, accourait toute tremblante et apprenait à son amie que la teinture des tillits, opération à laquelle son père se livrait en ce moment, avec son fidèle Pouébona , est un rite sacré , dont les femmes doivent , sous peine de mort, se tenir éloignées, sans quoi leur présence attirerait infailliblement les génies protecteurs des roussettes , esprits méchants , qui ne manqueraient pas de profiter du moment où les cordons sont plongés dans l'eau bouillante , pour se jeter sur les chasseurs et les faire périr dans d'épouvantables tourments.

La jeune Calédonienne ne partageait pas, il est vrai, les superstitions de son père, mais elle se gardait bien de les braver, parce qu'elle savait à quoi elle se serait exposée dans ce cas, et elle ramena Louise vers la villa.

L'ouvrière rentrait tout émue, et du danger auquel elle avait exposé sa fille et de la crainte d'avoir profondément mécontenté le sauvage, lorsqu'elle aperçut, sous la vérandah, le docteur qui causait avec le commandant et se préparait, au moins à en juger par leur costume , à partir avec lui pour une partie de chasse dans la *brousse*.

— Qu'avez-vous donc, fit-il étonné, vous êtes pâle comme un linge ?

Louise raconta son aventure.

— C'était sérieux, en effet, fit le docteur, et vous avez bien fait de revenir sur vos pas; mais, moi que le tabou ne regarde pas, puisque je suis un homme, je vais un peu voir cette cérémonie, dont j'ai souvent entendu parler; voulez-vous m'accompagner, commandant?

— Très-volontiers, d'autant plus que je vais signifier à cet imbécile, que j'entends qu'il ne s'avise plus de planter des tabous autour des maisons habitées par des étrangers qui pourraient s'y prendre comme dans des piéges à loups, ma femme la première, et lui déclarer que s'il n'enlève pas sa perche immédiatement, je mets le feu à sa case et le fais chasser du pays, au lieu de m'occuper de ses affaires.

Heureusement pour le vieux chef que sa fille, effrayée de ces

11.   16.

menaces, implora si vivement la grâce de son père, et que le docteur, partisan de la couleur locale, plaida si bien sa cause, que
M. de Lambescq promit, pour cette fois, de l'en tenir quitte pour
une verte mercuriale, et les deux chasseurs, le fusil à l'épaule, se
dirigèrent vers la case, où ils purent examiner tout à loisir, mais
non pas jusqu'au bout, car l'opération dure trop longtemps, les
procédés employés par les Néo-Calédoniens pour obtenir cette couleur, d'un rouge éclatant, qui fait le prix des tillits.

M. Goblet, en vrai naturaliste qu'il était, examina d'abord la
nature de la plante tinctoriale, qu'il reconnut être la *morinda citri-
folia*, petit arbrisseau très-commun en Nouvelle-Calédonie, et dont
la racine, par l'ébullition, donne une liqueur fauve que les alcalis
font passer au rouge ; ensuite il s'occupa du procédé lui-même, qui
est de la nature la plus primitive.

Les Canaques avaient commencé par faire bouillir leur cordon
dans un vase d'eau de mer avec les feuilles de cette plante, dont pendant ce temps ils mâchaient les racines et recueillaient à mesure, le
suc qui en découlait, dans une calebasse, pour cuire à nouveau le
tillit dans ce jus devenu jaune foncé.

Ils venaient, pour le faire virer au rouge, de le mêler à de la
cendre et à de l'eau de mer, et n'avaient plus, pour terminer cette
longue préparation, qu'à jeter dans la chaudière des pierres rougies
au feu qui, par l'effet de l'évaporation, augmentent l'intensité de la
couleur.

Ces manipulations dégoûtantes et peu pratiques intéressaient peu
le commandant qui, après avoir fait sa semonce, très-adoucie, au
maître de la case, s'éloigna avec son compagnon, pour tirer les poules sultanes dans la lisière des palétuviers.

Pendant ce temps, Mme de Lambescq, Louise et Aïka arrangeaient
le petit voyage à la Conception, et faisaient les préparatifs plus importants pour l'expédition de Balade.

Quand les chasseurs rentrèrent, tout était terminé, malles et tillits.

Il va sans dire que la permission, pour Aïka, d'accompagner ses amies n'avait pas été difficile à arracher à Gondou.

Le lendemain, de grand matin, l'ouvrière et sa fille, après avoir fait, non sans avoir le cœur gros, leurs adieux à la bonne commandante, qu'une voiture était venue chercher, pour la transporter au port où l'attendaient son mari, le docteur et l'aspirant Gaspard, se chargeaient d'un petit panier de jonc, contenant leur déjeûner et, en compagnie de la jeune et vive Canaque, se disposaient à prendre la jolie route qui, longeant le bord de la mer, conduit au Pont-des-Français.

FIN DU DEUXIÈME VOLUME.

TABLE DES MATIÈRES

Deuxième volume

Paris. — Imp. de E. Donnaud, rue Cassette.